中國古典文學基本叢書

杜詩詳注

第三册

〔唐〕杜　甫　撰
〔清〕仇兆鰲　注

中華書局

杜詩詳注卷之八

除架

架，瓜架也。此亦秦州秋深作。

束薪已零落㈠，瓠胡故切葉轉一作卷蕭一云相疏㈡。幸結白花了，寧辭青蔓除㈢。秋蟲聲不去，暮雀意何如㈣。寒事今牢落㈤，人生亦有初㈥。此見除架而有感也。上四記事，下四寓言。花開瓠結，除蔓何辭，有功成身退之義。秋蟲猶在，暮雀已離，有倏忽聚散之悲。寒事已落，人生亦然，有始盛終衰之慨。

㈠束薪，所以搆架者。《詩》：不流束薪。曹子建詩：零落歸山丘。

㈡《詩》：甘瓠纍之。《杜臆》：瓠與瓜有別，瓜乃總名，瓠是開白花者。謝惠連詩：蕭疏野趣生。

㈢《黄臺瓜詞》：摘絶抱蔓歸。

㈣江總詩：虚簷静暮雀。

㊄陸倕詩：江關寒事早。　蔡邕《瞽師賦》：時牢落以失次。

㊅《詩》：靡不有初，鮮克有終。截用含蓄。

唐人工於寫景，杜詩工於摹意。「寧辭青蔓除」，能代物揣分，「豈敢惜凋殘」，能代物安命，不獨《鹿》《燕》詩善訴哀情也。

廢畦

依舊次在秦州詩內。

秋蔬擁霜露㊀，豈敢惜凋殘㊁。暮景數枝葉㊂，天風吹汝寒。緑霑泥滓盡，香與歲時闌。生意春如昨㊃，悲君白玉盤㊄。

此對廢畦而誌慨也。六句一氣説下。蔬經霜露而凋，但存殘葉數枝耳，況又寒風吹落，勢必緑盡香闌矣。回思春意如昨，不復登君之玉盤，所以可悲。末二，追説從前，意帶寓言。　黄生謂此詩首尾俱代秋蔬寫意，蔬蓋不自惜而轉爲人悲矣。此又一説。　或曰：《毛詩》「風其吹汝」，指籜言，故蔬可稱汝。王子猷云「何可一日無此君」，指竹言，故蔬可稱君。按：一詩中稱汝、稱君，名號迭換，恐亦未安。據公詩「登君白玉堂」，乃指君王。

㊀沈約詩：草根積霜露。

㈡劉琨詩序：親友凋殘。

㈢數枝二字略讀，與吹汝相對。

㈣何遜詩：念别猶如昨。

㈤唐制：立春，以白玉盤盛細生菜，頒賜群臣。古詩：委身玉盤中，歷年冀見食。黄生曰：此蔬即生菜，杜詩「春盤生菜」可證。生菜即韭菜，歐陽公《歸田録》可證。又云風霜曰纏，日月曰夾，霜露曰擁，常字新用，出人意外。

嗣奭曰：糞田爲擁，霜露擁蔬，即殺氣亦屬天恩，凋殘豈敢自惜。哀而不怨，有順命意。

夕烽

秦州詩。言西征烽火，言鼓角邊郡，言城上胡笳，言候火懸軍，皆憂吐蕃之亂。此望西方夕烽也。

夕烽來不近一作止，**每日報平安**㈠。一云：夕烽明照灼，了了報平安。**塞上傳光**一作聲**小**㈡，**雲邊落**一云數**點殘**㈢。**照秦通警急**㈣，**過隴自艱難**㈤。一云：燄銷仍再滅，烟迴不勝寒。**聞道去聲蓬萊殿，千門立馬看**。一云：恐照蓬萊殿，城中幾道看。此秦州而望夕烽也。平安、警急四字，爲一詩之眼。上四，喜邊方無事。下四，憂邊警猝來。凡平安火，止用一炬，故傳光少而落點殘。若警急之報，則炬多光熾，便當照秦過隴矣。蓬萊立馬，西看烽烟也。隴山在長安之西，秦州在隴山之西，吐蕃又在秦州之西，詩云「來不近」，起於塞外也。自塞上而秦隴，自秦隴而蓬萊，皆從西說向東，層次甚清。

㊀朱注：《唐六典》：凡烽候所置，大率相去三十里，其放烽有一炬、二炬、三炬、四炬者，隨賊多少而爲差焉，近畿封二百七十所。按唐鎮戍，每日初夜放烟一炬，謂之平安火。《禄山事跡》：潼關失守，是夕平安火不至，帝懼焉。

㊁蔡琰曲：塞上黄蒿兮，枝枯葉乾。

㊂鮑照詩：雲邊不可尋。

㊃《漢書》：備邊防警急。曹植詩：邊城多警急。

㊄《杜臆》：失報有罪，誤報有罪，故曰過隴艱難。

秋笛

公在秦州，與吐蕃爲鄰，故時聞羌笛。　一云吹笛。

清商欲盡奏㊀，奏苦血霑衣㊁。他日傷心極㊂，征人白骨歸㊃。相逢恐恨過，故作發聲

徵㈤。不見秋雲動㈥，悲風稍稍飛㈦。此塞上聞笛，有感征人而發也。奏苦、聲徵四字，乃上下眼目。奏苦，謂商音悽慘，動人哀思，故想到征人白骨，不禁傷心而泣血也。聲徵，謂笛韻悠揚，不起愁怨。秋雲動而風稍飛，摹寫微聲所感之象如此。《杜臆》：起似尾後餘意，而用作起句，語突而意倍慘。商音屬秋，主於肅殺。秋雲悲風，對秋景而形容之也。

㈠《三禮圖》：琴本五絃，曰宮、商、角、徵、羽。文王增二，曰少宮、少商。商絃最清而獨悲。宋玉《笛賦》：吹清商，發流徵。

㈡蔡琰詩：長笛聲奏苦。徐淑詩：淚下兮霑衣。

㈢《杜臆》：他日，指昔日。應瑒詩：感物傷心。

㈣魏文帝詩：征人伐金鼓。晉劉琨表：白骨橫野。

㈤《搜神記》：發聲而泣。

㈥不見，猶云獨不見。《韓非子》：師曠奏清徵，有玄雲從西北方起。再奏之，大風至。庾信詩：秋雲低晚氣。

㈦甄后詩：邊地多悲風。魏文帝樂府：稍稍日零落。

日暮

鶴注：詩云羌胡，當是乾元二年在秦州作。

日暮一作落**風亦起，城頭烏**一作鳥，蔡定作烏**尾訛**㈠。**黄雲高未動**㈡，**白水已揚波**㈢。**羌婦語還笑**《杜臆》作笑，舊作哭㈣，**胡兒行且歌**。**將軍别换**一作上，一作换**駿馬**㈤，**夜出擁雕**一作彫**戈**㈥。此咏邊城日暮也。上四日暮之景，下四日暮之事。《杜臆》：日落風起，雲屯波撼，此虜將入寇之象，故羌婦笑而胡兒歌。羌胡，蓋降夷也。邊將擁戈夜出，其惶急可知矣。

㈠《後漢·五行志》：桓帝時，童謡曰：「城上烏，尾畢逋。」《詩傳》：訛，動也。

㈡《春秋運斗樞》：黄雲四合，女訛驚邦。《淮南子》：上爲黄雲，下爲黄埃。

㈢劉楨詩：方塘含白水。《楚辭》：衝風起兮水揚波。

㈣《杜臆》：前《寓目》詩云「羌女輕烽燧」，此當作「語還笑」無疑。若作「哭」，於下句「歌」字不符。

㈤《淮南子》：將軍不敢騎白馬。注：恐爲見者所識也。

㈥《晉語》：韓簡挑戰，穆公横琱戈，出見使者。

野望

鶴注：詩云遠水孤城，當是乾元二年在秦州作。　陰鏗詩：王城野望通。

清秋望不極㈠，**迢遞起層陰**㈡。**遠水兼天净**㈢，**孤城隱霧深**㈣。**葉稀風更落**㈤，**山迥日初**

沉。**獨鶴歸何晚**㈥，**昏鴉**鵶同**已滿林**㈦。此邊秋野望而作也。通首俱望中所見者：水空天净，一望清曠；城隱霧中，再望迷離；枝枯葉脱，三望蕭疏；山高日落，四望沉冥。又見此時日暮鳥還，昏鴉滿樹，而鶴歸何晚耶。孤飛寡侶，良可歎矣。　望不極，不能極遠也，緊照下句説，非一望無極之謂。詩以迢遞層陰作眼，中四皆層陰中所望者。顧注作一明一晦説，甚確。但末二不當仍分明晦，蓋日落鳥歸而致慨乃羈棲自況之意。　趙汸注：遠水孤城，先遠後近，葉稀山迥，先近後遠。　唐汝詢曰：杜公下字，善於用虚，如《晚出左掖》篇融濕、去低，此篇兼净、隱深，俱沉細可想。

㈠殷仲文詩：獨有清秋日，能使高興盡。　梁武帝詩：長洲望不極。

㈡謝瞻詩：迢遞封畿外。注：遠貌。《水經注》：迢遞相望。　陸仲詩：層巒起層陰。

㈢薛道衡詩：遠水舟如葉。

㈣楊素詩：孤城絶四鄰。

㈤庾成師詩：已見秋葉稀。

㈥何遜詩：獨鶴凌空逝。　班婕妤《擣素賦》：哀離鶴之歸晚。

㈦何遜詩：昏鴉接翅飛。　舊以鶴喻君子，鴉喻小人，於詩意不合。

空囊

鶴注：詩言「翠柏苦猶食，晨霞高可餐」，正史所謂在秦州拾橡栗以自給者，當是乾元二年作。

翠柏苦猶食㈠，**明**一作晨**霞高**一作朝**可餐**㈡。**世人共鹵莽**㈢，**吾道屬**音竹**艱難**㈣。**不爨井晨凍**㈤，**無衣牀夜寒**㈥。**囊空恐羞澀**㈦，**留得一錢看**平聲㈧。空囊，見安貧之意。首二，作感慨無聊語。三四，空囊之故。五六，空囊之狀。末作諧戲語以自解。柏苦，猶堪食乎？霞高，尚可餐乎？即《詩》「維南有箕，不可以簸揚。維北有斗，不可以挹酒漿」意。吴論：世人貴苟得，多鹵莽而獲。吾道守困窮，故值此艱難也。五六，正寫艱難意。《杜臆》：看，乃看守之看。

㈠《水經注》：翠柏蔭峰。《列仙傳》：赤松子好食柏實，齒落更生。又仙人偓佺，食松柏之實。

㈡《楚辭》：漱正陽而餐朝霞。注：陵陽子明經云：春食朝霞者，日始出赤氣也。相如《大人賦》：呼吸沆瀣餐朝霞。隋煬帝《江南曲》：明苞天外剪明霞。

㈢《西京雜記》：世人皆以爲然。《莊子》：爲政焉弗鹵莽。楊慎曰：不治其剛鹵，不芟其草莽，是謂鹵莽之耕。

㈣《史記》：孔子曰：「吾道非耶。」《江總集》：百王既季，運屬艱難。

㈤應璩《與曹長思書》：樵蘇不爨。井晨凍，隔宿之冰在井欄也。若井泉在地，雖嚴冬不凍。梁簡文帝啟：寒井猶冰。

㈥夜卧無衣，則無衾可知矣。何遜詩：故鄉千餘里，兹夕寒無衣。隋煬帝詩：風聲淒夜寒。

㈦《史記》：如錐之處囊中。梁武帝《書評》：羊欣書，似婢作夫人，舉止羞澀。

㈧《史記·司馬相如傳》：不分一錢。趙壹詩：文籍雖滿腹，不如一囊錢。

病馬

鶴注：詩云「天寒關塞深」，當是乾元二年在秦州作。

乘爾亦已久，天寒關塞深㈠。塵中老盡力㈡，歲晚病傷心㈢。毛骨豈殊衆㈣，馴良猶至今㈤。物微意不淺㈥，感動一沉吟㈦。

病馬，見愛物之心。上四致病之由，下四病後傷感。塵中句，承乘久。歲晚句，承天寒。毛骨不殊，物亦微矣。馴良猶在，意不淺也。感動沉吟，結下截而并結通章。　或以傷心屬馬，非也。盡其力者由人，則見病傷心者亦當屬人。或以意不淺指人，亦非也。惟馬有戀人之意，故人對之而不勝感動。

㈠孫萬壽詩：天寒關路長。　庾信詩：久弊風塵俗，殊勞關塞衣。

㈡《説苑》：田子方出，見老馬於野，問御者曰：「此何馬也？」對曰：「故公家畜也，罷而不能爲用，故出放之田。」子方曰：「少盡其力，而老棄其身，仁者之所不爲也。」命束帛贖之。

㈢《越國語》：今歲晚矣。　應瑒詩：感物傷心。

㈣《杜臆》：毛骨二句，乃不稱力而稱德之意。　《相馬經》：毛束皮，皮束筋，筋束肉，肉束骨，五者兼備，天下之馬也。　後魏盧元明《鼠賦》：毛骨莫充於玩賞。

㊄《淮南子》：馬先馴而後求良。《水經注》：性馴良而易附。

㊅王粲詩：雖物微而命輕。

㊆曹植詩：乖人易感動。《竇武傳》：故且沉吟。

申涵光曰：杜公每遇廢棄之物，便説得性情相關，如《病馬》《除架》是也。

蕃劍

鶴注依梁氏編在乾元二年，以詩有風塵未息句，時史思明猶在也。

致一作至**此自僻遠**㊀，**又非珠玉裝**㊁。**如何有奇怪**㊂，**每夜吐光芒**㊃。**虎氣必騰上**上聲。一作趋㊄，**龍身寧久藏**㊅。**風塵苦未息**㊆，**持汝奉明王**㊇。蕃劍，不忘用世也。上二叙劍，三四作問辭，五六作答語。末言神奇之物，可以救時，乃開拓一意。龍虎騰躍，所以光怪莫掩。顧注：劍可靖亂，惜時無知者，豐城獄底，秦州旅次，同一感慨。

㊀《秦國策》：夫秦國僻遠。

㊁《西京雜記》：高帝斬白蛇劍，劍上有七采珠、九華玉。魏文帝書：僕有劍一枚，明珠標首，藍玉飾靶。曹植《七啟》：步光之劍，華藻繁縟，綴以驪龍之珠，錯以荆山之玉。

㊂《漢書》：公孫玃曰：「非有奇怪，以難待也。」《魯靈光殿賦》：雜物奇怪。

㊃張正見詩：學劍動星芒。《漢書音義》：星光曰芒。劉孝儀《上東宮啟》：劍匿光芒，璧碎符采。

㊄《吴越春秋》：闔閭死，葬以扁諸之劍，金精上揚，爲白虎據其上，號曰虎丘。

㊅雷次宗《豫章記》：吴未亡，恒有紫氣見牛斗間。張華問雷孔章，孔章言寶物之精，在豫章豐城。遂以孔章爲豐城令。至縣，掘獄得二劍，其夕牛斗氣不復見。孔章乃留其一，匣而進之。後，華遇害，此劍飛入襄城水中。孔章臨亡，戒其子恒以劍自隨。後，其子爲建安從事，經淺瀨，劍忽於腰間躍出，見二龍相隨逝焉。《拾遺記》：顓頊有騰空劍，在匣中常如龍虎吟。又殷芸《小説》載《世説》云：王子喬墓，在京茂陵國，亂時有人盜發之，惟有一劍懸在空中。欲取之，劍便作龍鳴虎吼，俄而飛上天。

㊆《東觀漢記》：祭肜爲遼東太守，野無風塵。

㊇《記》：明王不作，天下孰能宗予。駱賓王詩：持此報明君。

王嗣奭曰：此詩似爲以貌取人者發，故言不煩裝飾，而有奇自見。即戡亂濟時，亦非若人不可。以結語深致意焉。律詩起句，五字皆仄聲，此及下章，乃間用古句耳。

銅瓶

鶴注：此當與蕃劍同時之作。銅瓶，汲水器。

亂後碧井廢，時清瑶殿深㈠。銅瓶未失水㈡，百丈有哀音㈢。側想美人意㈣，應平聲**悲**一作**非寒甃沉㈤。蛟龍半缺落㈥，猶得折黄金㈦。**銅瓶，有感興廢也。首二另提，中四應時清，末二應亂後。當時有從故宫廢井中拾得銅瓶者，故從亂後追思其盛。此瓶未經失水，則繫以長綆，而轆轤有聲。及其沉没水中，想汲井宫人，應對寒甃而傷悲矣。今者瓶上蛟龍，半已脱落，猶足准折黄金，蓋以舊宫古物，人知珍重之也。哀音，連百丈言，不指滴瀝之聲。寒甃沉，謂銅瓶沉溺，不指井穴深沉。黄生曰：瓶涉美人之手，今乃落于民間，世事豈復堪言。此詩感物傷時，可當沉鬱頓挫四字。突起一句，隨手撇開，至結尾方挽合，乃古文遥呼徐應之法。

㈠張九齡詩：爾實在時清。《漢·禮樂志》：眺瑶堂。《顔注》：以瑶飾堂。瑶殿，即此義也。

㈡庾信詩：銅瓶素絲綆。董威輦詩：忽焉失水。

㈢《杜臆》：蜀中牽船竹綆曰百丈，此借以名汲水之綆。鮑照詩：百丈不及泉。陸機詩：哀音附靈波。

㈣又詩：側想瑶與瓊。

㈤《易》：井甃无咎。《風俗通》：甃，聚磚修井也。

㈥戴延之《西征記》：太極殿有金井欄、金博山、金轆轤，蛟龍負山於井上。師尹曰：蛟龍，瓶上刻鑄者。

㈦楊慎云：折，當也。

唐汝詢曰：唐人詩有先後可參證者，張籍《楚妃怨》：「梧桐落葉黄金井，横架轆轤牽素綆。美人初起天未明，手拂銀瓶秋水冷。」讀籍詩，杜義自明。

《隨筆》云：此篇蓋見故宫井内汲者得銅瓶而作。首句便説廢井，則下文反覆叙述爲難，而曲折宛轉如是。全在時清瑶殿句，追想宫中情景，便覺如許生動，他人畢一生摹寫，不能到也。

今按：中四句，言瑶殿之内宫人汲水也。應悲寒甃沉，承百丈有哀音。惟井水深沉，故須長綆下汲，而美人生悲。悲字，形容其手柔力怯耳。若云悲銅瓶之沉没，文氣太促。此瓶失水，應補在蛟龍缺落之上，乃詩家藏針暗渡之法。

按：洪仲云：杜五律詩，凡二句開者，七必闔，於此可證矣。

送遠

鶴注：此當是乾元二年去秦州時所作。詩云「帶甲滿天地」，乃指史思明之亂。又云「歲月晚」「霜雪清」，見其爲冬日也。《秦州》詩云「孤城山谷間」，此云「鞍馬去孤城」，故知爲秦州作矣。

帶甲滿天地㈠，胡爲君遠行㈡。親朋盡一哭㈢，鞍馬去孤一作邊**城㈣。草木歲月晚㈤，關河**

霜雪清㊅。**別離已昨日**㊆，**因見古**一作故**人情**㊇。此章乃既行後，作詩以寄贈者。上四，昨日送行之事。下四，今朝憶別之情。甲兵滿世，胡爲遠行，憐而問之也。親朋皆哭，生離而有死別之憂。五六，寫出既去後，中途憔悴之苦。因思《古別離》有「送君如昨日」者，知今古有同悲也。

㊀《戰國策》：帶甲百萬。

㊁古詩：忽如遠行客。

㊂《謝安傳》：親朋畢集。

㊃阮籍詩：鞍馬去遠遊。《吴志》：吕蒙曰：「郝子太保孤城之守。」

㊄《楚辭》：草木摇落而變衰。古詩：歲月忽已晚。

㊅《後漢·鄧禹傳》：關河響動。陶潛詩：關河不可踰。應瑒詩：遠行蒙霜雪。

㊆《楚辭》：悲莫悲兮生別離。江淹《古別離》：黄雲蔽千里，遊子何時還。送君如昨日，簷前露已團。不惜蕙草晚，所悲道里寒。《杜臆》：昨日，猶云前日。

㊇石崇《思歸引序》：倘古人之情，有同於今。任昉詩：猶我故人情。

黄生曰：平時別離，已足悲傷，況逢世亂，倍增慘愴。起二語，寫得萬難分手，接聯更作一幅關河送別圖，頓覺班馬悲鳴，風雲變色，使人設身其地，亦自慘然銷魂矣。又曰：題是《送遠》，即《古別離》而變其名耳，因借江淹詩作案，所謂古人情者，即《古別離》之情也。

洪仲曰：杜七律謂「古往今來皆涕淚」，足與結語相參證。

單復《杜律》刻本，末句刊作「因見故人情」，亦有意義。蓋此詩上四，已盡送遠之意，下則代遠行者作回答之詞，言當此歲暮天寒，關河慘淡如此，當亦回首親朋曰：別離已成昨日，因想見故人哭別之情也。

送人從軍

鶴注：弱水、陽關，皆屬隴右道，當是乾元二年秦州作。　原注：時有吐蕃之役。　王粲詩：從軍有苦樂。

弱水應平聲**無地**㊀**，陽關已近天**㊁**。今君度砂磧**㊂**，累**上聲**月斷人烟**㊃**。好**去聲**武寧論**平聲**命**㊄**，封侯不計年**㊅**。馬寒防失道**㊆**，雪没錦鞍韉**㊇**。**上四，極言遠行之苦。五六，代述其意。七八，作丁寧語。　寫景叙情，惻怛入人。　弱水、陽關，唐備吐蕃之所，沙磧又在其外。寧論命，死生不顧也。不計年，遲速勿較也。　黄生曰：無地，謂地盡處。近天，謂天邊頭。此行不但封侯難冀，亦且裹革可虞。但以馬寒雪盛爲詞，極慘澹事，偏作濃麗語，此風人善于立言。

㊀《禹貢》：導弱水至於合黎。《唐志》：合黎山，在甘州張掖縣。《寰宇記》：弱水，東自删丹縣界，流入張掖縣北二十三里。　錢箋：删丹，漢舊縣，屬張掖郡。　王屮《頭陀寺碑》：飛閣逶迤，下臨

無地。

㈡《元和郡縣志》：陽關，在沙州壽昌縣西六里，以居玉門之南，故曰陽關，本漢置也，謂之南道，西趨鄯善、莎車。玉門故關，在縣西北百八十里，謂之北道，西趨車師前庭及疏勒。此西域之門户也。孟康曰：二關皆在燉煌西界。《漢·西域傳》：阸以玉門、陽關。岑參詩：走馬西來欲到天。即近天之意。

㈢鶴注：沙磧，謂流沙、磧石，自是兩地名。《禹貢》：導弱水餘波入於流沙。《楚辭》：西方之害，流沙千里。注：言西方之地，厥土不毛，流沙滑滑，晝夜流行。西州有礌石磧，北庭都護府有小磧。錢箋：《北邊備對》：趙信降匈奴，武帝必欲越漢征之。言沙積廣漠，望之漠漠然也。漢以後史家變稱爲磧，磧者，沙積也。

㈣曹植詩：千里無人烟。

㈤《漢書》：顔駟曰：「文帝好文，而臣好武。」

㈥《後書》：班超投筆歎曰：「大丈夫當立功異域，以取封侯。」亦暗用李廣數奇不遇事。或云：軍中有功即封，不必計定年數。

㈦《韓非子》：齊桓公伐孤竹還，走失道。管仲曰：「老馬之智可用也。」

㈧《晉·張方傳》：割流蘇武帳，以爲馬帴。或作韉，馬鞍具也。梁簡文詩：寶馬錦鞍韉。

示姪佐原注：佐草堂在東柯谷。

鶴注：詩云「多病秋風落」，當是乾元二年九月作，蓋十月公已入同谷矣。《杜臆》：秦州詩中，極言東柯之勝，此詩原注謂佐在東柯谷，豈此時公暫寓栗亭耶？但相去不遠，故後詩有「人到鳥應棲」之句。《世系表》：佐，是襄陽房殿中侍御史暐之子。《舊唐書》：杜佐終大理正。

多病秋風落㈠，君來慰眼前㈡。自聞茅屋趣㈢，只想竹林眠㈣。滿谷山雲起㈤，侵籬澗水懸㈥。嗣一作阮**宗諸子姪㈦，早覺仲容賢㈧。**此喜佐來，而作詩以嘉之。首尾叙情，中四摹景。《杜臆》：山雲澗水，即所聞茅屋趣也，因此想竹林之眠，猶二阮之把臂入林耳。

㈠師氏注：七月秋風起，八月風高，九月風落。

㈡謝靈運詩：浮歡昧眼前。

㈢潘岳《秋興賦》：偃息不過茅屋茂林之下。

㈣《嵇康傳》：康與阮籍、阮咸、山濤、向秀、王戎、劉伶，特相友善，號竹林七賢。何遜詩：空想竹林遊。

㈤陳後主詩：山雲遥似帶。

㊅顧注：澗水自高流下，故曰懸。

㊆《世説》：謝太傅謂子姪。

㊇《晉書》：阮咸，字仲容，籍之姪。

佐還山後寄三首

還山，還東柯谷也。

山晚黄一作浮雲合㊀，歸時恐路迷。澗寒人欲到，林一作村黑鳥應平聲棲。野客茅茨小㊁，田家樹木低㊂。舊諳疏懶叔㊃，須汝故相攜。首章，贈佐還山。上四寫暮景，下四念山居。

《杜臆》：佐所居，以山雲澗水爲勝，故三詩兩及之。須汝相攜，欲與偕隱也。

㊀塞雲多黄，故公詩云「黄雲高未動」，又云「山晚黄雲合」。梁簡文帝詩：洗兵逢驟雨，送陣出黄雲。

㊁陶潛詩：茅茨已就治。

㊂應璩詩：田家無所有，酌醴焚枯魚。

㊃嵇康《絶交書》：性復疏懶。

其二

白露黄粱熟㈠，分張素有期㈡。已應平聲春得細㈢，頗覺寄來遲。味豈同金一作甘菊㈣，香宜配緑一作紫葵㈤。老人他日愛，正想滑流匙。次章，望佐寄米也。八句皆叙事，上半嫌其寄遲，下乃促其速致。《杜臆》：素有期，謂粱熟則分餉，舊有此例。菊、葵，皆秋時物産，故以相比。他日，言平時。米精則飯滑。

㈠《月令》：季秋之月，白露降，農乃登穀，是黄粱熟於秋候也。樂府：石上慊慊春黄粱。蘇恭《本草》：黄粱，出蜀漢商淅間，香美勝於諸粱，人謂竹根黄。

㈡鍾會檄：分張守備。後魏高允《徵士頌》：在者數子，仍復分張。《北史》：蠕蠕阿那瓌言：老母在彼，萬里分張。《高僧傳》：道安爲朱序所拘，乃分張徒衆。王羲之帖：秋當解褐，行復分張。庾信《傷心賦》：兄弟則五郡分張，父子則三州離散。李白詩：不忍雲間兩分張。朱注：分張，分别之時。

㈢《淮南子》：量粟而舂。吴注：古樂府：石上慊慊春黄粱。

㈣《本草》：菊，一名金蕋。《月令》：孟秋之月，鞠有黄華。

㈤《詩》：七月烹葵及菽。《閒居賦》：緑葵含露。錢箋：《顔氏家訓》：蔡朗者諱純，遂專呼蓴爲露葵。承聖中，有士人聘齊，主客郎李恕問曰：「江南有露葵否？」答曰：「露葵是蓴，水鄉所出，今食者緑葵耳。」

其三

幾道泉澆圃㈠，交橫落幔一作蔓，一作幔落坡㈡。葳蕤秋葉少一作小，一作菜色少㈢，隱映野雲多㈣。隔沼連香芰㈤，通林帶女蘿㈥。甚聞霜薤下戒切白㈦，重平聲惠一作蕙意如何。三章，索佐寄薤也。流泉注坡，藉以灌蔬，故菜葉映雲而增緑。且芰蘿之間，雜栽霜薤，故又索其重寄也。芰連各沼，蘿帶一林，二句點圃中景物，然只輕帶以起霜薤，詩當會意解，方見融貫。重惠，承黄梁説。

㈠《杜臆》：澆圃之泉，即前侵籬之水。舊説謂泉水交横而落坡，其坡上青翠如幔。汪瑗、顧宸皆云：泉澆圃，幔落坡，乃平對之詞。設幔於坡，以防鳥雀，是爲瓜果而設者，交横乃坡上幔影，此另一説。庾信詩：滴瀝泉澆路。

㈡《舞鶴賦》：浮影交横。江總詩：曲澗停騶響，交枝落幔陰。

㈢葳蕤，有兩解：一作盛貌，一作衰貌。王粲詩：昊天降豐澤，百卉挺葳蕤。鮑照詩：葳蕤被園藿。司馬相如《封禪書》：紛綸葳蕤。注：葳蕤，委頓也。王融詩：秋葉少欣榮。

㈣盧思道詩：可憐疏復密，隱映當窗人。

㈤《武陵記》：兩角曰菱，三角四角曰芰，通謂之水栗。

㈥范雲詩：通林鳥聲嬌。《詩》：蔦與女蘿，施於松柏。舊注：女蘿，松蘿也。

㈦《閒居賦》：白薤負霜。《唐本草》：薤是韭類，有赤白二種，白者補而美。《圖經本草》：薤，春秋分蒔，至冬葉枯。

從人覓小胡孫許寄

此詩梁氏編在大曆二年夔州詩内，黄鶴謂詩有南州路句，當在西北所作，屬在秦州詩内。

《廣志》：猴，一名王孫，一名胡孫。

人説南州路㊀，山猿誤作猨，當是猴樹樹懸㊁。舉家聞若咳山谷作咳，苦革切。舊作駭，一作共愛㊂，爲去聲寄小如拳㊃。預哂愁胡面㊄，初一作何調見馬鞭㊅。許求聰慧一作惠者，童稚捧應平聲癲㊆。四句分截，上是從人覓，下是許見寄。詩寫胡孫，於其形聲情狀，亦頗詳悉，但意義短淺，恐屬率爾之作，故邵寶疑其可删。

㊀顧注：兩粵爲南州路。江淹詩：南州饒奇怪。

㊁庾僧淵詩：猿掛入檐枝。掛，即懸樹。

㊂《山谷別集》：駭，當作咳。禺屬猿猴，喜怒飲食常作咳。今按：咳，丘蓋切。喀，乞格切。皆欬聲也。《新序》：袁族目歐之不出，喀喀然遂伏地而死。蔣之翹曰：猿與沐猴相類，其性仁，不貪食，多群，雄者黑，雌者黄，雄者喜啼。王孫，猴也，狀似愁胡，兩手足如人，其聲嗝嗝若咳，其性

躁，見物輒鬬，好殘毁器物。

㊃《崇安志》：武夷山多獮猴，其小者僅如拳。

㊄愁胡，注見首卷。

㊅《齊民要術》：常繫獮猴於馬坊，令馬不畏，辟惡，消百病。舊注：胡孫能警馬。畜馬者，夜則令胡孫警馬背。張遠注：庾信《五張寺碑》：身雖繫馬，心避騰猿。注引《維摩經》：難化之人，譬如象馬，憁悷不調，加諸苦毒，乃可調伏。釋曰：馬有五種：第一，見鞭影即調伏；第二，得鞭乃伏。

㊆《急就篇注》：顛，一作癲。

吴曾《漫録》云：題是胡孫，而詩以山猿爲詞，何也？猴雖猿屬，性大不同，觀柳州《憎王孫文》可見。韓子蒼有《小胡孫》詩云：「直疑少陵覓，未解柳州憎。」

秋日阮一作陳隱居致薤三十束原注：隱居，名昉，秦州人。

隱者柴一作荆門内，畦蔬繞舍秋。盈筐承露薤㊀，不待致書求㊁。束比青芻色㊂，圓齊玉箸頭㊃。衰年關鬲冷，味暖併一作腹，一作復無憂㊄。張遠注：前四隱居致薤，五六言其形色，七八言其氣味。

㊀《詩》：不盈傾筐。
㊁前從姪佐索薤，此不索而自致也。
㊂《詩》：生芻一束，其人如玉。
㊃顧注：玉筯頭，言薤根之白。劉孝威詩：誰憐雙玉筯。
㊄《本草》：陶隱居曰：薤性温補，仙方及服食家皆須之。

秦州見敕一作除目薛三璩吴作璩，一作據授司議郎畢四曜除監平聲察與二子有故遠喜遷官兼述索居凡三十韻

鶴注：詩云「秋風動關塞」，當是乾元二年秋作。　敕目，除官目次也。　又曰：司議郎，貞觀十八年方置，以比給事中。監察御史十五人，掌分察百僚，巡按州縣。武德初方置，貞觀二十二年加二人。《唐書》：東宫官屬，有司議郎四人，掌侍從規諫、駁正啟奏，并録東宫記注。《舊書·酷吏傳》：肅宗時，裴昇、畢曜同爲御史，皆酷毒，尋流黔中。

大雅何寥濶一作廓㊀，斯人尚典型㊁。交期余潦倒㊂，材力爾精靈㊃。二子聲一作陞同日，諸生困一經㊄。文章開突正作窔，烏弔切奥一云陜㊅，遷擢潤朝音潮廷。舊好何由展㊆，新詩

更憶聽平聲㈧。別來頭併白㈨，相見眼終青㈩。首段，賓主並提。大雅四句，推兩公爲文章之伯。二子四句，承上「才力爾精靈」，身困而喜彼陞擢也。舊好四句，承上「交期余潦倒」，身衰而望其垂注也。

㈠《西都賦》：大雅宏達，於兹爲群。

㈡嵇康詩：何時見斯人。《詩》：雖無老成人，尚有典型。

㈢《絶交書》：足下舊知吾潦倒粗疏，不切事情。

㈣傅毅《舞賦》：繹精靈之所束。

㈤並除官，故云同日。公罷職，故比諸生。褚少孫《年表》：豈可同日而語之哉。《後漢·班超傳》：布衣諸生耳。江淹詩：豎儒困一經。

㈥《荀子》：奥突之間，枕簟之上。突奥，深邃之意。《爾雅》：室西南隅謂奥，室東南隅謂突。

㈦孔融詩：當收舊好。

㈧張華詩：良朋貽新詩。

㈨古詩：相看俱白頭。

㈩阮籍見佳客，則爲青眼。

伊昔貧皆甚，同憂歲一作心不寧。栖遑分半菽㈠，浩蕩逐流萍㈡。俗態猶猜忌一作忍㈢，妖一作祅氛忽一作遂杳冥㈣。獨慚投漢閣㈤，俱一作但議哭秦庭㈥。還蜀祇無補一作益㈦，因梁亦固扃㊇。華夷相混合㊈，宇宙一羶腥。此申彼此舊交，及遭逢亂離之故。半菽，頂「貧皆甚」。流萍，頂「歲不寧」。猜忌，指李林甫。妖氛，指安禄山。投閣，身陷賊中。哭秦，乞師回紇。還蜀，不得扈從上皇也。囚梁，朝官被繫洛陽也。渾合、羶腥，陷長安，擾中原也。

㊀《漢書・項羽傳》：歲饑人貧，卒食半菽。注：士卒食蔬菜，以菽雜半之。《廣絶交論》：莫肯費其半菽。

㊁宋何偃詩：流萍依清源。

㊂沈佺期詩：俗態豈恒堅。

㊃妖氛，注見五卷。《漢書・景十三王傳》：雲蒸列布，杳冥晝昏。

㊄《揚雄傳》：王莽誅甄豐，連及揚雄。時雄校書天禄閣上，治獄使者來，雄恐不能自免，乃從閣上投下，幾死。

㊅《左傳》：吴入郢，申包胥如秦乞師，立依庭牆而哭，日夜不絶聲，勺水不入口，七日，秦師乃出。

㊆《蜀志》：黄權降魏，魏主問之，對曰：「臣降吴不可，還蜀無路，是以歸命。」

㊇《漢書》：梁孝王下鄒陽獄，陽從獄中上書，王立出之。

㊈《晉書》：劉琨《勸進書》：華夷之情允協。

帝力收三統㊀，天威總四溟㊁。舊都俄望幸㊂，清廟肅惟馨㊃。雜種上聲雖一作難高壘一作壁㊄，長驅甚建瓴㊅。焚香淑景殿㊆，漲水望雲亭㊇。法駕初還日㊈，群公若會音怪星㊉。

宫臣仍點染㈡，柱史正零丁㈢。此記肅宗收京，及二子遷官之事。收三統，曆數在唐。總四溟，令行海内。乾元元年一月，帝還西京，是舊都望幸也。乾元二年四月，朝享太廟，是清廟惟馨也。雜種，謂慶緒、思明之徒。長驅，謂既復東京，又圍相州也。焚香，待帝回宫。漲水，俟帝遊宴。朝廷初復，官署缺材，寥寥如會星也。宫臣，謂薛授司議。柱史，謂畢除監察。

㈠《莊子》：帝力於我何有哉。《漢・藝文志》：聖王必正曆數，以定三統。趙曰：周得天統，商得地統，夏得人統。

㈡《書》：誕將天威。陰鏗詩：四溟飛旦雨。

㈢《楚辭》：顧念兮舊都。相如《封禪文》：太山粱父，設壇望幸。蔡邕《獨斷》：天子車駕所至，臣民以爲僥倖，故曰幸。

㈣《詩》：於穆清廟，肅雝顯相。《書》：黍稷非馨，明德惟馨。

㈤《漢書》：羌胡雜種，類不一也。《史記・韓信傳》：李左車曰：「足下深溝高壘，勿與戰。」

㈥樂毅書：長驅至國。《漢・高帝紀》：地勢便利，其以下兵於諸侯，若居高屋之上建瓴水也。

㈦《長安志》：西内安仁殿後，有綵絲院，院西有淑景殿。

㈧夢弼曰：望雲亭，亦在西内。

㈨徐陵詩：横橋象天漢，法駕應坤圖。

㈩《詩》：會弁如星。《箋》：會，謂弁之縫中，飾以玉，狀似星也。

〔二〕《晉書・鄭默傳》：宮臣皆受命天朝，不得同之藩國。後漢崔瑗草書體，或黈點染，狀似連珠。

〔三〕《史記》：老子爲柱下史。樂府《滿歌行》：零丁荼毒，愁懣難支。

官忝趨棲鳳〔一〕，**朝**音潮**回歎**一作欲**聚螢**〔二〕。**喚人看**平聲**騕褭**〔三〕，**不嫁惜娉婷**〔四〕。**掘獄**一作劍**知埋劍**一作獄〔五〕，**提刀見發硎**〔六〕。**侏儒應**平聲**共飽**〔七〕，**漁父忌偏醒**〔八〕。**旅泊窮清渭**〔九〕，**長吟望濁涇**〔一〇〕。

此自述索居之況。棲鳳，拾遺入朝。聚螢，邸舍荒涼。喚人二句，一開一闔，雖望人顧盼，而自惜廉隅，此借良馬佳人爲喻也。埋獄，傷沉淪已久。發硎，幸見用方新。共飽，譏衆人素餐。獨醒，慨直言見斥。清渭，羈迹秦州。濁涇，回念長安也。

〔一〕康駢《劇談録》：含元殿左右，立棲鳳、翔鸞兩閣，龍尾道出於閣前。

〔二〕《漢・靈帝紀》：夜步逐流螢，還至洛陽。

〔三〕《子虚賦》：罥騕褭，射封豕。郭璞曰：騕褭，神馬日行千里。

〔四〕《前漢・蒯通傳》：隱居不嫁，未嘗卑節下意以求仕也。古樂府《烏夜啼》：歌舞諸年少，娉婷無種則。辛延年詩：不意金吾子，娉婷過我廬。

〔五〕豐城埋劍，注見本卷。

〔六〕《莊子》：提刀而立，如新發於硎。

〔七〕《東方朔傳》：侏儒飽欲死，臣朔飢欲死。

〔八〕《楚辭・漁父篇》：原曰：「衆人皆醉吾獨醒。」漁父曰：「何不餔其糟而歠其醨？」

⑨梁元帝詩：旅泊依村樹。《西征賦》：北有清渭濁涇。

⑩應瑒詩：永思長吟。

羽書還似急㈠，**烽火未全停**。**師老資殘寇**㈡，**戎生及近坰**。**忠臣詞憤激**㈢，**烈士涕飄零**㈣。**上**一云小**將**去聲**盈邊鄙**㈤，**元勳溢鼎銘**㈥。**仰思調玉燭**㈦，**誰定握**一作淬**青萍**㈧。此又歎鄴城之潰。羽書仍急，烽火未停，邊報絡繹也。師老，頓兵已久。戎生，思明復熾。憤激涕零，爲宦官監兵，王師喪敗也。上將元勳，見功臣可仗。欲調玉燭，青萍誰屬，言當專任李郭，以致太平。

㈠陸賈《楚漢春秋》：黥布反，羽書至。

㈡《左傳》：楚師驟勝而驕，其師老矣。

㈢應璩詩：忠臣不違命。張華詩：壯士懷憤激。

㈣曹操詩：烈士暮年，壯心不已。

㈤《史記·高帝紀》：以宋義爲上將。《吴越春秋》：犯吴之邊鄙。

㈥梁簡文帝詩：護羌擁漢節，校尉立元勳。陳琳詩：建功不及時，鐘鼎何所銘。

㈦《爾雅》：四時調，謂之玉燭。注：道光照也。束皙詩：玉燭陽明，顯猷翼翼。

㈧陳琳《答曹植牋》：君侯秉青萍干將之器。注：劍名也。

隴俗輕鸚鵡㈠，**原情類鶺鴒**㈡。**秋風動關塞**㈢，**高卧想儀形**一作刑，與典型重出㈣。末段，自感遠遊，而有懷二子也。輕鸚鵡，不爲世重。類鶺鴒，望切故交。秋風記時，儀形思友也。此章前三段各十二句，中二段各十句，末段四句收。

㈠《鸚鵡賦》：命虞人於隴坻，閉以彫籠，剪其羽翅。

㈡《詩》：鶺鴒在原，兄弟急難。鄭箋：鶺鴒水鳥，而在高原，失其常處，則飛鳴求其類。原情，在原之情，或引梁武帝書「原情察咎」，非也。

㈢關塞，注別見。

㈣《世説》：東海王曰：「閑習禮度，不如式瞻儀形。」

楊慎曰：杜詩「不嫁惜娉婷」，此句有妙理。陳後山衍之云：「當年不嫁惜娉婷，敷粉施朱學後生。不惜捲簾通一顧，怕君著眼未分明。」深得其解矣。蓋士不可輕於從仕，猶女不可輕於許人。著眼未分明，相知之不深也。古人有相知之深，一出而成功者，伊尹、孔明是也。有相知未深，不出以全名者，嚴光、蘇雲卿是也。有相知不深，一出而身名俱敗者，劉歆、荀彧是也。

寄彭州高三十五使去聲君適虢州岑二十七長丁丈切史參三十韻

原注：時患瘧病。

《唐書》：彭州濛陽郡，屬劍南道，垂拱二年，析益州置。虢州弘農郡，屬河南道，義寧元年析隋弘農郡置。洙注：彭州，今成都府彭縣。虢州，今河南府盧氏縣。　朱注：新舊兩史皆云：高先刺蜀，後刺彭。唯黄鶴作先彭而後蜀。今按此詩云秋來興長，又云隴草洮雲，明是乾元二年秋在秦州作。最後公在潭州《追酬高蜀州人日詩序》云：「往居在成都時，高任蜀州刺史。」則知高刺蜀州在後矣。今以兩詩互證，二史之誤顯然。鶴注：史云：乾元二年五月，貶李峴爲蜀州刺史。柳芳《歷》亦云：適乾元初刺彭，上元初牧蜀。房琯作《蜀州先主廟碑》載，州將高適建，其末云「公頃自彭遷蜀」，皆與杜詩合。史誤其先後耳。錢箋：適《謝上彭州刺史表》云：「始拜宫允，今列藩條，以今月七日，到所部上訖。」則適自詹事，即出刺彭，鶴注是也。高集有《春酒歌》云：「前年持節將楚兵，去年留司在東京。今年復拜二千石，盛夏五月西南行。彭門劍門蜀山裏。」則適之刺彭，在乾元元年，歲月皆可考。《岑參集·佐郡思舊遊詩序》云：己亥春三月，參自補闕轉起居舍人，夏四月，署虢州長史。則岑之黜官，正乾元二年之夏，公詩作於是秋也。

故一作**古人何寂寞**㊀**，今我獨淒涼**㊁**。老去才雖**一作難**盡**㊂**，秋來興**去聲**甚長**㊃**。物情尤可見**㊄**，詞客未能忘。海内知名士**㊅**，雲端各異方**㊆**。**首領全局。故人何嘗寂寞乎，今我獨見淒涼耳，二句賓主並提。才盡而興猶長，欲遣淒涼也。詞客而處遠方，念及故人也。六句分承上文。

㊀張載《叙行賦》：嗟寂寞而愁予。

㊁庾信詩：淒涼多怨情。

㊂陸機詩：但爲老去年遒。《南史》：江淹晚節，才思微退，時人謂之才盡。

㊃潘岳有《秋興賦》。

㊄物情可見，謂聚散不常。鮑照詩：物情乖喜歇。

㊅魚氏《典略》：陳宫，少與海内知名之士皆相連結。庾信《枯樹賦》：殷仲文，風流儒雅，海内知名。

㊆比二公於雲端，則知其不寂寞矣。枚乘樂府：美人在雲端。曹植詩：離別各異方。

高岑殊緩步㊀，**沈鮑得同**樊作周**行**户郎切㊁。**意愜關飛動**㊂，**篇終接混茫**㊃。**舉天悲富駱**㊄，**近代惜盧王**㊅。**似爾官仍貴，前賢命可傷**㊆。**諸侯非棄擲**㊇，**半刺已翺翔**㊈。**詩好幾時見，書成無信**一作使**將**㊉。此應「故人何寂寞」。上四，言二子詩才，可追往古詞人。次四，言二子境遇，猶勝近世詩人。諸侯，點使君。半刺，點長史。詩好二句，惜遠別也。用意愜當，則機神飛動，此詩思之妙。篇勢將終，而元氣混茫，此詩力之厚。二句極推高岑，實少陵自道也。

㊀湛方生《遊園詠》：任緩步以升降。此言才若高岑，縱舒自如也。

㊁沈鮑，謂沈約、鮑照。《詩》：攜手同行。

㊂《文心雕龍》：延壽《靈光》，含飛動之勢。

㊃《莊子·繕性》篇：古之人在混茫之中。

㊄《唐書》：富嘉謨，武功人，舉進士。文章本經術，人争慕之。中興初，官監察御史卒。又：駱賓王，義烏人，七歲能賦詩。武后時，除臨海丞，棄官去。徐敬業舉兵，署爲府屬，後亡命不知所之。

㊅又：盧照鄰，范陽人，爲鄧王典籤，王重其文，待以相如。調新都尉，病，去官，自沉潁水死。

又：王勃，龍門人，六歲善文辭。補虢州參軍，除名，渡海溺水，悸而卒。鮑照詩：回首眷前賢。

㊆言四子有才無命，今爾官既達，益嘆前賢可傷矣。

㊇曹冏《六代論》：今之州牧郡守，古之方伯諸侯。杜氏《通典》：武德元年，罷郡置州，改太守爲刺史，即古諸侯。

㊈庚亮《答郭豫書》：别駕，舊與刺史别乘，其任居刺史之半，安可任非其人。錢箋：《職原》云：别駕、長史、司馬，通謂之上佐。周必大云：郡丞，秦官，惟掌兵馬。自漢迄唐，其名不常，曰别駕，曰司馬，曰治中，曰長史，雖均號上佐，其實從事之長耳。岑爲長史，而曰「半刺已翱翔」，賈爲司馬，而曰「治中實棄捐」，蓋並可以互稱。《楚辭》：與道翱翔。

㊉司馬相如《諭巴蜀檄》：故遣信使，曉諭百姓。本言誠信之使。釋寶月詩：有信即寄書，無信長相憶。此以信爲使也。姜氏考注：晉宋以還，將信之人即稱爲信。又《鮑永傳》引《東觀漢記》：遣信人馳至長安。

男兒行處是㊀，客子鬭一作問身强㊁。羈旅推賢聖㊂，沉綿抵咎殃㊃。三年猶瘧疾，一鬼不一作未銷亡㊄。隔日搜脂髓㊅，增寒抱雪霜。徒然潛隙地㊆，有靦屢鮮妝㊇。下兩段，應「今我獨淒涼」。此言多病而淒涼也。行處是，起羈旅。鬭身强，起沉綿。隔日增寒，言瘧作。潛地鮮妝，避瘧鬼也。

㊀陸機詩：男兒多遠志。

㈡阮瑀詩：客子易爲戚。《易林》：鬭身戰天。

㈢《左傳》：羈旅之臣。王弼《易注》：仲尼爲旅人，即推賢聖意。古詩：賢聖莫能度。

㈣沈約《蕭愐碑》：因遇沉疴，綿留氣序。《後漢・張升傳》：偃蹇反俗，立致咎殃。

㈤《後漢・禮儀志》注：《漢舊儀》：顓頊氏有三子，生而亡去，爲疫鬼，一居江水爲瘧鬼。沈約詩：一謝永銷亡。

㈥《素問》：瘧者，陰與陽争，不得出，是以間日而作。又曰：瘧者之寒，湯火不能温也。

㈦《記》：相見於隙地，曰會。

㈧《詩》：爲鬼爲蜮，有靦面目。《任昉集》：惟此人斯，有靦面目。

何太龍鍾極㈠，**於今出處**上聲**妨**㈡。**無錢居帝里**㈢，**盡室在邊疆**㈣。**劉表雖遺恨**㈤，**龐公至死藏。心微傍魚**讀作語**鳥**㈥，**肉瘦怯豺狼。隴草蕭蕭白**㈦，**洮雲片片黄**㈧。此言遠客而淒涼也。龍鍾，歎衰老。出處，傷不遇。帝里，指長安。邊疆，謂東谷。劉表二句，言不輕附人。魚鳥，喜相親。豺狼，恐見噬。草白雲黄，乃邊塞蕭條之象。

㈠王褒書：援筆攬紙，龍鍾橫集。《青箱雜記》：古語有二聲合爲一字者，如「不可」爲「叵」，「而已」爲「耳」，蓋起於西域二合之音。龍鍾切爲癃，潦倒切爲老，謂人之癃老，以龍鍾、潦倒目之，音義取此。錢箋：龍鍾，《演義》謂不昌熾，不翹舉，如藍鬖、拉搭之類。按：《荀子・議兵篇》：觸之者角摧隴種，東籠而退耳。注：隴種，遺失貌，如隴之種物然，或曰即鍾也。《新序》作隴鍾而退。

龍鍾似即隴種，語轉而然耳。薛蒼舒注：《廣韻》：龍鍾，竹名，世言龍鍾，謂年老如竹之枝葉，搖曳不自矜持。此説杜撰不經。後人《記事珠》等書，據爲故實，可笑也。李濟翁《資暇録》解龍鍾字，尤支離。庾信《竹杖賦》：每與龍鍾之族，幽翳沉沉。注：龍鍾，竹名。亦屬相沿之説。今按《洞冥記》：陽關之外花牛津，時得異石，長十丈，高三丈，立於望仙宫，因名龍鍾石。龍鍾三説不同。如《洞冥記》，是老人身重如石，難移動也。張希良曰：龍鍾二字，有作老憊解者，有作蹭蹬解者，有作下淚解者。王褒書云：授筆攬紙，龍鍾橫集。常建詩云：雙袖龍鍾淚不乾。李端詩云：龍鍾相見誰能免。則下淚之狀也。元載入關別妻詩云：年來誰不似龍鍾，雖在侯門不見容。蘇頲詩云：龍鍾踏澗泥。《品彙》注：龍鍾，行不動貌。《述異記》有龍鍾石。皆蹭蹬之狀也。杜詩云：何太龍鍾極。高適詩云：龍鍾還忝二千石。則老憊之狀也。今人謂老人之不潔者曰癃鬆，正龍鍾之訛。張九齡《答子昂贈竹簪》詩云：遺我龍鍾節。龍鍾本是龍種，別爲一義耳。

㊁張載詩：出處雖殊途。

㊂《神仙傳》：李仲甫賣筆遼東市，無錢亦與筆。《晉書·王導傳》：建康，古之金陵，舊爲帝里。

㊃《左傳》：盡室而行。又：摇蕩我邊疆。

㊄劉表、龐公，注見本卷前。陽縉詩：遺恨没秦宫。

㊅《絶交書》：游山水，觀魚鳥，心甚樂之。《離騷》：乘白黿兮逐文魚，與汝遊兮河之渚。魚，叶偶許切。

㈦古詩：蕭蕭白楊樹。

㈧何處士詩：香雲片片生。

彭門一云天彭**劍閣外**㈠**，虢略鼎湖旁**㈡**。荆玉簪頭冷**㈢**，巴牋染翰光**㈣**。烏麻蒸續曬**㈤**，丹橘露應**平聲**嘗**㈥**。豈異神仙宅**㈦**，俱兼山水鄉**㈧**。竹齋燒藥竈**㈨**，花嶼讀書床**㈩**。更得清新否**⑪**，遥知對屬**音祝**忙**⑫**。**此應「雲端各異方」。彭門虢略，叙明兩州。荆玉、烏麻，承「虢」。巴牋、丹橘，承「彭」。四句分記物産之佳。唯神仙宅，故可燒藥，唯山水鄉，故有花嶼。四句合記景地之勝。清新二句，照上詩好。對屬忙，身繫官職也。

㈠《水經注》：李冰爲蜀守，見氏道縣有天彭山，兩山相對，其形如闕，謂之天彭門，亦曰天彭闕。

㈡《左傳》：東盡虢略。《後漢·郡國志》：陸渾西有虢略地。《唐書》：虢州，先曰鼎州，以鼎湖名。《寰宇記》：荆山，在鼎湖縣南，出美玉，即黄帝鑄鼎之所。

㈢簪頭，簪於頭也。

㈣《紙譜》：蜀牋紙，盡用蔡倫法，有玉版、貢餘、經屑、表光之名。《秋興賦》：染翰操紙。

㈤《本草》：胡麻生中原山谷。陶隱居曰：胡麻當九蒸九曝，熬擣充餌，以烏者爲良。

㈥謝莊詩：橘露靡兮蕙烟輕。《蜀都賦》：户有橘柚之園。

㈦《天台賦》：神仙之窟宅。

㈧崔融詩：由來山水鄉。

⑨《南越志》：長沙瀏陽縣王喬山，有合丹竈。

⑩庾信詩：書卷滿床頭。

⑪蕭揚州《進士表》：詞賦清新。

⑫《新唐書》：沈約、庾信，以音韻相婉附，屬對精密。

舊官寧改漢㈠，**淳俗本歸**一作不離**唐**㈡。**濟世宜公等**㈢，**安貧亦士常**㈣。**蚩尤終戮辱**㈤，**胡羯漫猖狂**㈥。**會待妖**一作祅**氛靜**一作滅㈦，**論**平聲**文暫裹糧**㈧。賓主總收，又應「詞客未能忘」。寧改漢，刺史依然漢官也。本歸唐，虢州本屬堯封也。位可濟世，則不寂寞矣。自安貧賤，甘受淒涼矣。蚩尤，指祿山。胡羯，指思明。裹糧論文，願與諸人聚首也。此章首尾各八句，三四兩段各十句，二五兩段各十二句。

㈠陳樂昌公主詩：新官對舊官。《漢·百官表》：武帝元封五年，置部刺史十三人，掌奉詔條察諸州。

㈡《詩傳》：成王封叔虞於唐，後改號晉。其俗憂深思遠，有堯之遺風。

㈢《晉書·杜預傳》：禹稷之功，期於濟世。《史記·高帝紀》：公等皆去。

㈣漢《金鄉長侯成碑》：安貧樂道，忽於時榮。《列子》：貧者，士之常也。《世説》：殷仲堪曰：「貧者，士之常，焉得登高枝而捐其本。」

㈤《史記》：黄帝殺蚩尤於涿鹿之野。

⑥前涼王祚令：胡羯氐羌，咸懷竊璽。《莊子》：浮游不知所求，猖狂不知所往。

⑦魏文帝書：用給左右，以除妖氛。

⑧《左傳》：裹糧坐甲。劉琨詩：裹糧攜弱，匍匐星奔。

凡排律，多在首聯扼題，若作長排，必在首段總挈。如此篇，用四語標眼，而後用四段分應。下篇用兩語提綱，而後用兩扇對承。細心體玩，方見杜詩脈絡之精密。

寄岳州賈司馬六丈巴州嚴八使去聲君兩閣黃作閣老五十韻

鶴注：詩云「隴外翻投跡」，當是乾元二年秦州作。《唐書·地理志》：岳州巴陵郡，屬江南西道。巴州清化郡，屬山南西道。《賈至傳》：坐小法，貶岳州司馬。《嚴武傳》：坐房琯事，貶巴州刺史。《新書·肅宗紀》：九節度使潰，汝州刺史賈至奔於襄鄧。王道俊《博議》謂至貶岳州，實因棄汝之故。吴縝《唐書糾謬》有辯甚明。朱注：本傳謂坐小法，史文未詳耳。朱又云：《房琯傳》：武貶巴州刺史，在乾元元年六月。《舊書》却云貶綿州。按巴州嚴武《光福寺楠木歌碑》題云：衛尉少卿兼御史嚴武。夫在巴州既有碑可證，則舊史言綿州者，非矣。且《武傳》既言貶綿州，而《房琯傳》又載乾元元年六月詔曰：武可巴州刺史。何其疏也。黃鶴云武自巴遷綿，亦無據。

衡岳啼猿裏㊀，巴州鳥道邊㊁。故人俱不利一作別，謫宦兩悠一作茫然。開闢乾坤正一作大㊂，榮枯雨露偏㊃。長沙才子遠㊄，釣瀨客星懸㊅。首段，總挈大旨。衡岳、巴州，敘地；故人、謫宦，記事；長沙、釣瀨，切姓。盧注：開闢、榮枯二句，乃全篇關鍵。此承謫宦而言。當乾坤反正之日，人各沾恩，特以質有榮枯，故受此雨露者偏異耳。語本微婉，舊注直云歎不得蒙恩而見謫，未免語涉懟上矣。

㊀謝靈運詩：噭噭夜猿啼。《宜都山川記》：峽中猿鳴至清，諸山谷傳其響，泠泠不絕。

㊁《南中志》：鳥道四百里。以其險絕，特上有飛鳥之道耳。

㊂《春秋元命苞》：天地開闢。

㊃朱注：讀太白《巴陵贈賈舍人》詩「聖主恩深漢文帝，憐君不遣到長沙」，方悟此詩「榮枯雨露偏」之旨。曹植詩：榮枯立可異。

㊄《漢書》：賈誼以大中大夫，謫長沙王太傅。《西征賦》：賈生洛陽之才子。

㊅《後漢書》：嚴光，耕富春山中，後人名其釣處爲嚴陵瀨。又曰：光武與嚴光共卧，太史奏客星犯帝座甚急。

憶昨趨行殿㊀，殷憂捧御筵㊁。討胡愁李廣㊂，奉使去聲待張騫㊃。無復扶又切雲臺仗㊄，虛修水戰船㊅。蒼茫城七十㊆，流落劍三千㊇。畫角吹一作歙秦晉一作塞㊈，旄頭俯澗瀍㊉。小儒輕董卓⑪，有識笑苻堅⑫。浪作禽填海⑬，那將血一作矢射音石天⑭。萬方思助順⑮，一鼓氣無前⑯。陰散陳倉北⑰，晴曛太白巔⑱。亂麻屍積衛⑲，破竹勢臨燕平聲⑳。法駕還雙闕㉑，王師下去聲八川㉒。此時霑奉引㉓，佳氣拂周旋㉔。貔虎開吴作開，一作閒金甲刊作匣，非㉕，麒麟受玉鞭㉖。侍臣諳入仗，廐馬解胡買切登仙㉗。花動朱樓雪㉘，城凝碧樹烟㉙。衣冠心慘愴㉚，故老淚潺湲㉛。哭廟悲風急㉜，朝音潮正平聲霽景鮮㉝。月分梁漢米㉞，春給一作得水衡錢㉟。内蕊繁於纈㊱，宫莎俗本作花，非軟勝綿㊲。恩榮同拜手，出入一作處最隨肩㊳。晚著涉略切華堂醉㊴，寒重平聲繡被眠㊵。轡齊兼秉燭㊶，書枉滿懷牋㊷。此言天寶之末，目擊亂離，收京以後，同爲近侍，所謂「開闢乾坤正」也。趨行殿，詣鳳翔也。捧御筵，謁肅宗也。愁李廣，哥舒敗績。待張騫，徵兵回紇。無臺仗，明皇出奔。虚戰船，西京失守。城七十，河北皆陷。劍三千，軍士潰散。吹秦晉，鼓角震於西方。俯澗瀍，昴星下照東都。董卓、苻堅，指安史。填海射天，惡其不自量而敢於犯上也。此上言安史之亂。助順無前，言衆心所向，陳倉、太白，鑾輿漸近長安。陰散晴薰，太平先有氣象矣。屍積衛，慶緒方敗。勢臨燕，范陽可取。還雙闕，天子回京。下八川，關中盡復。此上言還京之事。奉引，公爲扈從。佳氣，喜見舊都。貔虎，指武將。麒麟，指御馬。入仗，朝儀復備。登仙，舞馬仍歸。花雪城烟，初春景色。衣冠指臣，故老指民。天子哭廟，悲往事也。百官朝正，慶維新也。此上言回京後景事。分米給錢，朝官之俸。内蕊宫莎，禁庭之物。拜手隨肩，並爲近臣。晚醉寒眠，與共晨夕。轡齊書枉，往來交密也。此上言同朝時情事。

㈠《前漢書》應劭注：舊典，天子行幸所止，必先遣静室，令先按行，清静殿中。王洙曰：天子行幸所止，曰行殿。

㈡杜審言詩：帝子王臣捧御筵。

㈢《李廣傳》：廣擊匈奴，胡騎得廣，置兩馬間，絡而盛之。此與禄山生擒哥舒相似。

㈣張騫使西域，注别見。

㈤《哀江南賦》：非無北闕之兵，猶有雲臺之仗。

㈥《西京雜記》：武帝作昆明池以習水戰，中有戈船、樓船數百艘。《秋興》詩：武帝旌旗在眼中。借漢言唐，知明皇亦有水戰船矣。

㈦庾信詩：蒼茫風聲慘。《杜臆》：城七十，借用燕破齊七十餘城事。禄山擁燕地，其所陷河北二十餘郡，多屬齊地。

㈧阮瑀詩：流落恒苦心。《越絶書》：闔閭葬虎丘，有扁諸之劍三千。《莊子》：趙文王喜劍，劍客來者三千餘人。

㈨陳張正見詩：風高嘖畫角，雲上舞飛梯。

㈩《前漢書》：昴爲旄頭，妖星也。澗瀍二水，在東都。《水經注》：澗水，出新安縣南白石山，東南入於洛。瀍水，出河南穀城縣北山，東過偃師縣，入於洛。

⑪《漢書》：夏侯勝章句小儒。　《袁紹傳》：董卓按劍叱紹曰：「豎子敢然！」紹勃然曰：「天下健者，豈惟董公！」横刀長揖逕出，懸節於上東門，而奔冀州。《鄭太傳》：袁本初，公卿子弟，生長京師。

⑫干寶《晉記》：有識尤之。　王洙曰：苻堅違衆伐晉，遂至破敗。　撫畜鮮卑，苻融諫之，不聽，後爲鮮卑所敗。《東晉紀》：慕容沖攻秦王堅，堅出奔五將山。　後秦王姚萇，遣人縊堅於新平佛寺。

⑬《山海經》：赤帝女溺死東海，化爲鳥，名精衛，取西山木石填海。

⑭《商本紀》：帝乙無道，爲偶人，謂之天神，與之博，令人爲行。　天神不勝，乃僇辱之，爲革囊盛血，仰而射之，命曰射天。《史記》：宋王偃，盛血以革囊，懸而射之，命曰射天。

⑮《書》：咨爾萬方有衆。　魏崔琰曰：「民望助順。」

⑯《左傳》：夫戰，勇氣也，一鼓作氣。

⑰《唐書》：鳳翔府寶鷄縣，本陳倉，至德二載更名。

⑱鳳翔郿縣有太白山。

⑲《史記》：死人如亂麻。　《何氏語林》：祖元珍曰：「悲彭城屍積石梁亭。」　乾元元年，郭子儀引兵濟河，東至獲嘉，破安太清。　太清走保衛州，子儀進圍之。　慶緒悉舉鄴中之衆七萬，救衛州。子儀僞退，賊逐之，至壘垣之下，伏兵起，射之，賊還走。　子儀復引兵逐之，慶緒大敗。

⑳《晉書·杜預傳》：今兵威已震，勢如破竹，數節之後，迎刃而解。

㉒《史記》：奉天子法駕，迎於代邸。　張正見詩：雙闕並凌虚。

㉓《詩》：王師之所。　《關中記》：關内八水。《上林賦》：八川分流。

㉔《漢·郊祀志》：禮月之夕，奉引復迷。韋昭曰：奉引，前導引車。

㉕《漢·光武紀》：氣佳哉，鬱鬱葱葱。　《玉藻》：周旋中規。

㉖《詩》：如虎如貔。　蔡琰詩：金甲耀日光。

㉗《杜陽雜編》：代宗嘗幸興慶宫，於複壁間得寶匣，匣中獲玉鞭，鞭末有文曰「軟玉鞭」，即天寶中異國所獻。光可鑑物，節文端妍。屈之則頭尾相就，舒之則勁直如繩。雖以斧鑕鍛斫，終不傷缺。

㉘《齊職儀》：乘黄，獸名，龍翼馬身，黄帝乘之而仙，後因以名廐。　王隱《晉書》：宣帝内廐馬，一日風静天霽，有羽鶴飛至廐，化爲青衣童子，騎二大馬，乘空而去。　錢箋：上皇教舞馬百匹，銜杯上壽。禄山克長安，皆運載詣洛陽。收京後，當復舊也。　夏侯湛《東方朔畫贊》：棄俗登仙。

㉙馮衍《顯志賦》：伏朱樓而四望。

㉚江淹詩：碧樹露阡阡，生烟紛漠漠。

㉛漢樂府：臣吏衣冠。　陸機詩：慘愴恒鮮歡。

㉜《西征賦》：訊諸故老。　《孔叢子》：孔子《丘陵歌》：惟以永嘆，涕霣潺湲。

㉝《記》：有焚先人之廟，則哭三日。《舊唐書》：太廟爲賊所焚。子儀復京師，權移神主於大内長安

殿。上皇還，謁廟請罪。肅宗素服，向廟哭三日。應璩書：悲風起於閨門。

㉝《新書》：乾元元年正月戊寅朔，上皇御宣政殿，授皇帝受命傳國寶。

㉞王洙曰：梁漢間所出儲米，月分廩給也。謝承《後漢書》：章帝分梁漢儲米給民。

㉟《漢書》：本始二年春，以水衡錢爲平陵徙民起第宅。應劭曰：水衡與少府，皆天子私藏。徐陵詩：金督水衡錢。

㊱內蕊、宫莎，乃大内所種花草。從亂後見之，故喜溢於詞。纈綿，特借以比况耳。盧注解作宫衣之花草，非是。《説文》：纈，結也，繫彩繒爲文也。杜牧之詩：花塢團宫纈。韓退之詩：碎纈滿紅杏。俱屬借形語。

㊲《漢書》顔注：莎，即青莎草。《爾雅翼》：莎，莖葉似三稜，根周匝多毛，名香附子。《拾遺記》：方丈山有莎蘿草，細如髮，一莖百尋，柔軟香滑。束晳《餅賦》弱似春綿，白若秋練。

㊳恩榮，承月分二句。出入，承内蕊二句。謝靈運詩：何以報恩榮。《書》：拜手稽首。《記》：五年以長，則肩隨之。

㊴陸雲詩：思樂華堂，雲搆崇臺。公王有酒，薄言饗之。

㊵《後漢書》：欒崧家貧，爲郎，獨直臺，無被，枕杫。帝聞而嘉之，詔給帷被皁袍。

㊶古詩：何不秉燭遊。

㊷趙注：書杠，言在禁掖時往來尺書也。

每覺昇元輔㊀，深期列大賢。秉鈞方咫尺㊁，鎩翮一作羽再聯翩㊂。禁掖朋從改一作換㊃，微班性命全㊄。青蒲甘受一作就戮㊅，白髮竟誰憐㊆？弟子貧原憲㊇，諸生老伏當作服虔㊈。師資謙未達㊉，鄉黨敬何一作推先⑪？舊好腸堪斷⑫，新愁一作秋眼欲穿⑬。翠乾音干危棧竹⑭，紅膩小湖一作池蓮。賈筆論平聲孤憤⑮，嚴詩一作君賦幾篇？定知深意苦一作好，莫使衆人傳。貝錦無停織⑯，朱絲有斷絃⑰。浦鷗防碎首⑱，霜鶻不空拳⑲。地僻昏炎瘴⑳，山稠隘石泉㉑。且將棋度日㉒，應平聲用酒爲年。典郡終微眇㉓，治平聲中實棄捐㉔。安排求傲吏㉕，比興去聲展歸田㉖。去去才難得㉗，蒼蒼理又玄㉘。古人稱逝矣㉙，吾道卜終焉㉚。隴外翻投跡㉛，漁陽復扶又切控弦㉜。笑爲妻子累㉝，甘與歲時遷。親故行稀少㉞，兵戈動接連㉟。他鄉饒夢寐㊱，失侶自迍邅㊲。此言方登仕籍，旋被謫遷，在嚴賈不免憂讒畏譏，在己則又衰頹羈旅，所謂「榮枯雨露偏」也。元輔，言相位。大賢，指嚴賈。勢可秉鈞，而連翩放逐，此叙兩公外除。朋從承上，性命起下。青蒲受戮，疏救房琯。白髮誰憐，孑身寥落也。公以原憲、服虔自處，而後輩嫌其貧老，因言師資雖不敢居，鄉黨獨不當先敬乎。此上，自叙失官窮老。舊好新愁，故人遠去。巴棧岳蓮，兩州時景。賈筆嚴詩，兩公才思。意苦莫傳，恐被指摘也。下四，申明此意。無停織，曲爲羅織。有斷絃，易遭傷毁。浦鷗，喻二公之受侮。霜鶻，比讒人之肆毒。地僻指岳，山稠指巴。至此而藉棋酒，亦無聊甚矣。典郡，指州刺史。治中，指州司馬。安心而受外吏，託興而念歸田，則一官不足戀矣。此上，叙嚴賈遠謫。去去，惜二公之才。蒼蒼，歎二公之遇。稱逝，當見幾而作。卜終，言無意用世。隴外，公所居。漁陽，思明地。憂控絃，故覺妻子爲累。遠投迹，故與歲月俱遷。親故二句，又申控絃。他鄉二句，又申投迹。失侣，憶二公也。此上，自叙客况凄涼。

㊀成公綏詩：尹爲媵臣，遂作元輔。

㊁《詩》：秉國之鈞。

㊂《淮南子》：飛鳥鎩羽。許慎注：鎩，殘羽。　江孝嗣詩：驅馬一連翩。

㊃禁掖，禁庭有左右掖門也。　張華詩：朋從自遠至。

㊄《出師表》：苟全性命於亂世。

㊅《漢書》：元帝欲易太子，史丹直入卧内，伏青蒲上泣諫。服虔曰：青緣，蒲席也。

㊆左思詩：馮公豈不偉，白首不見招。

㊇原憲，注見本卷。　《莊子》：天地豈私貧我哉。此貧字活用。《趙充國傳》：充國請行，上老之。此老字活用。楊誠齋謂實字而虚用，是也。

㊈《後漢·儒林傳》：服虔，字子慎，少入太學受業，有雅才，著《春秋左氏傳解》行於世。顧炎武曰：古文經史，皆是寫本，久客四方，未必能攜。一時用事之誤，自所不免。詩云「諸生老伏虔」，本用濟南伏生事。伏生，名勝，非虔。後漢有服虔，非伏也。

㊉《老子》：善人，不善人之師。不善人，善人之資。此所謂師資。《世説》：孔融見李膺曰：「先君與

老君有師資之道。」

〔一二〕《孟子》：鄉人長於伯兄一歲，則誰敬？　敬何先，即《壯遊》詩「坐深鄉黨敬」之意。

〔一三〕《左傳》：未繼舊好。　鮑照詩：行子心腸斷。

〔一三〕隋王眘詩：新愁還復多。

〔一四〕棧，用竹編。竹枯乾，則棧道危矣。

〔一五〕《漢書》：賈君房下筆，言語妙天下。賈筆本此。　趙注：南史有三筆、六詩。《杜臆》引《老學菴筆記》云：賈筆，謂賈之文。南朝詞人謂文爲筆，故《沈約傳》云：玄暉善爲詩，彦昇工於筆，約兼有之。梁簡文論文章之弊曰：詩既若此，筆又如之。《任昉傳》又有沈詩、任筆語。故杜以「賈筆」對「嚴詩」。而杜牧亦云：「杜詩韓筆愁來讀，似倩麻姑癢處搔。」亦襲南朝語。余謂賈筆句，借用長沙痛哭流涕語。至嚴詩句，則借嚴助事。按：助傳云：作賦頌十數篇。賦、頌，皆詩之流也。　《漢書·司馬遷傳》：韓非囚秦，《説難》、《孤憤》。

〔一六〕《詩》：萋兮斐兮，成是貝錦。箋云：喻讒人集己過，以成於罪，猶女工之集采色，以成錦文。

〔一七〕鮑照詩：直如朱絲繩。

〔一八〕曹植書：不能摧身碎首，以答厚德。《抱朴子》：息禽所發憤而碎首。

〔一九〕又：空拳入石。《易林》：空拳握手。

〔二〇〕隋王冑詩：五嶺常炎鬱，百越多山瘴。　炎瘴，屬岳州。石泉，屬巴州。

㉑唐茂州有石泉縣，今四川龍安府屬縣。《北山移文》：石泉咽而下帳。

㉒何遜詩：離離堪度日。

㉓《後漢・黄香傳》：典郡從政，固非所堪。又張酺疏：剖符典郡，班政千里。

㉔《晉・職官志》：州置别駕、治中、從事。杜氏《通典》：治中，舊州職也，隋時州廢，遂爲郡官。開皇三年，改治中爲司馬，唐武德初，復爲治中，高宗即位，改諸州治中並爲司馬。錢箋：《梁書》：陸閑爲揚州治中，辭職，高祖聽與府司馬换廨居之。甄皇后樂府：莫用賢豪故，捐棄素所愛。

㉕《莊子》：安排而去化，乃入於寥天一。安排，安受造物之推排也。杜定功曰：莊子嘗爲漆園吏，楚威王聘之，欲以爲丞相。謂使者曰：「亟去，無污我。」故曰傲吏。郭璞詩：漆園有傲吏。

㉖詩有六義，三曰比，四曰興。張衡《歸田賦》注：順帝時，閹官用事，衡欲歸田里，作《歸田賦》。

㉗蘇武詩：去去從此辭。《論語》：才難。

㉘《莊子》：天之蒼蒼，其正色耶。《老子》：玄之又玄。

㉙《漢書》：楚元王敬禮穆生，常爲設醴，及王戊即位，忘設醴，穆生退曰：「可以逝矣。」遂謝病去。

㉚《史記》：西狩見麟，仲尼曰：「吾道窮矣。」《國語》：子犯知文公之安齊，而有終焉之志也。《王羲之傳》：初渡浙江，便有終焉之志。江總《修心賦》：卜居山陰却陽里，貽厥子孫，有終焉之心。

㉛《莊子》：多物將往，投迹者衆。揚雄《解嘲》：擬足而投迹。

㉜漁陽，即范陽。時史思明復反。《嚴安傳》：鍛甲摩劍，矯箭控弦。

㉝《修心賦》：庶忘累於妻子。
㉞陸機《嘆逝賦》：追計平生同時親故。
㉟左思《蜀都賦》：桑梓接連。
㊱謝靈運詩：萝寐佇歸舟。
㊲《易》：屯如邅如。左思詩：英雄多迍邅。

多病加一作成**淹泊，長吟阻静便**㊀。**如公盡雄俊**㊁，**志在必騰騫**㊂。一云：公如盡憂患，何事有陶甄。樊云：如公盡雄俊，何事負陶甄。　末用賓主並收，自歎而望人也。加淹泊，留滯他鄉。阻静便，意不自適。雄俊騰騫，言二公之才不能終抑。其後賈果爲散騎常侍，嚴亦爲劍南節度使。此章，八句起，四句結，中兩大段各四十四句。

㊀静便，注見首卷。
㊁曹植《七啟》：雄俊之徒，交黨結倫。
㊂騫崩之騫，音褰，馬腹病也，在先韻。騫騰之騫，音軒，鳥飛舉也，在元韻。孫愐謂騫字不可入先韻。朱注：考《漢書》「斬將搴旗」，注云：搴，取也。《韻會》：搴，古通作騫。杜詩用「騰騫」，蓋以騫取爲義。今按《考工記》：梓人爲筍虡，小體騫腹。注：身小而腹縮，可以騫舉也。亦作掀舉之義。及考宋鄭庠《古韻》，則真、文、元、寒、删、先，六韻皆協先音，即作騰騫，亦自合也。

前章寄高岑，語無悲憫，以彭州、虢州，乃除授也，故曰「諸侯非棄擲，半刺已翱翔」。此章寄嚴賈，詞多感慨，以巴州、岳州，乃貶謫也，故曰「典郡終微眇，治中實棄捐」。同一官職，而詞語不同，意各有爲耳。後段歸田，以目前境界言。騰騫，以將來遇合言。上下自不相背。

羅大經曰：楊子幼以「南山種豆」之句殺其身，此詩禍之始也。至於「空梁落燕泥」，并「庭草無人隨意緑」句，非有所譏刺，徒以琱斲工巧，爲暴君所忌嫉，至賈奇禍，則詩真可畏哉。少陵《寄賈至嚴武》詩云：「賈筆論孤憤，嚴詩賦幾篇。定知深意苦，莫使衆人傳。貝錦無停織，朱絲有斷絃。浦鷗防碎首，霜鶻不空拳。」蓋深戒之也。劉禹錫種桃之句，不過感歎之詞耳，非甚有所譏刺，然亦不免於遷謫矣。

楊德周《讀杜漫語》曰：「世情只益睡」，是閲世語。「吾生亦有涯」，是達生語。「男兒行處是，客子鬬身强」，是真閲歷語。「物情尤可見，詞客未能忘」，是真聲氣語。「侏儒應共飽，漁父忌偏醒」，「心微傍魚鳥，肉瘦怯豺狼」，必身經憂患，纔曉讀斯語。「定知深意苦，莫使衆人傳。貝錦無停織，朱絲有斷絃」，必身罹讒謗，纔曉讀斯語。

寄張十二山人彪三十韻

《唐詩紀事》：彪，蓋潁洛間静者。天寶末，將母避亂，嘗有《北遊酬孟雲卿》詩曰：「善道居貧賤，潔服蒙塵埃。慈母憂疢疾，室家念栖哀。」又有《神仙》詩曰：「長老思養壽，後生笑寂寞。五穀無長年，四氣乃靈藥。」讀二詩，公詩始明。　詩云「三違潁水春」，自至德二載至乾元二年，凡三春也，當在是年秋秦州作。

獨卧嵩陽一作雲**客**㈠，**三違潁水春**㈡。**艱難隨老母**㈢，**慘澹向時人**㈣。**謝氏尋山屐**㈤，**陶公漉**音鹿**酒巾**㈥。**群凶彌宇宙，此物在風塵**㈦。**歷下辭姜被**㈧，**關西得孟鄰**㈨。**早通交契密，晚接道流新**㈩。首言山人奉母入關，往時得以相遇。嵩潁，本山人所居，其艱難慘澹而來，總爲母依人耳。風塵之際，猶帶屐巾，避亂而不忘逸興也。歷下早通，記初交之地。關西晚接，記再遇之緣。

《杜臆》：山人以道術名，而公極稱其孝，有關世教不淺。

㈠《述征記》：嵩山，東曰太室，西曰少室，相去十七里，嵩其總名。《括地志》：在洛州陽城縣西北。張遠注：彭祖云：上士異牀，下士異被。服藥百裹，不如獨卧。

㈡《水經》：潁水出潁川陽城縣西北少室山，東南入於淮。

㈢《史記·管仲傳》：知我有老母也。

㈣《淮南子》：今之時人。

㈤《謝靈運傳》：尋山陟嶺，必造幽峻，嘗著木屐，上山則去前齒，下山則去後齒。

㈥《陶潛傳》：郡將候潛，逢其酒熟，取頭上葛巾漉酒畢，還復著之。

㈦此物，頂屐與巾。古詩：此物何足貴，但感別經時。《答賓戲》：彼皆躡風塵之會，履顛沛之勢。

㈧《海内先賢傳》：姜肱事繼母，年少，肱兄弟同被而寢，不入室以慰母心。

㈨《列女傳》：孟子之母，凡三徙而舍學宫之傍。

〔一〇〕《北山移文》：覈元元於道流。

静者心多妙一作好，先生藝絶倫〔一〕。草書何太古一云應甚苦，詩興去聲不無神。曹植休前輩〔二〕，張芝更後身〔三〕。數篇吟可老，一字賣舊作買堪貧〔四〕。將恐曾音層防寇〔五〕，深潛一作情託所親。寧聞倚門夕〔六〕，盡力潔餐晨〔七〕。此言山人才具出人，故得伸其孝養。心静，故有妙悟，此藝能之本。曹植數篇，承詩興。張芝一字，承草書。將恐深潛，避亂之計。夕膳晨餐，奉養之勤。

〔一〕《前漢·匡衡傳》：經學絶倫。

〔二〕自東漢至建安，詩盛於七子，而以子建爲稱首。《詩品》謂其「骨氣奇高，辭采華茂，粲溢今古，卓爾不群，譬人倫之有周孔，鱗羽之有龍鳳，音樂之有琴笙，女工之有黼黻」。據此可見其壓倒前輩矣。

〔三〕晉羊欣論書：弘農張芝，高尚不仕，善草書，精勁絶倫，人謂之草聖。殷芸《小説》：後漢張衡死日，蔡邕始懷孕。二人才貌甚相類，人云邕是張衡後身。

〔四〕又羊欣《書論》：師宜官，書大字，方一丈，小字，方寸千言。或空，至酒家，先書其壁，觀者雲集，酒因大售。俟其飲足，削書而退。

〔五〕《詩》：將恐將懼。

〔六〕《齊國策》：王孫賈母曰：「汝曉出而晚來，則吾倚門而望。」後漢薛包，事母至孝，出入必有時。至期，母倚門望之，包必至矣。

㊆束皙《補亡詩》：馨爾夕膳，潔爾晨餐。

疏懶爲名誤，驅馳喪去聲我真㊀。索居尤一作猶寂寞，相遇益愁一作悲，一作酸辛㊁。流轉一云轉徙依邊徼音教，逢迎念席珍㊂。時來故舊少㊃，亂後別離頻。此叙當時遇而復別之事。相遇，即指關西。流轉以下，公赴秦州也。「逢迎念席珍」，慨窮途無珍重之者。

㊀《詩》：無敢馳驅。《莊子》：今者吾喪我。

㊁嵇康詩：鐘鼓或愁辛。

㊂漢章帝詔：遣吏逢迎。《漢書注》：迎之於道，隨所到而逢之，故曰逢迎。《記》：儒有席上之珍以待聘。

㊃故舊，見《論語》。

世祖修高廟㊀，文公賞從去聲臣㊁。商山猶入楚㊂，渭一作源水不離一作知秦。刊作湍水不流秦。存想青龍秘㊃，騎行白鹿馴㊄。耕巖非谷口㊅，結草即一作欲河濱㊆。肘後符應平聲驗㊇，囊中藥未陳㊈。旅一作放懷殊不愜，良覿眇無因㊉。自古皆悲恨⑪，浮生有屈伸⑫。此言山人得還故居，惜己不復相見耳。修廟、賞臣，京師初復。商山、渭水，山川如舊。青龍、白鹿，道法之高。谷口、河濱，山人所在。肘後、囊中，精於方術。良覿無因，不勝傷心矣。浮生屈伸，又復自解也。屈伸以聚散言。

㈠錢箋：至德二載十二月，蜀郡、靈武元從功臣，皆加封爵。次年四月，九廟成，備法駕，自長安迎神主入新廟。皆借漢晉爲喻，以括焚毁收復。《後漢書》：光武建武二年正月，立高廟於洛陽，四時祫祀。高帝爲太祖，一歲五祀。

㈡《左傳》：晉侯賞從亡者。

㈢朱注：商山二句，與《謁先主廟》詩「錦江元過楚，劍閣復通秦」同意。言肅宗反正，天下復歸於唐也。或曰此用四皓、太公事，以擬山人。舊注以源水爲桃花源，與秦地無涉。且兩句俱使避秦事，終未穩愜，斷以渭水爲正。邵寶注：商山、渭水，言各念其鄉。張志在河南，公志在長安也。此與上下文亦未合。《十道志》：商洛山，在商縣東南九十里，亦名楚山。王維詩：商山包楚鄧。

㈣《天隱子》：存我之神，想我之身，閉目即見自己之目，收心即見自己之心，則存想之術也。《四象論》：青龍，東方甲乙木。潛藏變化，故言龍。《雲笈七籤》：《老君存思圖》：凡行道時所存清旦思，青雲之氣匝滿齋室，青龍獅子備守前後。

㈤《神仙傳》：衛叔卿嘗乘駕白鹿見漢武，帝將臣之，叔卿不言而去。《三輔决録》：辛繕隱居弘農華陰，所居旁有白鹿，甚馴，不畏人。

㈥《揚子法言》：谷口鄭子真，耕於巖石之下。

㊆《神仙傳》：河上公，不知其姓氏。漢文帝時，公結草爲庵於河濱，讀《老子》。文帝駕往詣之。《高士傳》：焦先見魏受禪，常結草爲廬於河之湄，獨止其中。

㊇《晉·葛洪傳》：洪著《金匱藥方》一百卷、《肘後要急方》四卷。《神仙傳》：張道陵弟子趙昇，七試皆過，乃授《肘後丹經》。

㊈《後漢·方術志》：王和平，性好道術，孫邕少事之。會和平病殁，邕葬之東陶。有書百餘卷、藥數囊，悉以送之。後人言其尸解，邕恨不取其方藥寶書。

㊉謝靈運詩：引領冀良覿。

⑪陶潛詩：自古有行役。

⑫《莊子》：其生也若浮。劉晝《通塞》：命有否泰，運有屈伸。

此邦今一作全**尚武**㊀，**何處且依仁**㊁。**鼓角凌天籟**㊂，**關山倚**一作信，非**月輪**㊃。**官壕**一作場**羅鎮**一作錦**磧**㊄，**賊火近洮岷**㊅。**蕭瑟**一作索**論**平聲**兵地**，**蒼茫鬬將**去聲**辰**。**大軍多**一作無**處所**，**餘孽尚紛綸**㊆。**高興**去聲**知籠鳥**㊇，**斯文起**一作豈**獲麟**㊈。**窮秋正摇落**㊉，**回首望松**一作湘**筠**⑪。

此自叙棲泊他鄉，思山人而寄意也。此邦，指秦州。鼓角四句，憂吐蕃之侵。蕭索四句，憂思明之亂。朱注：困如籠鳥，不忘高興。窮如獲麟，可起斯文。皆自況也。摇落，邊秋之狀。松筠，山人之廬。此章前二段各十二句，後二段各十四句，中段八句相間。

㊀《詩》：此邦之人。晉戴逵疏：平世尚文，遭亂尚武。

㊁《論語》古注：仁者功施於人，故可倚。陶弘景《茅山曲林館銘》：縈泉遶鏡，尚德依仁。楊師道詩：依仁遂可窺。皆用古注。
㊂王褒詩：地中鳴鼓角。《莊子》：天籟則衆竅是已。
㊃倚月輪，仰月而望鄉關也。薛道衡詩：京洛重新年，復屬月輪圓。
㊄《唐書》：隴右道北庭都護府，有神仙鎮，又有大漠、小磧。趙曰：四鎮皆置官場，收賦斂以供軍須。
㊅《唐書》：洮岷二州，皆屬隴右道。《魏志》：鄧艾見高山大澤，輒指畫軍營處所。
㊆《後漢書贊》：身殘餘孽。相如《封禪書》：紛綸威蕤。
㊇《秋興賦序》：猶池魚籠鳥，有江湖山藪之思。
㊈《春秋序》：絶筆於獲麟之句。杜預《左傳序》：麟出非其時，虚其應而失其歸，此聖人所以爲感也。絶筆於獲麟之句者，所感而起，固所以爲終。
㊉徐陵詩：窮秋邊馬肥。《楚辭》：草木摇落而變衰。
㊁洙曰：松筠有歲寒之操。詳見二卷。
葛常之《韻語陽秋》曰：杜詩以後二句，續前二句處甚多。如《喜弟到》詩云：「待爾嗔烏鵲，抛書示鶺鴒。枝間喜不去，原上急曾經。」《晴》詩云：「啼烏争引子，鳴鶴不歸林。下食遭泥去，高飛恨久陰。」《江閣》詩云：「滑憶彫菰飯，香聞錦帶羹。溜匙兼暖腹，誰欲致杯罌。」《寄張山人》詩云：「曹植休前輩，

張芝更後身。數篇吟可老，一字買堪貧。」如此之類多矣。此格起於謝靈運《廬陵王之墓下》詩，云：「延州協心許，楚老惜蘭芳。解劍竟何及，撫墳徒自傷。」李太白亦時有此格，「毛遂不墮井，曾參寧殺人。虚言誤公子，投杼惑慈親」，是也。

寄李十二白二十韻

鶴注：至德元年，永王璘軍敗丹陽，白奔宿松，坐繫潯陽獄。二載，以宋若思將兵赴河南，過潯陽，驗治罪薄，遂釋其囚，辟爲參謀，時白年五十七矣。乾元元年，終以汙璘事長流夜郎。詩云「五嶺炎蒸地」，則是在長流之後。從舊編在乾元二年秦州作。楊慎曰：漢夜郎縣，屬牂牁郡，唐屬珍州。牂牁郡，本且蘭國，在今播州界。珍州，在今施州歌羅寨。夜郎，在桐梓驛西二十里，有夜城，尚存古碑，字已漫滅。

昔年有狂客，號爾謫仙人㊀。筆落驚《英華》作聞**風雨㊁，詩成泣鬼神㊂。聲名從此大㊃，汩没一朝伸。文彩承殊渥㊄，流傳必絶倫。龍舟移棹晚㊅，獸錦奪袍新㊆。**首叙太白詩才，能傾動於朝宁。上六，見推賀監也。下四，受知明皇也。驚風雨，稱其敏捷。泣鬼神，稱其神妙。殊渥，指供奉翰林。流傳，指清平三調。龍舟，謂白蓮池之召。獸錦，時蓋有宫袍之賜也。

㈠《賀知章傳》：知章自號四明狂客。　李白《憶賀監詩序》：太子賓客賀公，於紫極宮一見，呼余爲謫仙人。　錢箋引裴敬《墓碑》：或曰太白之精下降，故字太白。賀監號爲謫仙，不其然乎。　李陽冰《草堂集序》：驚姜之夕，長庚入夢，故生而名白，以太白字之。世稱太白之精，得之矣。《抱朴子》：謫仙志聞此，莫不悵然含悲。　孟棨《本事詩》：白自蜀至京師，賀監知章聞其名，首訪之。請所爲文，白出《蜀道難》示之，稱嘆數四，號爲謫仙人。解金貂换酒，與傾盡醉，自是聲譽光赫。

㈡太白《贈劉都使》詩：吐言貴珠玉，落筆迴風霜。

㈢蒼頡作字，鬼神夜哭。　范傳正《新墓碑》：賀知章吟公《烏棲曲》云：此詩可以泣鬼神矣。

㈣李陵書：聲名冠於圖籍。　阮籍詩：豈若雄傑士，功名從此大。

㈤司馬遷書：文彩不表於後世。　張紘賦：其文彩也，如霜地而金莖，紫葉而紅榮。　《唐書》：知章言白於玄宗，召見金鑾殿，奏頌一篇，賜食，帝爲調羹，召供奉翰林。　樂史《別集序》：上命李龜年，持金花箋，宣賜翰林供奉李白。　白宿酲未解，援筆賦之，立進《清平調》三章。　范傳正《墓碑》：玄宗泛白蓮池，皇歡既洽，召公作序。　時公已被酒翰苑中，命高將軍扶以登舟。

㈥魏明帝詩：龍舟泛洪波，旌旂蔽白日。

㈦劉邈《秋閨》詩：燈前量獸錦。　《舊書》：武后令從臣賦詩，東方虬先成，賜以錦袍。　宋之問繼進詩，尤工，於是奪袍賜之。

白日來深殿㈠，青雲滿後塵㈡。乞歸優詔許㈢，遇我宿一作夙**心親㈣。未負**一作遂**幽棲**

志㈤，兼全寵辱身㈥。劇《英華》作戲談憐野逸㈦，嗜酒見天真㈧。醉舞梁園夜㈨，行歌泗水春㈩。此叙白辭歸後，兩相交契之情。深殿句，起乞歸。後塵句，起宿心。託幽棲而全寵辱，此乞歸之故。對野逸而見天真，此宿心之投。梁園泗水，乃洛陽齊魯間同遊之勝事也。

㈠葛洪書：仰青雲，覩白日。

㈡《史記·伯夷傳》：閭巷之人，欲砥行立名者，非附青雲之士，惡能聲施於後世哉。此以聖賢著書者爲青雲。揚雄《解嘲》：當塗者升青雲，失路者委溝渠。此以得位乘時者爲青雲。阮籍詩：抗身青雲中，羅網孰能施。郭璞詩：尋我青雲友，永與時人絕。此以超俗離塵者爲青雲。杜詩「青雲滿後塵」，指文士之追隨者。　崔駰曰：「幸得備下館，充後塵。」梁簡文帝詩：清笳去後塵。

㈢《唐書》：白爲高力士所譖，自知不爲親近所容，懇求還山，帝賜金放還。《晉書·鄭沖傳》：優詔不許。

㈣《通雅》：宿心，即夙心。任昉表：宿心素志。嵇康詩：内負宿心，分恧良朋。

㈤蕭子雲詩：我館幽棲郭。又：偏悦幽棲人。

㈥王右軍謂阮光禄曰：「此君近不驚寵辱，雖古之沉冥，何以過此。」

㈦《漢書》：揚雄口吃，不能劇談。劉峻《廣絶交論》：騁黄馬之劇談。

㈧《陶潛傳》：淵明性嗜酒，而家貧不能恒得，其詩曰：「子雲性嗜酒，家貧不能有。」　戴逵《閒游贊》：莫不有以保其太和，肆其天真。　野逸，公自謂。天真，謂太白。

㈨《西京雜記》：梁孝王好宫室苑囿，築兔園。《一統志》：梁園，一名兔園，在歸德府城東。
㈩《家語》：孔子行歌於泗水之上。《唐書》：泗水縣，屬兖州。

才高心不展㈠**，道屈善無鄰。處**上聲**士禰衡俊**㈡**，諸生原憲貧**㈢**。稻粱求未足**㈣**，薏苡謗何頻**㈤**。五嶺炎蒸地**㈥**，三危放逐臣**㈦**。幾年遭鵩鳥**㈧**，獨泣向**一作獨立向，一作不獨泣**麒麟**㈨**。**此傷其高卧廬山而見污永王也。才若禰衡，屈同原憲，竟以僞命蒙謗，乃所遭之不幸。夜郎在南荒，故以五嶺、三危比之。遭鵩，慮身危。泣麟，歎道窮矣。

㈠《文心雕龍》：謝靈運才高辭盛，富艷難踪。
㈡孔融《薦禰衡表》：竊見處士平原禰衡，字正平，年二十四，淑質貞亮，英才卓躒。
㈢《家語》：原憲曰：「無財者謂之貧，學道而不能行者謂之病。若憲，貧也，非病也。」
㈣《廣絶交論》：分鴻鶩之稻粱。
㈤《馬援傳》：援征交趾，載薏苡種還，人謗之，以爲明珠大貝。陳子昂詩：薏苡謗誰明。
㈥裴淵《廣州記》：大庾、始安、臨賀、桂陽、揭陽，爲五嶺。王胄詩：五嶺常炎鬱。庾信詩：五月炎蒸氣。
㈦《山海經》：三危之山，廣圓百里，在鳥鼠山西，與岷山相接。《括地志》：三危山，在沙州燉煌縣東南二十里，山有三峰，故曰三危。《孟子》：殺三苗於三危。夜郎，唐之曲州，即今雲南曲靖軍。陸機詩：逐臣尚何有。

㈧賈誼爲長沙王傅，有鵩集於舍隅，遂作《鵩鳥賦》。

㈨《春秋》：西狩獲麟。《公羊傳》：孔子反袂拭面，涕沾袍曰：「吾道窮矣。」

蘇武元朱作元，舊作先**還漢**㈠，**黄公豈事秦**㈡。**楚筵辭醴日**㈢，**梁獄上**時掌切**書辰**㈣。**已用當時法，誰將此議**一作義**陳？老吟秋月下，病起暮江濱。莫怪恩波隔**㈤，**乘槎與**一作得**問津**㈥。此痛其抱枉莫伸，而流落潯江也。蘇武、黄公，言心本無他。辭醴，謂不受僞官。上書，謂力辯己冤，惜當時無與昭雪者。今老病秋江，而恩波終隔，故欲上問於蒼天耳。曰江濱，蓋赦後還潯陽也，非指初時繫獄潯陽。新史謂夜郎還而繫潯陽，與白之自叙不合。此章四段，各十句。

㈠蘇武在匈奴十九年而還。

㈡黄公，四皓之一，避秦入商山。

㈢穆生辭醴，注見本卷。

㈣漢鄒陽見怒於梁王，下獄，遂從獄中上書。太白《書懷》詩「半夜水軍來，尋陽滿旌旃。空名適自誤，迫脅上樓船。徒賜五百金，棄之若浮烟。辭官不受爵，翻謫夜郎天」，與此詩相發明。

㈤丘遲詩：肅穆恩波被。

㈥宋之問詩：明河可望不可親，願得乘槎一問津。

王嗣奭曰：此詩分明爲李白作傳，其生平履歷備矣。白才高而狂，人或疑其乏保身之哲，公故爲之剖白。如「未負幽棲志，兼全寵辱身」，及楚筵辭醴，梁獄上書數句，皆刻意辯明，與《贈王維》詩「一病緣明主，三年獨此心」相同，總不欲使才人含冤千載耳。盧世㴶謂是天壤間維持公道，保護元氣文字。

錢謙益曰：魯訔、黄鶴叙杜詩年譜，並云：開元二十五年後，客遊齊趙，從李白、高適過汴州，登吹臺，而引《壯遊》、《昔遊》、《遣懷》三詩爲證，皆非也。以《杜集》考之，《寄李十二》詩云：「乞歸優詔許，遇我夙心親。醉舞梁園夜，行歌泗水春。」則李之遇杜，在天寶三年乞歸之後，然後同爲泗水之遊也。《東都贈李》詩云：「李侯金閨彦，脱身事幽討。亦有梁宋遊，方期拾瑶草。」李陽冰《草堂集序》云：「天子知其不可留，乃賜金歸之。遂就從祖陳留採訪大使彦允，請北海高天師，授道籙於齊州紫極宫。」此所謂「脱身事幽討」也。曾鞏《序》云：「白，蜀郡人，初隱岷山，出居湖漢之間。南遊江淮，至楚，留雲夢者三年。去之齊魯，居徂徠山竹溪。入吴，至長安，明皇召見，以爲翰林供奉。頃之，不合去，北抵趙魏燕晉，西涉邠岐，歷商於，至洛陽。遊梁最久。復之齊魯，南遊淮泗，再入吴，轉涉金陵，上秋浦，抵潯陽。」其記白遊梁宋齊魯，在罷翰林之後，並與杜詩合。《魯城北同尋范十隱居》詩：「不願論簪笏，悠悠滄海情。」亦李去官後作之。《遣懷》詩：「往與高李輩，論文入酒壚。」《昔遊》詩：「往者與高李，晚登單父臺。」《壯遊》則云：「放蕩齊趙間，裘馬頗清狂。春歌叢臺上，冬獵青丘旁。蘇侯據鞍喜，忽如攜葛彊。」在齊趙，則云蘇侯。在梁宋，則云高李。其朋遊固區以別矣。蘇侯注云：監門冑曹蘇預，即源明也。開元中，源明客居徐兗。天寶初，舉進士，詩獨舉蘇侯，知杜之遊齊趙在開元時，而高李不與也。以《李集》考之，《書情》則曰：「一朝去京闕，十載遊梁園。」《梁園吟》則曰：「我浮黄雲去京闕，掛席欲進波連山。天長水闊難遠涉，訪古始及平臺間。」此去官遊梁宋之證，與杜詩合也。《單父東樓送族弟沈之秦》則云：「長安宫闕九天上，此地曾經爲近臣。屈平憔悴滯江潭，亭伯流離放遼海。」《魯郡東石門送杜二甫》則云：「醉别復幾日，登臨徧池臺。何言石門路，重有金樽開。」此知李遊單父後，於魯郡石門與杜别也。單父至兖州，二百七十里，蓋公輩遊梁宋後，復至魯郡，始言别也。以《高集》考之，《東征賦》曰：「歲在甲申，秋窮季月。高子遊梁既久，方適楚以超忽。望君門之悠哉，微先容以效拙。姑不隱而不仕，宜其沉淪而播越。」甲申，爲天寶三載，蓋適解封丘尉之後，仍遊梁宋，亦即李去翰林之年也。《登子賤琴堂賦詩序》云：「甲申歲，適登子賤琴堂。」即杜詩所謂「晚登單父臺」也。以其時考之，天寶三載，杜在東都，四載，在齊州。斯其與高李遊之日乎。李杜二公，先後遊迹如此。年譜紕謬，不可不正。段柯古《酉陽雜俎》載《堯祠别杜補闕》之詩，以爲别甫，則宋人已知其謬矣。

所思 原注：得台州司户虔消息。

鄭昂謂：虔貶在至德二載十二月，其往台在乾元元年。單復編此詩在乾元二年，今姑仍之。

趙曰：古樂府題云《有所思》，故公倚以爲題。

鄭老身仍竄㈠，台州信始一作所傳。爲農山澗曲㈡，卧病海雲邊。世已疏儒素㈢，人猶乞音氣酒錢㈣。徒勞望牛斗㈤，無計斸龍泉㈥。此詩懷鄭虔而作也，在四句分截。爲農卧病，即來信中所言者。疏儒素，爲世所棄。乞酒錢，爲時所憐。張遠注：台州，乃牛斗分野，鄭貶其地，如寶劍之埋土，苦無計以出之耳。

㊀束皙《玄居釋》：偶鄭老於海隅。

㊁陶潛詩：山澗清且淺。

㊂《續晉陽秋》：孔安國少而孤貧，能善樹節，以儒素見稱。

㊃公《贈鄭虔》詩：「賴有蘇司業，時時乞酒錢。」蘇源明在長安，蓋遠寄錢與鄭虔。郝敬曰：乞，分給之也。

㊄望牛斗，注見本卷前。

㊅《越絶書》：楚王使歐冶子爲鐵劍三枚，一曰龍淵，一名太阿，一曰工市。斸，掘取也。

別贊上人

鶴注：公以關輔饑，乃赴成州，遂以乾元二年十月去秦州。當是其時作。

百川日東流㊀，**客去亦不息。我生苦**一作若**飄蕩**㊁，**何時有終極**㊂。從去秦叙起，借川流以興客遊。

㊀《家語》：東流之水，不息流行。謝朓詩：大江流日夜，客心悲未央。

㈡古詩：飄蕩水無根。

㈢曹植詩：相思無終極。

贊公釋門老，放逐來上國㈠。還爲世塵嬰㈡，頗帶憔悴色㈢。楊枝晨在手㈣，豆子雨一作兩已熟㈤。是身如浮雲㈥，安可限南北㈦。此慨贊公竄跡到秦。來上國，來自京國也。楊枝豆子，言時日易度，浮雲南北，言隨寓而安。

㈠《左傳》：薦食上國。

㈡陸機詩：世網嬰我身。又詩：予亦嬰塵網。

㈢《楚辭》：顔色憔悴。

㈣《涅槃經》：諸大比丘等，於晨朝日初出，離常住處，嚼楊枝，遇佛光明，疾速漱口澡手。《華嚴·净行品》：手執楊枝，當願衆生皆得妙法，究竟清净。楊德周曰：《釋典》：手把青楊枝，遍灑甘露水。

㈤《華嚴疏鈔》：譬如春月，下諸豆子，得煖氣色，尋便出土。

㈥《維摩經》：是身如浮雲，須臾變滅。

㈦《魏志》：文帝曰：「固天之所以限南北也。」

異縣逢舊友一作交㈠，初欣寫胸臆㈡。天長關塞寒一作遠㈢，歲暮饑凍一作寒逼㈣。野風吹征衣㈤，欲別向曛一作昏黑㈥。馬嘶一作鳴思故櫪㈦，歸鳥盡斂翼㈧。此叙一時別離之情。

天長二句，去秦之故。野風二句，初冬時景。馬嘶二句，撫物而傷心也。

㈠古詩：他鄉各異縣。

㈡劉孝綽詩：懷情滿胸臆。

㈢天長，謂冬至以後，天日漸長也。

㈣《神仙傳》：壺公施與市中貧乏饑凍者。

㈤江淹詩：寥戾野風急。

㈥任昉詩：平明至曛黑。

㈦庾信詩：馬嘶山谷響。　曹操詩：老驥伏櫪。

㈧劉琨詩：歸鳥爲我旋。　桓元《鳳賦》：集昆峰而斂翼。

古來聚散地㈠，**宿昔長**丁丈切**荆棘**㈡。**相看俱衰年，出處**上聲**各努力**㈢。　末乃臨別交勉之詞。　聚散之場，忽成荆棘，見踪跡無常。各努力，贊善於處，公難於出也。　此章起結各四句，中二段各八句。

㈠謝靈運詩：聚散成分離。

㈡徐幹詩：宿昔當別離。　《韓非子》：堂下生藋藜，門外長荆棘。

㈢《易》：或出或處。　李陵詩：努力崇明德。

兩當縣吴十侍御江上宅

《方輿勝覽》以兩當爲侍御家居之地。朱注以兩當爲侍御貶謫之所。二説不同。今玩詩題及篇中故鄉句，當從地志爲正。《杜臆》云：時侍御尚在長沙，公過其空宅，思及往事而賦此。是也。　鶴注：《九域志》：秦州，西南至成州二百六十里。兩當縣，在鳳州城西。鳳州，亦西至成州二百七十里。殆是公自秦西至同谷時，道經兩當，故作此詩。蓋乾元二年十月也。《圖經》云：古老相傳，嘉陵江與朱沮水相會於縣界，故名兩當。又云：東京、西蜀，至此各三十程，故名兩當。宋趙抃自成都被召還朝，宿廣鄉驛，有詩云：「被召趨都景物疏，兩當中夜宿中途。」注引《圖經》云：東京、西蜀，至此道里均焉。驛在縣中。《舊唐書》：鳳州兩當縣，漢故道縣地，晉改兩當，取水名。《水經注》：兩當水，出陳倉縣之大散嶺，西南流入故道川，謂之故道水。　錢箋：吴十侍御，名郁，見後成都詩。

寒城朝烟淡㈠，山谷落葉赤㈡。陰風千里來㈢，吹汝江上宅㈣。首記江上宅。　《杜臆》：此因主人不在，故寫其宅舍凄凉之況。　朝烟淡，日將午矣。落葉赤，歲將晚矣。陰風吹宅，天氣漸寒矣。

㈠謝脁詩：寒城一以眺，平楚正蒼然。

㈡《蕭望之傳》：充滿山谷。

㊂顔延之詩：陰風振涼野。

㊃謝朓詩：蕭條江上來。　鶴曰：鳳州有嘉谷，即嘉陵江所出。朱注：兩當縣，枕嘉陵江上。

鵾雞號平聲枉渚㊀，日色傍去聲阡陌㊁。借問持斧翁㊂，幾年長沙客㊃？哀哀失木狖羊就切㊄，矯矯避弓翮㊅。亦知故鄉樂音洛，未敢思宿昔。　次記侍御謫官之地。　鵾雞，楚鳥。枉渚、長沙，皆楚地。失木避弓，比其竄迹流離。吴在長沙，亦知歸鄉爲樂，但往事則不敢追憶矣。故鄉，指兩當。宿昔，起下文。

㊀《楚辭》鵾雞啁哳而悲鳴。注：鵾雞，似鶴，黄白色。夏侯湛《江上汎歌》：桂林蓊鬱兮，鵾雞揚音。　陸雲詩：通波激枉渚。《楚辭》：朝發枉渚，夕宿辰陽。《太平御覽》載《湘州記》云：枉山，在郡東十七里，谿口有小灣，謂之枉渚。

㊁何遜詩：日色花中亂。　《漢書・成帝紀》：出入阡陌。

㊂申涵光曰：稱御史爲持斧翁，亦新。《漢書・王訢傳》：繡衣御史暴勝之，使持斧逐捕盜賊。

㊃趙曰：長沙，即潭州，賈誼謫此地。

㊄《淮南子》：猿狖失木而擒於狐狸，非其處也。《異物志》：狖，猿類，露鼻，尾長四五尺。

㊅庾肩吾詩：騰猿疑矯箭，驚雁避虚弓。　劉删詩：矯翮避虞機。

昔在鳳翔都㊀，共通金閨一作門籍㊁。天子猶蒙塵，東郊暗長戟㊂。兵家忌間去聲諜㊃，此輩常接跡㊄。臺中領舉劾㊅，君必慎剖析㊆。　此記其在朝直節。　當鳳翔用兵時，間諜事起，良民受誣，吴居言路，故力爲理寃也。　趙注：詳味詩意，吴之謫遷，爲辯論良民，以此取忤朝貴耳。

㊀《唐書》：鳳翔府扶風郡，屬關内道，本岐州。至德元載，更郡名鳳翔。二載，號西京。上元元年，改爲西都。

㊁謝朓詩：既通金閨籍。

㊂《書》：東郊不開。　《鼂錯傳》：勁弩長戟，射疏及遠。

㊃《史》：李牧爲雁門將，謹烽火，多爲間諜。

㊄晉裴頠表：至於此輩，皆爲過當。

㊅《漢書》：翟方進累遷丞相司直，舉劾，旬歲間免兩司隸，朝廷憚之。

㊆《西京賦》：剖析毫釐。

不忍殺無辜㊀，所以分白黑㊁。上官權許與㊂，失意見遷斥㊃。朝廷非不知，閉口休歎息㊄。二句舊在損益之下，今依樊本改定。**仲尼甘旅人㊅，向子識損益㊆。**此記其伸枉見黜。上官面與而不能救，朝廷心知而不及問，則遷斥之後，又何須歎息乎？　亦如古人之安於義命而已。上官朝廷，語本對舉，從樊晃所定爲當。

㊀《書·吕刑》：殺戮無辜。

㊁《劉向傳》：賢不肖渾淆，白黑不分。

㊂《後漢·任延傳》：帝曰：「善事上官，無失名譽。」　繆襲樂府：許與其成，撫其民。

㊃失意，謂怫上官之意。　謝靈運詩：遭物悼遷斥。
㊄荀悦《漢論》：閉口而獲誹謗，況敢直言乎。
㊅王弼《易傳》：仲尼旅人，則國可知矣。
㊆《後漢書》：向長，字子平，讀《易》至《損》、《益》卦，喟然嘆曰：「吾已知富不如貧，貴不如賤，但未知死何如生耳。」

余時忝諍臣㊀，**丹陛實咫尺**㊁。**相看**平聲**受狼狽**㊂，**至死難塞**先則切**責**㊃。**行邁心多違，出門無與適**㊄。**於公負明義**㊅，**惆悵頭更白**。此悔當時不能疏救也。　公方營救房琯，惴惴不安，故侍御之斥，力不能爲耳，與他人緘默取容者不同。　但身爲諫官，而坐視其貶，終有負於明義，所以痛自刻責耳。　此章四句起，下四段各八句。

㊀《孝經》：天子有諍臣七人。
㊁《左傳》：天威不違顔咫尺。
㊂狼狽，見《北征》詩。
㊃《前漢·張湯傳》：位致三公，無以塞責。
㊄《詩》：行邁靡靡，中心摇摇。　沈約詩：江海事多違。　行邁出門，自叙流離。　心違無適，爲吴悵怏也。
㊅曹植《禹妻贊》：矯達明義。《晉史論》：乖争子之明義。

王嗣奭曰：吳之盛德，託之名筆，千載猶生。身苟無瑕，何必與蜉蝣較是非哉。末段作自訟語，非但痛其冤，亦以重其人也。

申涵光曰：「余時忝諍臣，丹陛實咫尺。相看受狼狽，至死難塞責」，真情實語，聲淚俱下。王摩詰云：「知爾不能薦，羞稱獻納臣。」兩公心事，如青天白日，他人便多迴護矣。

發秦州 原注：乾元二年，自秦州赴同谷縣紀行。

鶴注：《九域志》：秦州，西南至成州二百六十五里。同谷，其附邑也。崔德符曰：詩題兩紀行：發秦州至鳳凰臺，發同谷縣至成都。二十四首皆以紀行爲先後，無復差舛。

我衰更懶拙，生事不自謀㈠。無食問樂音洛**土㈡，無衣思南州㈢。**首叙啟行大意。

㈠《北史》：馮偉不治生事。

㈡《莊子》：吾無糧，故無食。師氏曰：同谷不經殘破，故云樂土。《詩》：樂土樂土，爰得我所。

㈢又：無衣無褐，何以卒歲。地志：同谷，蜀北秦南，故曰南州。《楚辭》：嘉南州之炎德。

漢源十月交㈠，天氣如涼一作涼如**秋。草木未黃落㈡，況聞山水**一作東**幽。栗亭名更嘉㈢，下有良田疇㈣。充腸多薯**音殊，一音孺**蕷**音與，一音豫**㈤，崖蜜亦易**去聲**求㈥。密竹復**扶又切

冬笋㊆，清池可方舟㊇。雖傷一作云**旅寓遠，庶遂平生遊。**此言同谷之當居。上四，記風景之煖，應上「無衣思南州」。中四，記物産之美，應上「無食問樂土」。冬笋，承物産。清池，承風景。公《秦州》詩，惓惓於東柯之勝，及《寄姪佐》詩，又嘆羨其所居山水，然實未嘗往居焉。讀此章，知赴同谷時，蓋寓於栗亭也。

㊀《杜臆》：成縣之東河，源出秦州南，又有南河，源出青渠堡南，俱入龍峽，注於嘉陵江。嘉陵水，即漢水。此詩漢源，當在龍峽。鮑注以漢源爲縣名，非也。《唐書》：漢源縣屬成州。地志：漢有二源，東源出武都氐道，西源出隴西西縣之嶓冢山，南入廣漢。此名漢源，蓋西漢也。《詩》：十月之交。

㊁《月令》：季秋之月，草木黄落。

㊂《九域志》：栗亭，在成州東五十里，去秦州一百九十五里。《杜臆》：栗亭，乃魏時縣名。志云：即漢源別名也。

㊃曹植詩：良田無晚歲。《孟子》：易其田疇。

㊄梁元帝書：適口充腸，無索弗獲。《本草》：薯蕷，俗名山藥，補虚勞，充五臟。注：蜀道者尤良。陶隱居曰：薯蕷處處有之，掘取食之以充糧。《山海經》作藷萸，音與薯蕷同。

㊅《圖經本草》：石蜜，即崖蜜，其蜂黑色，似虻，作房於巖崖高峻處或石窟中。以長竿刺令蜜出取之，多者至三四石，味醶，色緑，入藥勝於他蜜。黄希曰：崖蜜，成州多産，故貢蠟燭。李義山詩：

紅壁寂寥崖蜜盡，碧簾迢遞霧巢空。唐人大抵稱蜜爲崖蜜。

㈦謝靈運詩：密竹使徑迷。

㈧曹植詩：清池激長流。《西都賦》：方舟並鶩。注：方，並也。

此邦俯要衝㈠，實恐人事稠。應接非本性㈡，登臨未銷憂㈢。谿谷無異石㈣，塞田始微收㈤。豈復扶又切**慰老夫**一作大**，惘**一作烱**然難久留㈥。**此言秦州之當去。人事稠雜，則非風景之幽矣。塞田薄收，則無物産之饒矣。

㈠《漢靈帝紀》：傅燮曰：「涼州，天下要衝，國家藩衛。」

㈡《世説》：王子敬曰：「山川之美，使人應接不暇。」

㈢張纘啟：歸瞰户牖，不異登臨。《登樓賦》：聊暇日以銷憂。

㈣宋玉《風賦》：浸淫谿谷。

㈤谿谷皆石，則難耕。塞田帶沙，故薄收。

㈥李陵詩：行人難久留。

日色隱孤戍㈠，烏啼滿城頭㈡。中宵驅車去㈢，飲馬寒塘流㈣。磊落星月高㈤，蒼茫雲霧浮㈥。大哉乾坤内，吾道長悠悠㈦。此叙臨發情景。日暮孤征，戴星侵霧，不勝中途寥落之感矣。《杜臆》：此詩難於作結。「大哉乾坤内，吾道長悠悠」，亦近亦遠，收得恰好，與「飄蕩雲天濶」同意。胡夏客曰：行役著此結語，何等氣象。此章，起段四句，次段十二句，下兩段各八句。

㈠庾信詩：野戍孤烟起。
㈡王筠詩：棲烏城上喧。
㈢古詩：驅車策駑馬。
㈣又：飲馬長城窟。　何遜詩：露濕寒塘草。
㈤古詩：兩頭纖纖月初生，磊磊落落向曙星。
㈥庾信詩：蒼茫雲貌愁。
㈦《家語》：孔子曰：「吾道其南矣。」　漢王褒《九懷》：彌遠路兮悠悠。

錢謙益曰：《寰宇記》：同谷縣有栗亭鎮，咸通中，刺史趙鴻刻石同谷曰：工部題栗亭十韻，不復見，鴻詩曰：「杜甫栗亭詩，詩人多在口。悠悠二甲子，題記今何有？」王嗣奭曰：無食二句，此公卜居本意，然時無地主，衣食從何得之？所以東柯、同谷，終非駐足之所也。

韓子蒼曰：子美《秦州紀行》諸詩，筆力變化，當與太史公諸贊方駕，學者宜常諷誦之。《朱文公語録》：杜詩初年甚精細，晚年曠逸不可當，如《自秦州入蜀》諸詩，分明如畫，乃其少作也。張綖曰：二公之論不同。大抵此詩變化精細，皆兼有之。但公時年四十八，故云「我衰更懶拙」，未可謂之少作。

赤谷

《一統志》：赤谷，在鞏昌府秦州西南七里，中有赤谷川。　蔡夢弼曰：秦州隴城縣有大隴山，亦曰隴首，其坂九回。公前《赤谷西崦》詩云「躋險不自安」，此詩又云「險艱方自兹」，蓋是登大隴，歷九回坂也。

天寒霜雪繁㈠，遊子有所之㈡。豈但歲月暮㈢，重平聲來未有一云亦未期㈣。首段，述景叙情，語甚悽惋。

㈠《莊子》：天寒既至，霜雪既降。

㈡李陵詩：遊子暮何之。《史記》：優孟謂孫叔敖曰：「若無遠有所之。」

㈢古詩：歲月忽已晚。

㈣蘇武詩：相見未有期。

晨發赤谷亭㈠，險艱一作難方自兹㈡。亂石無改轍㈢，我車已載脂㈣。山深苦多風㈤，落日童稚飢㈥。悄然村墟迥㈦，烟火何由追㈧。此記赤谷險峻，及中道飢寒之狀。

㈠任昉詩：晨發富春渚。

㈡顔延之詩：首路跼險艱。　任昉詩：湍險方自兹。

㈢諸葛武侯《黄陵廟記》：亂石排空。　曹植詩：中塗絶無軌，改轍登高岡。

㈣《詩》：我車既攻。又：載脂載舝，還車言邁。

㈤《史記》：山深而獸往之。　魏文帝《苦戰行》：谿谷多風。

㈥雷次宗書：童稚之年。

㊆庾信賦：搖落小村墟。

㊇王粲詩：四望無烟火。

貧病轉零落一云飄零㈠，**故鄉不可思**㈡。**常恐死道路**㈢，**永爲高人嗤**㈣。末傷窮途生死，語尤悲慘。《杜臆》：故鄉猶亂，永無歸期，「不可思」三字甚悲。　此章首尾各四句，中間八句。

㈠謝靈運《陶徵士誄》：少而貧病。　靈運詩：萬事俱零落。

㈡古詩：綿綿思故鄉。

㈢《論語》：予死於道路乎。

㈣《杜臆》：高人，指龐公輩。　陶潛詩：永爲世笑嗤。

陸時雍曰：老杜《發秦川》諸詩，首首可誦。凡好高好奇，便與物情相遠，人到歷練既深，事理物情入手，知向高奇者一無所用。

梅鼎祚曰：首四語，悽婉具足。其歷叙窮途處，過於慟哭，結語雖直，亦是實情。

鐵堂峽

《方輿勝覽》：鐵堂山，在天水縣東五里，峽有石笋，青翠長者至丈餘，小者可以爲礪。《通志》：硤有鐵堂莊，四山環抱面，有孤冢。　邵注：在秦州東南七十里。

山風吹遊子，縹緲乘險絶㊀。**硤形藏堂隍**㊁，**壁色立精**荆作精，一作積**鐵**㊂。首叙鐵堂形勢。　王立之曰：山臺如堂隍，硤藏於中間。石之色黑，如積鐵然。

㊀《海賦》：神仙縹緲餐玉清。　縹緲，衣裳飛揚貌。

㊁朱注：《説文》：山陗夾水曰峽。韻書不與硤通。然周立硤州，以居三峽之口因名，則二字殆可通也。《西京雜記》：文帝爲太子立思賢苑，以招賓客。苑中有堂隍六所。《漢書·胡廣傳》：列坐堂皇上。注：室無四壁曰皇。　江總詩：石路接堂皇。　劉孝威詩：堂皇更隱映。

㊂《吴越春秋》：干將作劍，采五山之鐵精，六合之金英。《韓非子》：明主推積鐵之累，而察一市之恩。　按本句五字皆入聲，讀不順口，作精鐵爲是。

徑摩穹蒼蟠㊀，**石與厚地裂**㊁。**修纖無垠**一作限**竹**㊂，**嵌丘**銜切**空**一作孔**太始雪**㊃。**威遲哀壑底**㊄，**徒旅慘不悦**㊅。一作徒懷松柏悦。**水寒長冰横**㊆，**我馬骨正折**㊇。此記高下諸景。上四，狀其峭削幽秀，此仰視所見。下四，狀其深峻陰寒，此俯視所見。皆所謂乘絶險也。　修纖，細長貌。　無垠，偏地皆竹也。　嵌空，玲瓏貌。　太始，從古積雪也。　威遲，猶言回遠。　從澗横度，故見冰横。　徒旅馬骨，即《詩》「我僕痡矣」，「我馬瘏矣」之意。

㊀棗據詩：高巖暨穹蒼。

㊁《詩》：謂地蓋厚。　《江賦》：徽如地裂。

㊂劉楨《魯都賦》：竹則填彼山垠。　張華詩：化達無垠。

㈣沈佺期詩：宛轉復嵌空。《列子》：太始者，形之始也。

㈤《文選注》：《韓詩》：周道威夷。薛君曰：威夷，險也。又作威遲。潘岳詩：峻坂路威遲。顔延之詩：隱閔徒御悲，威遲良馬煩。殷仲文詩：哀壑叩虚牝。

㈥謝靈運詩：徒旅苦奔峭。

㈦庾信詩：中流覺水寒。徐陵詩：長冰塹不流。《哀江南賦》：冰横似岸。

㈧陳琳樂府：飲馬長城窟，水寒傷馬骨。

生涯抵弧矢㈠，盜賊殊未滅。飄蓬踰三年㈡，回首肝肺熱㈢。末結憂亂之情。當此流離奔走，未有息機，故回想行踪而煩熱也。末句應遊子。此詩與上章同格。

㈠趙注：抵，當也。抵弧矢，謂當用兵之時。亦作逢抵之抵。《易傳》：弧矢之利，以威天下。

㈡《商子》：飛蓬遇飄風而行千里，乘風之勢也。

㈢蔡琰詩：煢煢對孤影，怛咤糜肝肺。

黄生曰：諸詩大抵寫蜀道之艱難，及行役之辛苦。看每章結語，各有出場，無一相重處。

今按：入蜀諸章，用仄韻居多，蓋逢險峭之境，寫愁苦之詞，自不能爲平緩之調也。

鹽井

鶴注：《唐·食貨志》：唐有鹽井六百四十，成州、嶲州井各一。錢箋：《元和郡縣志》：鹽井，在成州長道縣東三十里，水與岸齊，鹽極甘美，食之破氣。鹽官故城，在縣東三十里，在嶓冢西四十里，相承營煮，味與海鹽同。《蜀都賦》：家有鹽泉之井。

鹵中草木白㊀，青者官鹽烟。一云直者青鹽烟。**官作既有程㊁，煮鹽烟在川㊂。**首記煮鹽之事。

㊀《漢·宣帝紀》：困於蓮勺鹵中。《説文》：鹵，鹽地也，東方謂之斥，西方謂之鹵。遠注：草木白，鹵氣浸漬，草木凋枯也。

㊁陳琳詩：官作自有程。

㊂《前漢書》：吳王東煮海爲鹽。

汲井歲搰搰古忽切。一作榾榾**㊀，出車日連連㊁。自公斗三百㊂，轉致斛六千㊃。君子慎止足㊄，小人苦喧闐。我何良歎嗟㊅，物理固自**一作亦固**然㊆。**此歎公私取利者衆也。初則汲井以煎，既則車載而出。搰搰，用力貌。連連，衆多貌。自公，謂官價。轉致，謂商販。斗錢三百，石至六千，倍獲其息也。君子，譏自公。小人，指轉致。物情争利，不足嗟歎，亦慨時之語。此章，前四句，後八句。黄希曰：《唐志》：天寶、至德間，鹽每斗十錢。乾元元年，第五琦爲諸州榷鹽鐵使，初變法。劉晏代之，法益密。貞元四年，江淮斗增二百，爲錢二百一十，後復增六十。河中兩池鹽，斗三百七十。豪賈射利，官收不能半。以此例之，蜀中鹽價，從可推矣。

㊀《莊子》：子貢見漢陰丈人灌井，搰搰然用力甚多而見功寡。

㈡《詩》：出車彭彭。　又：執訊連連。

㈢又：退食自公。

㈣《玉篇注》：十斗爲斛。　《續漢書》：虞詡爲武都太守，始到郡，石直八千。

㈤《説苑》：孔子曰：「君子慎所從。」　張協詩：達人知止足。

㈥何遜詩：臨觴獨嘆嗟。

㈦《抱朴子》：較物理之善否。

蜀有鹽井，其水下鹹上淡。土人取巨竹，盡通中節，惟下梢留節，傍鑿小孔，用牛皮掩孔口，皮連繩索。下竹之後，牽索轉皮，則鹹水入筒，仍掩其孔，汲起傾瀉，不雜淡水。又有火井，空穴深邃，投草引火，則烟氣騰鬱，埋鍋其上，藉以熬鹽。此事甚奇，因附記焉。

寒峽

《宋書·氐胡傳》：安西參軍魯尚期，追楊難當，出寒峽。　鶴曰：秦成之間，大抵多峽，自秦至成之界，垂二百里，又七十里至成。

行邁日悄悄㈠**，山谷勢多端**㈡**。雲門轉絶岸**㈢**，積阻霾天寒**㈣**。寒硤**郭作峽**不可度，我實**一作貧**衣裳單**㈤**。況當仲冬交**㈥**，泝沿增波瀾**㈦**。**首記峽中勢險而氣寒。　雲門乍轉，却逢絶岸，積阻之處，又霾天寒，此所謂勢多端也。單衣仲冬，衝寒而度峽，旅人之困如此。曰仲冬交，蓋在十一月初矣。

㈠《詩》：行邁靡靡。黄注：遠行曰邁。又：憂心悄悄。

㈡趙充國策：況山谷之便乎。《漢書》：上知方朔多端。

㈢《蜀都賦》：指渠口以爲雲門。魯曰：雲門，亦秦地名。木華《海賦》：絶岸萬丈。

㈣謝脁詩：九河亘積阻。《爾雅》：風而雨土爲霾。古樂府：海水知天寒。

㈤沈約詩：豈覺衣裳單。

㈥《月令》：仲冬之月冰益壯，地始坼。

㈦逆流而上曰泝，從流而下曰沿。何遜詩：泝水復沿流。應瑒《靈河賦》：泝沿蔽水，帆柱如林。謝靈運詩：傾耳聆波瀾。

野人尋烟語㈠，行子傍去聲**水餐㈡。此生免荷**去聲**殳**音殊**㈢，未敢辭路難㈣。**末歎峽行之艱苦。

尋烟傍水，皆荒山闃寂之象。路難猶勝荷殳，此自解語，實自傷語。此章，前八句，後四句。

㈠鮑照詩：當警野人機。

㈡又：行子夜中飯。

㈢《詩》：彼候人兮，何戈與祋。注：祋，殳也。又：伯也執殳，爲王前驅。《周禮》：殳以積竹入觚，長丈二尺，建於兵車，旅賁以先驅。

㊃古樂府有《行路難》。

陳繼儒曰：此與《鐵堂》《青陽》二篇，幽奥古遠，多象外異想，悲風泣雨，入蜀人不堪多讀。

黄生曰：積阻之氣，至于霾天，著此一句，寒峽方顯。末二，即「生常免租税，名不隸征伐」意，亦無聊中故作此語耳。

法鏡寺

法鏡寺，舊注無考。鶴曰：意尚在秦州。

身危適他州㊀，**勉强**丘兩切**終勞苦。神傷山行深**㊁，**愁破崖寺古。**首叙路經法鏡。　傷神之際，見崖寺蒼古，故愁懷頓破。

㊀東方朔詩：才盡身危。

㊁荀粲妻亡，不哭而神傷。　《史記》：夏禹山行乘檋。

嬋娟碧蘚《正異》、《英華》皆作蘚，一作鮮**净**㊀，**蕭摵**子六切**寒籜聚**㊁。**回回**一作洄洄**山**一作石**根水**㊂，**冉冉松上雨**㊃。**洩雲蒙清晨**㊄，**初日翳復**扶又切**吐**㊅。**朱甍**音萌**半光炯**㊆，**户牖粲可數**所主切㊇。　中申破愁之意。　嬋娟，謂蘚色明潤。　蕭摵，謂籜葉飄零。　此摹冬景。　山繞迴泉，松含宿雨，皆寺前佳勝。雲洩乍蒙，似晴而雨，日翳仍吐，似雨而晴，此摹曉景。朱楝半呈，户牖可指，乃寺中氣象。《杜臆》云：此段描景入神。

㊀《楚辭》：女嬃之嬋娟兮。沈約詩：嬋娟入綺窗。　朱注：碧鮮，斷是苔蘚之蘚。公《哀蘇源明》詩云「垢衣生碧蘚」。舊本訛作鮮，注家遂引《吴都賦》「檀欒嬋娟，玉潤碧鮮」，以爲四字皆言竹，恐無此句法。今按：王勃《聖泉宴詩序》：紫苔蒼蘚。李白詩：厨竈無青烟，刀机生緑蘚。

㊁張協詩：草摵摵以疏葉，木蕭蕭以零殘。　《詩》：蘀兮蘀兮，風其吹汝。

㊂漢鐃歌《巫山高》：回回臨水遠。劉公幹詩：回回自昏亂。

㊃古詩：冉冉孤生竹。曹植詩：柔條紛冉冉。

㊄《魏都賦》：窮岫洩雲，日月恒翳。顔延之詩：泄雲已漫漫，夕雨亦淒淒。洩與泄同，猶出也。

㊅何遜詩：早霞麗初日。

㊆沈佺期詩：紅日照朱甍。朱注：甍，楝也，所以承瓦。　江淹《神女賦》：日炯炯而舒光。

㊇沈炯《幽庭賦》：築山川於户牖。

拄一作杖**策忘前期**㊀，**出**一作高**蘿已亭午**㊁。**冥冥子規叫**㊂，**微徑不敢**一作復**取**㊃。末有留連不盡之意。　晨朝登眺，至午始出藤蘿，及聞子規聲慘，不敢取徑搜奇，遂去寺而前邁矣。　此章，起結四句，中間八句。

㊀前期，謂前路程期。沈約詩：分手易前期。

㊁《天台賦》：羲和亭午。

㊂黄希曰：子規，春鳥，仲冬聲聞，地氣之煖使然也。

㊃《後漢·隗囂傳》：微徑南通。

王嗣奭曰：公於極窮苦中，一見勝地，不顧程期，能於境遇外，别具一副胸襟，冥搜而搆奇。鍾惺云：老杜蜀中詩，非唯山川陰霽，雲日朝昏，寫得刻骨。即細草敗葉，破屋垝垣，皆具性情。千載之下，身歷如見。

青陽峽

邵注：青陽峽，在秦州之南，詩云「南行道彌惡」可見。

塞外苦厭山㊀，南行道一云登路**彌惡㊁。岡巒相經亘㊂，雲水氣參錯㊃。**首從峽行叙起。經亘，山疊難行。參錯，水迷難度。所謂道彌惡也。

㊀吴均詩：塞外何紛紛。

㊁《詩》：我獨南行。

㊂盧諶詩：岡巒挺茂樹。

㊃謝靈運詩：泝流觸驚急，臨圻阻參錯。

林迴硤角來，天窄一作穿**壁面削。磎西五里石，奮怒向我落**㊀。**仰看**平聲**日車側**㊁，**俯恐坤軸弱。魑魅嘯有**一作有狂**風**㊂，**霜霰浩漠漠**㊃。此記青陽峽景。硤角，從旁横射者。壁面，當前劈峙者。奮怒，崩石危險也。礙日車，石勢聳欹。陷地軸，石形重大。魑魅嘯，石傍陰慘。霜霰多，石上凝寒也。

㊀《水經注》：吴山，三峰霞舉，疊秀雲天，崩巖傾仄，山頂相捍，望之恒有落勢。

㊁《杜臆》：「仰看日車側」，即「愁畏日車翻」意。《魯靈光殿賦》：仰看天庭。《莊子》：若乘日之車，遊襄城之野。漢李尤歌：安得力士翻日車。

㊂《天台賦》：始經魑魅之塗。鮑照《蕪城賦》：木魅山鬼，野鼠城狐。風嗥雨嘯，昏見晨趨。

㊃陶潛《桃花源記》：常恐霜霰至。

昨憶一作憶昨**踰隴坂**㊀，**高秋視吴嶽**㊁。**東笑蓮華卑，北知崆峒薄**㊂。**超然侔壯觀**㊃，**已謂殷上聲。**一作隱**寥廓**㊄。**突兀猶趁人**㊅，**及兹歎**一作谷**冥漠**㊆。此自隴坂説到青陽，乃借衆山以形其突兀。隴坂之上，西見吴岳，東壓蓮峰，北掩崆峒，已極宇宙大觀。若欲侔此壯觀，意謂寥廓之地隱伏難見矣。今到青陽，其突兀之狀猶若逐人而來，始歎冥漠之境不可窮盡也。舊注以壯觀指青峽，突兀指巨石，未合詩意。此章四句起，下二段各八句。

㊀《秦州記》：隴坂九折，不知幾里。張衡《四愁詩》：欲往從之隴坂長。

㊁《杜臆》：高秋天朗，故見諸山。宋子侯詩：高秋八九月。《漢·地理志》：吴山，在汧縣西，古文

以爲岍山，《國語》謂之西吴，秦都咸陽以爲西岳。《周禮》：雍州，其鎮曰嶽山。注：吴嶽也。《舊唐書·禮儀志》：肅宗至德二年春，在鳳翔，改汧陽郡吴山爲西嶽。

㊂蓮華峰，在華山。崆峒山，在岷州。

㊃班彪《王命論》：超然遠覽。《西都賦》：盛娱游之壯觀。

㊄左思詩：壁立何寥廓。

㊅庾闡《涉江賦》：洪濤突兀而横峙。

㊆顔延之詩：衣冠終冥漠。

江盈科《雪濤詩評》曰：少陵秦州以後詩，突兀宏肆，迥異昔作。非有意换格，蜀中山水，自是挺特奇崛，獨能象景傳神，使人讀之，山川歷落，居然在眼。所謂春蠶結繭，隨物肖形，乃爲真詩人，真手筆也。

龍門鎮

《水經注》：洛溪水，北發洛谷，南逕威武戍，又西南與龍門水合。水出西北龍門谷，東流與横水會，又南逕龍門戍東。朱注：洛谷，一作駱，在成縣西。《一統志》：龍門鎮，在鞏昌府成縣東，後改府城鎮。

細泉兼輕冰㈠，**沮洳棧道濕**㈡。**不辭辛苦行**㈢，**迫**一作廹**此短景**影**同急**㈣。此往龍門之路，言行遲而日促。　迫屬行程，急屬日影。

㈠庾信詩：山深足細泉。

㈡《詩》：彼汾沮洳。《傳》：沮洳，水浸處下濕之地。《元和郡縣志》：褒斜道，一名石牛道，張良令燒絶棧道，即此。

㈢曹植詩：能不懷辛苦。

㈣庾信詩：短景負餘暉。《舞鶴賦》：急景凋年。　吴注：舊引《舞鶴賦》「急景凋年」，似將景急二字相連。按庾信詩「短景負餘暉」，則短景微讀。公詩「歲暮陰陽催短景」，又其較著矣。

石門雲雪一作雲雷，一作雪雲**隘**一作溢㈠，**古鎮峰巒集**。**旌竿暮慘澹**㈡，**風水白刃澀**㈢。**胡馬屯**音豚**成皋**㈣，**防虞此何及**。**嗟爾遠戍人**㈤，**山寒夜中泣**。此見龍門景事，而歎戍卒之苦。石門古鎮，有險可憑，亦何必屯兵戍守乎？譏之也。　此章，上四句，下八句。

㈠《蜀都賦》：岨以石門。注：在漢中之西，褒中之北，蜀之險隘。《水經注》：褒水，西北出衙嶺山，東南經大石門，歷故棧道下，又東南歷小石門。

㈡崔湜詩：霜氣下旌竿。

㈢陶潛詩：風水互乖違。《秦國策》：白刃在前。

㈣趙曰：成皋，乃鞏洛之地。

㊄陰鏗詩：遠戍唯聞鼓。《唐書》：乾元二年九月，史思明陷東京及齊、汝、鄭、滑四州。

黄淳耀曰：時東京爲史思明所據。秦成間密邇關輔，故龍門鎮兵有石門之守。然旌竿慘淡，白刃鈍澀，既無以壯我軍容，況此地又與成皋遠不相及，而防戍於此，則亦徒勞吾民而已。使之山寒夜泣，亦何爲哉。

石龕

龕，苦含切，石塔也。《阿育王傳》：山龕石室。沈佺期詩：危峰石作龕。

熊羆咆我東，虎豹號平聲**我西**㊀。**我後鬼長嘯，我前狨**音戎**又啼**㊁。**天寒昏無日，山遠道路迷**㊂。**驅車石龕下**㊃，**仲冬見虹霓**㊄。 綖注：上歎行路之艱，是傷己。 俯視物類，仰觀天氣，備寫悽慘陰森之象。 魏武帝《苦寒行》：「熊羆對我蹲，虎豹夾路啼。」此句意所本。 劉琨《扶風歌》：「麋鹿遊我前，猿猴戲我側。」此句法所本。《楚辭·九思》：「將升兮高山，上有兮猿猴；將入兮深谷，下有兮虺蛇。 左見兮鳴鵙，右睹兮呼梟。」此東西前後疊句所本。

㊀《楚辭·招隱》：虎豹鬭兮熊羆咆。

㊁陳藏器《本草》：狨，生山南山谷中，似猴而大，毛長，黄赤色，人將其皮作鞍褥。《埤雅》：狨，猿狖

之屬，輕捷善緣木，生川峽深山中。又云：尾作金色，俗謂金線狨，中矢毒即自齧斷其尾以擲之。

㊂謝靈運詩：山遠行不近。

㊃古詩：驅車策駑馬。沈炯詩：山鼃擬夜禪。地志：龍門石壁，鑿爲鼃，石佛數千。則知石鼃乃人工所爲者。

㊄《月令》：孟冬之月，虹藏不見，仲冬見之，紀異也，亦地煖使然。《爾雅注》：雙出色鮮盛者爲雄，曰虹；闇者爲雌，曰蜺。

伐竹一作木**者誰子**㊀，**悲歌上**時掌切。一作抱**雲梯**㊁。**爲**去聲**官採美箭**㊂，**五歲供梁齊**。**苦云直簳**古旱切，干上聲。一作笴**盡**㊃，**無以應**一作充**提攜**㊄。**奈何漁陽騎**去聲，**颯颯驚蒸黎**㊅。

綖注：下嘆征求之苦，是憫人。山採箭簳，幾於罄竹無餘，民力之殫可知。梁齊，謂河北官軍。漁陽，謂思明餘孽。五歲，自天寶十四載至乾元二年也。此章兩段，俱八句。

㊀雷次宗《豫章記》：伐竹爲筏。阮籍詩：所憐者誰子。

㊁《史記·項羽傳》：悲歌慷慨。《墨子》：公輸班爲雲梯。郭璞《游仙詩》：靈谿可潛盤，何事登雲梯。

㊂《一統志》：箭簳山，在漢中府漢陰縣東北一百八十里，山產箭竹。《爾雅》：東南之美者，有會稽之竹箭。此借用之。

㊃《考工記》：荆之幹。與簳同。《呂氏春秋》：齒羽箭幹。

㊄謝靈運詩：提攜弄齊瑟。

㊅《楚辭》：風颯颯兮木蕭蕭。　相如《封禪書》：覺寤蒸黎。

楊慎曰：起得奇壯突兀，末段深爲時慮。

陸時雍曰：此詩氣局最寬，語致最簡。

申涵光曰：起勢奇崛，若安放在中間，亦常語耳。

積草嶺原注：同谷界。

連峰積長陰㈠，**白日遞隱見**音現㈡。**颼颼林響交**㈢，**慘慘石狀變**㈣。**山分**一作外**積草嶺，路異鳴**《唐志》作鳴，一作明**水縣**㈤。**旅泊吾道窮**一作東㈥，**衰年歲時倦**㈦。首記積草之景，兼敘跋涉之艱。　山疊多陰，故日光隱見。颼颼慘慘，皆形容積陰也。　蔡夢弼曰：從此嶺分路，東則同谷，西則鳴水。

㈠江淹詩：連峰竟無已。

㈡梁簡文帝詩：日斜光隱見。

㈢《水經注》：風颼颼而颾颾。

㈣陶潛詩：慘慘寒日。

㈤《舊唐書》：鳴水縣屬興州，本漢沮縣地，隋爲鳴水縣。

㈥梁元帝詩：旅泊依村樹。

㈦《史記》：仲尼曰：「吾道窮矣。」　簡文詩：羽檄歲時聞。

卜居尚百里㈠，休駕投諸彥㈡。邑有佳主人，情如已會面㈢。來書語絶妙，遠客驚深眷㈣。食蕨不願餘㈤，茅茨眼中見㈥。下言路近同谷，得有依託也。　諸彥，投宿之家。主人，同谷之宰。蕨薇，山中之食。茅茨，山中之居。張綖注：公欲居西枝者，以贊公有盛論之作；欲居同谷者，以主人有深眷之書也。　此與上章同格。

㈠屈原有《卜居》篇。

㈡謝靈運《擬鄴中詩序》：二三諸彥。

㈢《後漢書》：范冉謂王奐曰：「今子遠適千里，會面無期。」

㈣鮑照詩：遠客厭辛苦。

㈤《史記》：伯夷、叔齊，隱於首陽山，採薇而食。《索隱》注：薇，蕨也。　左思《詠史詩》：飲河期腹滿，貴足不願餘。

㈥《莊子》：茅茨不剪。《晉書》：豫章太守見范宣茅茨不完，欲爲改宅，宣固辭之。　《南史》：袁粲曰：「但恨眼中不見人。」

泥功《唐書》作公山

《杜臆》：成州有八景，泥功山、鳳凰臺，居其二。公詩止言其濘，不言其勝，何耶？《唐書》：貞元五年，於同谷之西境泥公山，權置行成州。《方輿勝覽》：在同谷郡西二十里。

朝行青泥上，暮在青泥中㈠。**泥濘**乃定切。一作穽**非一時，版築勞人功**。先記泥功山。泥濘之處，功須版築，此泥功所由名也。

㈠《元和郡縣志》：青泥嶺，在興州長舉縣西北五十三里接溪山東，懸崖萬仞，上多雲雨，行者屢逢泥淖，故號爲青泥嶺。《一統志》：在漢中府略陽縣西北。

不畏道途一作路**遠**一作永，**乃將**一作反將，一作及此**汨沒同**。**白馬爲鐵驪**㈠，**小兒成老翁**㈡。**哀猿**一作猱**透却墜**㈢，**死鹿力所窮**㈣。**寄語北來人，後來莫忽忽**㈤。後叙中途淪没之患。汨没同，同歸濡溺也，起下四句。白馬小兒，爲泥所污。哀猿死鹿，爲泥所陷。末以窮途之困，預戒行人。

此章，上四句，下八句。

㈠《月令》：孟冬之月，乘玄輅，駕鐵驪。《爾雅》：馬純黑曰驪。

㈡葛洪《神仙傳》：太玄女，須臾之間或化爲老翁，或爲小兒。

㊂李孝貞詩：風静夜猿哀。

㊃《詩》：野有死鹿。《左傳》：鹿死不擇陰，鋌而走險，急何能擇。

㊄龐德公《於忽操》：前行險既以覆兮，後逐逐其猶來。盧照鄰詩：傳語後來者，斯路誠獨難。

鳳凰臺原注：山峻，人不至高頂。

張綖注：秦地有鳳凰臺，本因西伯，後人謬傳弄玉吹簫之説。《水經注》：鳳溪水，上承蜀水於廣業郡，南逕鳳溪，中有二石雙高，其形若闕，漢世有鳳凰棲其上，故謂之鳳凰臺。北去郡三里，水出臺下。《方輿勝覽》：鳳凰臺，在同谷東南十里，山腰有瀑布，名迸璣泉。天寶間，哥舒翰有題刻。

亭亭鳳凰臺㊀，北對西康州㊁。西伯今寂寞㊂，鳳聲亦悠悠㊃。山峻路絶蹤，石林氣高浮㊄。安得萬丈梯㊅，爲去聲**君上**上聲。《英華》作居**上頭。**首咏鳳凰臺，傷鳳去臺空也。盧注：當時李泌久歸衡山，春宫左右無人調護，公欲效綺里之功而不可得，故曰：「安得萬丈梯，爲君上上頭。」

㊀《魏都賦》：亭亭峻址。

㈡《唐書》：武德初，以同谷置西康州，貞觀中廢。謂之西康者，別於嶺南之康州也。

㈢《商紀》：紂賜昌得專征伐，爲西伯。

㈣《圖經》：岐山，一名天柱山。文王時，鳳鳴岐山，亦呼爲鳳凰堆。

㈤謝靈運詩：石林豈爲艱。

㈥孫綽《天台賦》：臨萬丈之絶冥。

恐有無母雛，飢寒日啾啾一作啁啾㈠。**我能剖心血**一作出㈡，**飲啄慰孤愁**㈢。**心以當竹實，炯然無**《勝覽》作忘**外求。血以當醴泉**㈣，**豈徒比清流**㈤。此託鳳雛以寓意。盧注：肅宗聽張良娣之譖，既去建寧王倓，又欲動搖廣平王俶。俶母吴氏，生子而亡，故云無母雛。披心瀝血，欲獻忠肝以保護之耳。

㈠樂府《隴西行》：鳳凰鳴啾啾，一母將九雛。

㈡《拾遺記》：二人剖心瀝血，以代墨焉。

㈢何遜詩：誓將收飲啄。

㈣《詩疏》：鳳非竹實不食，非醴泉不飲。阮籍詩：林中有奇鳥，自言是鳳凰。清朝飲醴泉，日夕栖山岡。

㈤路喬如《鶴賦》：飲清流而不舉。

所重王者瑞，敢辭微命休㈠。**坐看**去聲**綵翮長**一作舉，**舉**一作縱**意八極周**㈡。**自天銜瑞圖**

《英華》作圖識㊂，**飛下**去聲**十二樓**㊃。**圖以奉**一作獻**至尊，鳳以垂鴻猷**㊄。**再光中**去聲**興業，一洗蒼生憂。深衷正**《勝覽》作止**爲**去聲**此，群盜何淹留。**此申明急於求雛之意，欲藉此以致太平也。　曰王者、曰瑞圖，皆興王之兆；曰至尊、曰鴻猷，則明説中興事業矣。深衷在此，應上心血。群盜何留，安史自滅矣。　此章前兩段各八句，末段十二句收。

㊀《鸑鷟賦》：託輕鄙之微命。

㊁王褒頌：周流八極。

㊂《春秋元命苞》：黄帝游玄扈洛水之上，鳳凰銜圖置帝前，帝再拜受圖。班固《白雉詩》：啟靈篇兮披瑞圖。張注：《琴操》：紂爲無道，諸侯皆歸文王。其後有鳳凰銜書於郊，文王乃作操。

㊃《漢·郊祀志》：方士言：黄帝時，爲五城十二樓，以候神人於執期。《十洲記》：崑崙，積金爲天墉城，城上安金臺五所，玉樓十二所。鮑照《煌煌京洛行》：鳳樓十二重，四户八綺窗。

㊄劉敬叔《異苑》：晉隆安中，鳳凰集劉穆之庭，韋藪謂曰：「子必協贊鴻猷。」

解杜者，詩中本無寓言，而必欲傅會時事，失於穿鑿；詩中本有寓意，而必欲抹殺微詞，謂之矯枉。澤州陳冢宰謂皆好勝之過，良是。此章託諷顯然，蓋借景以寓意，于盧注獨有取焉。

乾元中寓居同谷縣作歌七首

《杜臆》：同谷縣，唐屬成州，元以同谷縣省入，明則改州爲縣。考今志，成縣有杜甫故居，注引虎穴龍澄詩爲證，其居當在西枝村之西，然公詩却未云居西枝也。《舊唐書》：成州治同谷縣，武德元年置成州，貞觀二年，以廢康州之同谷縣來屬。《九域志》：秦州，西南至成州二百六十五里。

有客有客字子美㈠，**白頭亂**一作短**髮垂過**一作兩**耳**㈡。**歲拾橡**仕兩切**栗隨狙**千余切**公**㈢，**天寒日暮山谷裏。中原無書**一作主**歸不得，手脚凍皴**七倫切**皮肉死**㈣。**嗚呼一歌兮歌已**一作**獨哀，悲風爲**去聲**我從天**一作東**來**㈤。此章從自叙説起。垂老之年，寒山寄迹，無食無衣，幾於身不自保，所以感而發嘆也。悲風天來，若助旅人之愁矣。首二領意，中四叙事，末二感慨悲歌。七首同格。

㈠《詩》：有客有客，亦白其馬。洙曰：以寓居，故自稱有客。

㈡《易林》：亂髮如蓬，憂常在中。漢樂府《長歌行》：髮短耳何長。

㈢《唐書》：甫客秦州，負薪採橡栗自給。今在同谷亦然。《莊子》：晝拾橡栗，暮栖木上。《後漢·李恂傳》：時歲荒，徙居新安關，下拾橡栗以自資。《廣韻》：橡，櫟實也。《莊子》：狙公賦芧，曰：「朝四而暮三。」衆狙皆悦。芧，即橡子也。狙，猿屬。狙公，畜狙之人也。

㈣《説文》：皴，皮細起也。《梁武帝紀》：執筆觸寒，手爲皴裂。

㈤李陵詩：遠望悲風至。

蔡琰《胡笳十八拍》結語曰：笳一會兮琴一拍，心憤怨兮無人知。曰：兩拍張絃兮絃欲絶，志摧心折兮自悲嗟。曰：傷今感昔兮三拍成，銜悲畜恨兮何時平。曰：尋思涉歷兮多艱阻，四拍成兮益悽楚。曰：攢眉向月兮撫雅琴，五拍泠泠兮意彌深。曰：追思往日兮行李難，六拍悲兮欲罷彈。曰：草盡水竭兮羊馬皆徙，七拍流恨兮惡居於此。七歌結語，皆本笳曲。

其二

長鑱仕衫、仕鑒二切**長鑱白木柄**㈠**，我生託子以爲命**㈡**。黄獨**山谷作獨，東坡作精**無苗山雪盛**㈢**，短衣數**音朔**挽不掩脛**㈣**。此時與子空**一作同**歸來**㈤**，男呻女吟四壁静。嗚呼二歌兮歌始放，閭**一作鄰**里爲**去聲**我色惆悵**㈥**。**上章自嘆凍餒，此并痛及妻孥也。命託長鑱，一語慘絶。橡栗已空，又掘黄獨，直是資生無計。雪滿山，故無苗可尋。風吹衣，故挽以掩膝。男女呻吟，飢寒並迫也。前曰悲風，天助之哀。此曰閭里，則人爲之憫矣。前後章，以有客對弟妹，叙骨肉之情也。中間獨將長鑱配言，蓋託此爲命，不啻一家至親。

㈠《説文》：鑱，鋭也，吴人云犁鐵。《玉篇》：鑱，鏨也。

㈡呼鑱爲子，猶《毛詩》呼籊爲汝。　黄庭堅曰：《嵩記》：牛山多杏，自中國喪亂，百姓資此以爲命。

㈢又曰：黄獨，狀如芋子，肉白皮黄，蔓延生，葉似蘿摩，梁漢人蒸食之，江東謂之土芋。陳藏器《本草》：黄獨，遇霜雪，枯無苗，蓋蹲鴟之類。蔡夢弼引别注云：黄獨，歲飢土人掘以充糧，根惟一顆而色黄，故謂之黄獨。其説是也。按：公詩有别用黄精者，如《太平寺》云：「三春濕黄精，一食生羽毛。」《丈人山》云：「掃除白髮黄精在，君看他時冰雪容。」皆託爲引年而發，若此歌則專爲救飢而言，當主黄獨爲是。

㈣《史記》：叔孫通變其服，服短衣。甯戚《叩角歌》：短布單衣不及骭。曹植詩：挽衣對我泣。脛，足骨也。

㈤《莊子》：呻吟裘氏地。呻吟既息，四壁悄然，寫得悽絶。《司馬相如傳》：家居徒四壁立。何遜詩：宵長壁立静。

㈥《周禮·天官》：聽閭里以圖版。《楚辭》：余惆悵而自憐。

其三

有弟有弟在遠方一作各一方㈠，**三人各瘦何人强**㈡？**生别展轉不相見**㈢，**胡塵暗天道路長**㈣。**東飛駕**音加**鵝後鶖**音秋**鶬**七羊切㈤，**安得送我置汝傍。嗚呼三歌兮歌三發，汝歸何處收**一作取**兄骨**㈥。

此章嘆兄弟各天也。生别展轉，自東都而長安，又自秦隴而同谷。胡塵暗天，中言生别之故。弟在東方，因欲東飛而去也。始念生離，終恐死别，故有收骨之語。《杜臆》：駕鵝雁屬，以比兄弟。而惡鳥在後，安得送我在汝傍乎。何處收骨，此承輾轉來。

㈠趙曰：公四弟，曰穎、曰觀、曰豐、曰占。穎、觀、豐各在他郡，惟占從公入蜀，後有《舍弟占歸草堂》詩。《左傳》：寡人有弟，不能和協，而使餬其口於四方。

㈡《後漢書》：趙孝，其弟禮，爲賊所得，將食之。孝自縛詣賊曰：「禮餓羸瘦，不若孝肥飽。」賊感其意，俱舍之。梁元帝《與武陵王書》：兄肥弟瘦，無復相見之期。

㊂古樂府：他鄉各異縣，展轉不可見。

㊃宋文帝詩：不見南雲陰，但見胡塵起。《詩》：道阻且長。

㊄《子虛賦》：弋白鵠，連駕鵝。《廣志》：駕鵝，野鵝也。陶隱居云：野鵝大於雁，似人家蒼鵝，謂之駕鵝。《揚雄傳》：豈駕鵝之能捷。《楚辭·大招》：鶤鴻群晨，雜鶖鶬只。《埤雅》：鶖，性貪惡，狀如鶴而大，長頸赤目，善與人鬭，好啗蛇。《詩》：有鶖在梁。毛萇曰：鶖，秃鶖。楊慎曰：鶬有二種：《列子》「連雙鶬於青雲之上」，相如賦「雙鶬下，玄鶴加」，《物類相感志》「玄鶬，長足，群飛，天將霜必先鳴」，此蓋鶴類，以其色蒼，故曰鶬，此一種也；若《江賦》所云「奇鶬九頭」，孔子引《河上之歌》曰「鶬兮鴰兮，逆毛衰兮，一身九尾長兮」，此則妖鳥，别爲一種。

㊅《左傳》：崤有二陵，予收爾骨焉。

其四

有妹有妹在鍾離㊀，良人早歿諸孤癡㊁。長淮浪高蛟龍怒㊂，十年不見來何時一作遲。**扁舟欲往箭滿眼㊃，杳杳南國多旍旗㊄。嗚呼四歌兮歌四奏，林猿**浩然本作林猿，一作竹林**爲**去聲**我啼清晝㊅。**此章嘆兄妹異地也。嫠婦客居，孤兒難倚。十年，妹不能來。扁舟，公不得往。蛟龍，防路之險。旍旗，患時之危。猿啼清畫，不特天人感動，即物情亦若分憂矣。

㊀《吴越春秋》：壽夢元年，魯成公會於鍾離。《舊唐書》：濠州，屬淮南道，天寶元年，改鍾離郡，乾元元年，復爲濠州。《新唐書·地理志》：濠州鍾離郡有鍾離縣，春秋時爲鍾離子國。按：公詩有

「近聞韋氏妹，遠在漢鍾離」，即指此處。　曹植《平原懿主誄》：憐爾早歿。　《左傳》：以是藐諸孤。

㊁《詩》：今夕何夕，見此良人。注：夫也。

㊂《書》：導淮自桐柏。　何遜詩：初宿長淮上。

㊃劉孝綽詩：扁舟去平樂。

㊄古詩：杳杳即長暮。　顔延之詩：旌旗晝夜懸。

㊅張九齡詩：林猿莫夜聽。《長笛賦》：猨蜼晝吟。　朱注：蔡絛云：崇寧間，有貢士自同谷來，籠一禽，大如雀，色正青，善鳴，曰：此竹林鳥也。林時對曰：考《海録》，有「竹林静，啼青笋」之句，竹林與青笋並用，似屬鳥名。《演繁露》：詩人假象爲辭，因竹之號風若啼，故謂之啼耳。　按：二説皆穿鑿難信。　猿多夜啼，今啼清晝，極言其悲也。

其五

四山多風溪水急㊀，**寒雨**一作風**颯颯枯樹**一云樹枝**濕**㊁。**黄蒿古城雲不開**㊂，**白**一作玄**狐跳梁黄狐立**㊃。**我生何爲在窮谷**㊄，**中夜起坐萬感集**㊅。**嗚呼五歌兮歌正長，魂招不來歸故鄉**㊆。

此章咏同谷冬景也。　此歌忽然變調，寫得山昏水惡，雨驟風狂，荒城晝冥，野狐群嘯，頓覺空谷孤危，而萬感交迫，招魂不來，魂驚欲散也。　收骨於死後，招魂於生前，見存亡總不能自必矣。　招魂句，有兩説。《杜臆》謂：魂離形體，不能招來，使之同歸故鄉。　此順解也。　胡夏客謂：身在他鄉，而魂歸故鄉，反若招之不來者。此倒句也。依後説，翻古出新，語尤奇警。

㊀孔稚珪詩：胡騎四山合。

㊁鮑照《與妹書》：吾自發寒雨。 柳惲詩：颯颯避霜葉。 庾信有《枯樹賦》。

㊂蔡琰《胡笳》：塞上黄蒿兮枝枯葉乾。

㊃《吕氏春秋》：禹行塗山，有白狐九尾造焉。 陶隱居《本草》：狐，形似狸而黄。 《莊子》：獨不見狸狌乎，東西跳梁，不避高下。

㊄謝惠連詩：窮谷是處。

㊅阮籍詩：中夜不能寐，起坐彈鳴琴。 謝靈運詩：千念集日夜，萬感盈朝昏。

㊆《楚辭·招魂》：魂兮歸來，反故居些。朱注：古人招魂之禮，不專施於死者。公詩如「剪紙招我魂」，「老魂招不得」，「南方實有未招魂」，與此詩「魂招不來歸故鄉」，皆招生時之魂也。本王逸《楚辭注》。

其六

南有龍兮在山湫㊀，**古木巃**盧經、力董二切**嵸**子紅、子孔二切**枝相樛**㊁。**木葉黄落龍正蟄**㊂，**蝮蛇東來水上游**㊃。**我行怪此安敢出，拔劍欲斬且復**扶又切**休**㊄。**嗚呼六歌兮歌思**去聲**遲**一云怨遲遲，**溪壑爲**去聲**我迴春姿**㊅。 此章咏同谷龍湫也。 古木巃嵸，樹覆湫潭，神龍蟄伏，而蝮蛇肆行，此陽微陰勝之象。拔劍且休，誅之不勝誅也。溪壑迴春，蓋望陽長陰消，回造化於指日，其所慨於身世者，大矣。　《易傳》以潛龍比君子，蔡琰謂暴猛如虺蛇，此君子小人之别也。　時在仲冬，而曰春迴者，天氣晴和有似春意耳。

㈠《杜詩博議》：同谷萬丈潭有龍，此借以起興。　湫，龍潭也。　揚雄《蜀都賦》：火井龍湫。

㈡江總詩：古木斷懸蘿。　劉安《招隱士》：山氣巃嵸兮石嵯峩。　巃嵸，楂枒貌。　謝朓詩：樛枝聳復低。　樛，枝曲下垂貌。

㈢《記》：季秋之月，草木黄落。　《易》：龍蛇之蟄。

㈣《楚辭》：蝮蛇蓁蓁。《淮南子》：蝮蛇不可使安足。《抱朴子》：蝮蛇中人至急，一日不治，則殺人。但以刀割瘡肉投地，其肉沸如火炙，須臾焦盡，人得活也。

㈤《漢書》：高帝夜徑澤中，有大蛇當道，拔劍斬之。　隋煬帝《鳳艒歌》：意欲持鈎往撩取，恐是蛟龍還復休。

㈥張載詩：谿壑無人迹。　《列子》：師文及秋而叩角絃，温風徐迴。　沈佺期詩：何遽青春姿。

吴見思曰：前五歌，意俱竭，此則不得不遲。　遲則從容婉轉，谿壑亦若迴春。　窮而必變，天之道也。

王道俊《博議》：前後六章，皆自叙流離之感，不應此章獨譏時事。　此蓋詠同谷萬丈潭之龍也。　龍蟄而蝮蛇來遊，或自傷龍蛇之混，初無指切。　古人詩文，取喻於龍者不一，未嘗專指爲九五之象。　郭知達引蘇注云：此詩南有龍，喻明皇在南内，東坡必無是言。

其七

男兒生不成名身已老㊀，三一作十**年飢走荒山道㊁。長安卿相**去聲**多少**去聲**年㊂，富貴應**平聲**須致身早。山中儒生舊相識㊃，但話宿昔傷懷抱㊄。嗚呼七歌兮悄終曲，仰視皇天白日速㊅。**此章仍以自嘆作結，蓋窮老流離之感深矣。卿相少年，反照首句。山中話昔，回應次句。皇天日速，嘆不能挽暮景之衰頽也。首尾兩章，俱結到天，蓋窮則呼天之意耳。三年走山，謂自至德二載至乾元二年，奔鳳翔，貶華州，客秦隴，遷同谷也。趙注：末句又變新意，自一至七，歌聲既終，而日色暮矣。

㊀李陵書：男兒生已不成名。《隨筆》云：長安卿相未必盡屬少年，杜説亦不盡然。漢貢禹壯年仕不遇，棄官而歸。至元帝初乃召用，由諫大夫遷光禄，奏言臣犬馬之齒八十一，凡一子，年十二。則禹入朝時八十，其生子時固已七十歲矣，竟再遷至御史大夫，列於三公。朱暉在章帝朝，自臨淮太守屏居，後召拜僕射，復爲太守，上疏乞留中，詔許之。因議事不合，自繫獄，不肯復署議曰：行年八十，得在機密，當以死報。遂閉口不復言。帝意解，遷爲尚書令。至和帝時，復諫征匈奴，計其年當九十矣，其忠正非禹比也。

㊁陶潛詩：鬱鬱荒山裏。

㊂師氏曰：肅宗中興，所用皆後生晚進，元勳舊德如郭子儀，尚見齟齬，他可知已。

㊃《漢書》：丙吉薦儒生王仲翁。鮑照詩：南國有儒生。《左傳》：季札聘於鄭，見子産如舊相識。

吴均詩：依然舊相識。

㊄阮籍詩：宿昔同衣裳。　古詩：臨風送懷抱。

㊅《楚辭》：皇天平分四時兮。　江淹詩：青春速天機，素秋馳白日。

王嗣奭曰：《積草嶺》詩云「邑有佳主人」，豈指同谷令耶？　歌内甚有不足主人意，如託饞爲命，如閭里惆悵，主人何獨不爲意也。又如「黄蒿古城雲不開」，見城中無一相知，故但言「山中儒生舊相識」，然亦隱隱及之，終屬厚道。

朱子曰：杜陵此歌七章，豪宕奇崛，至其卒章，嘆老嗟卑，則志亦陋矣，人可以不聞道哉。

今按：長安卿相二句，據師氏之説，是歎當時棄老成而用新進，初非羨慕朝官也。此詩固當善會。

孫季昭《示兒編》云：歐陽公傷五季之離亂，故作《五代史》，於序論每以「嗚呼」冠其首。杜公傷唐末之離亂，故作詩史，於歌行每以「嗚呼」結其篇末。前此詩人，用「嗚呼」二字寓於歌詩者稀，公獨有傷今思古之意焉。

胡應麟曰：杜《七歌》亦倣張衡《四愁》，然《七歌》奇崛雄深，《四愁》和平婉麗。漢唐短歌，各爲絶倡，所謂異曲同工。

王嗣奭曰：《七歌》創作，原不倣《離騷》，而哀實過之。讀《離騷》未必墮淚，而讀此不能終篇，則以節短而聲促也。

陸時雍曰：《同谷七歌》，稍近騷意，第出語粗放，其粗放處，正是自得也。

董益曰：李鷹《師友記聞》謂太白《遠别離》、《蜀道難》，與子美《寓居同谷七歌》，風騷極致，不在屈宋之下。愚謂一歌結句「悲風爲我從天來」，七歌云「仰視皇天白日速」，其聲慨然，其氣浩然，殆又非宋玉、太白輩所及。

申涵光曰：《同谷七歌》，頓挫淋漓，有一唱三歎之致，從《胡笳十八拍》及《四愁詩》得來，是集中得意之作。

宋元詞人多倣同谷歌體，唯文丞相居先，今附録于後：「有妻有妻出糟糠，自少結髮不下堂。亂離中道逢虎狼，鳳飛翩翩失其凰。將雛一二去何方，豈料國破家亦亡。不忍舍君羅襦裳，天長地久終茫茫，牛女夜夜遥相望。嗚呼一歌兮歌正長，悲風北來起徬徨。有妹有妹家流離，良人去後攜諸兒。北風吹沙塞草淒，窮猿慘淡將安歸？去年哭母南海湄，三男一女同歔欷。惟汝不在割我肌，汝家零落母不知，母知豈有瞑目時。嗚呼再歌兮歌孔悲，鶺鴒在原我何爲。有女有女婉清揚，大者學帖臨鍾王，小者讀字聲琅琅。朔風吹衣白日黄，一雙白璧委道旁。雁兒啄啄秋無粱，隨母北首誰人將？嗚呼三歌兮歌愈傷，非爲兒女淚淋浪。有子有子風骨殊，釋氏抱送徐卿雛，四月八日摩尼珠。榴花犀錢落繡襦，蘭湯百沸香似酥，欻隨飛電飄泥塗。汝兄十三騎鯨魚，汝今知在三歲無。嗚呼四歌兮歌以吁，燈前老我明月孤。有妾有妾今何如？大者手將玉蟾蜍，次者親抱汗血駒。晨妝靚服臨西湖，英英雁落飄璚琚，風花飛墜鳥嗚呼，金莖沆瀣浮汙渠。天摧地裂龍鳳殂，美人塵土何代無。嗚呼五歌兮歌鬱紆，爲爾遡風立斯須。我生我生何不辰？孤根不識桃李春。天寒日短重愁人，北風隨我鐵馬塵。

初憐骨肉鍾奇禍，而今骨肉相憐我。汝在北兮嬰我懷，我死誰當收我骸？人生百年何醜好，黄粱得喪俱草草。嗚呼六歌兮勿復道，出門一笑天地老。」少陵當天寶亂後，間關入蜀，流離瑣尾而作七歌，其詞淒以楚。文山當南宋訖籙，縶身赴燕，家國破亡而作六歌，其詞哀以迫。少陵猶是英雄落魄之常，文山所處，則糜軀湛族而終無可濟也，不更大可痛乎！

萬丈潭 原注：同谷縣作。

《方輿勝覽》：萬丈潭，在同谷縣東南七里，俗傳有龍自潭飛出。夢弼曰：同谷有鳳凰潭，一名萬丈潭，蓋兩山危立，其下泓澄萬丈。《杜臆》：同谷有龍峽，峽傍有潭，其深莫測，曰萬丈潭。

青溪含一作合**冥寞**㊀，**神物有顯晦**㊁。**龍依積水蟠**㊂，**窟壓萬丈内**㊃。領起全局。《杜臆》：青溪與神物，合而成其神異，起語大有力量。龍承神物，窟承青溪。

㊀《世説》：謝益壽曰：「青溪之曲，復何窮盡。」庾信詩：冥寞爾遊岱。

㊁《易》：天生神物。

㊂《荀子》：積水成淵，蛟龍生焉。

㊃潘岳《海賦》：懸水萬丈。

跼步凌垠堮逆各切。或作鄂㊀，**側身下**去聲**煙靄。前臨洪濤寬**㊁，**却立蒼石大。山危一徑盡，岸**一作崖**絶兩壁對。削成根虚無**㊂，**倒影垂澹瀩**音隊。吴本作瀨。朱云：《玉篇》、《增韻》俱無瀨㊃。下兩條，申言青溪含冥漠。　此自山上而及潭中也。曰跼、曰側、曰前、曰却，歷盡高下前後矣。一徑，路之狹。兩壁，巖之峭。削成，壁深入。倒影，山下照。

㊀《淮南子》：出於無垠堮之門。許慎注：垠堮，端崖也。

㊁《洛陽伽藍記》：洛水《永橋銘》：前臨少室，却負太行。此「前」「却」二字所本。《杜臆》：前臨洪濤，指嘉陵江，蓋同谷之東河南河，俱入龍峽而注於嘉陵江也。東河源出秦州南，南河源出清渠堡南。　《海賦》：洪濤瀾汗，萬里無際。

㊂《山海經》：太華之山，削成而四方。　相如《子虚賦》：乘虚無。

㊃《漢·郊祀志》：登遐倒影。晉廬山道人《游石門詩序》：流光迴照，則衆山倒影。　鄭曰：澹瀩，猶澹淹也。《集韻》作灘，水帶沙往來貌。　《廣韻》：瀩，清也，濡也。　吴注：《天台賦序》：或倒影於重溟。

黑知黄作知，陳作爲，一作如**灣環**音還**底**㊀，**清見光炯碎。孤雲**《勝覽》作峰**到**一作倒**來深**㊁，**飛鳥不在外**㊂。**高蘿成帷**一作帳**幄**㊃，**寒木壘**吴作累，一作疊**旌旆**㊄。**遠川曲通流，嵌**丘銜切**竇潛洩瀨。**　此自潭中而及四傍也。　黑，言淵底。　清，言波面。雲鳥，形容潭之深廣。蘿結若帷，木搖如旆，曲通來水，潛洩去流，此潭外周圍之景。《杜臆》：孤雲二句，形容虛明空洞，無底無邊之神妙。胡夏客曰：上句人猶能作，下句造語更奇。

㊀《玉篇》：漘，聚流也。

㊁陶潛詩：孤雲獨無依。

㊂阮籍詩：飛鳥鳴相過。

㊃陸機詩：輕條象雲構，密葉成翠幄。

㊄康協《終南行》：楓丹杉碧，壘旌立旆。

造幽無人境㊀，**發興**去聲**自我輩**㊁。**告歸遺恨多，將老斯遊最。閉藏修鱗蟄**㊂，**出入巨石**趙刻作爪**礙**㊃。**何當**一作事**炎**一作暑**天過**㊄，**快意風雲**一作雨**會**。末歎遊潭之勝，回應神物有顯晦。《杜臆》：幽造發興，此地靈人傑，遭遇之奇，可一而不可再者，故此遊足敵窮途遺恨。朱注：方冬龍蟄，未能劈石而出，還思暑天過此，觀其騰躍於風雲之會耳。此章，首段四句起，下三段各八句。

㊀《天台賦》：卒踐無人之境。

㊁《世説》：范榮期云：「應是我輩語。」

㊂《淮南子》：冬萬物閉藏。

㊃《水經注》：巨石臨危。徐陵詩：石礙波前響。

㊄顔延之詩：炎天方埃鬱。

周珽曰：通篇摩寫山水，極其幽隱奇怪，令人不覺興逸心怡。

楊德周曰：山水間詩，最忌庸腐答應，試看杜公《青陽峽》《萬丈潭》《飛仙閣》《龍門閣》諸篇，幽靈危險，直令氣浮者沉，心淺者深，刻劃之中，元氣渾淪，窈冥之内，光怪迸發。初學更宜於此煅煉揣摩，庶能自拔泥滓。

崑山王履曰：昌黎《南山》詩，二百四句，鋪叙詳，文采贍，議者謂其似《上林》《子虛》賦，才力小者不能到。然竊觀「東西兩際海，巨細難悉究。西南雄太白，突起莫間簉。藩都酬德運，分宅占丁戊。逍遥越坤位，詆訐陷乾竇。昆明大池北，去覿偶晴晝。前尋徑杜墅，坌蔽畢原陋。初從藍田入，顧盼勞頸脰」等十餘句，凡大山皆可當，不獨終南也。況又每有梗韻生意，使文辭牽綴，而義理不得通暢，恐非終南本色耳。文章縱不宜規規傳神寫照，亦豈宜泛然駕虛立空。駕虛立空以夸其多，雖多亦奚以爲？少陵則不然，其自秦入蜀詩二十餘篇，皆攬實事實景以入乎華藻之中，是故高出人表，而不失乎文章之所以然。

杜詩詳注卷之九

發同谷縣原注：乾元二年十二月一日，自隴右赴成都紀行。

公居同谷，不踰月，即赴成都。

賢有不黔突㊀**，聖有不煖席。況我飢愚人**一作夫，**焉**於虔切**能尚安宅**㊁**？始來兹山中，休駕喜**一作嘉**地僻。奈何迫物累**㊂**，一歲四行役。**此歎行踪無定也。上四，以古人自解。下四，以勞生自慨。地僻，謂同谷境幽。物累，爲妻子所牽。趙曰：春自東都回華，秋自華州客秦，冬自秦赴同谷，又自同谷赴劍南，故曰四行役。

㊀《淮南子》：墨子無黔突，孔子無煖席。

㊁《詩》：其究安宅。

㊂《莊子》：無物累，無鬼責。《淮南子》：全性保真，不以物累形。

忡忡去絶境㊀**，杳杳更遠適**㊁**。停驂龍潭雲**㊂**，迴首虎**一作白**崖石**㊃**。臨岐别數子**㊄**，握手**

淚再滴㈥。**交情無舊深**㈦，一作雖無舊深知，一作雖舊情深知。**窮老多慘慼**。此記臨發躊躇也。　龍潭虎崖，同谷之景不忍舍。交情慘慼，同谷之人不忍別。

㈠《詩》：憂心忡忡。　陶潛《桃花源記》：來此絕境，不復出焉。

㈡《莊子》：杳杳冥冥。　《後漢書》：范丹謂王奂曰：「今子遠適千里。」

㈢謝靈運詩：停驂我悵望。　夢弼曰：龍潭，即《七歌》云「南有龍兮在山湫」是也。《杜臆》：龍潭，即萬丈潭。地志：有虎穴在成州西。《寄贊上人》詩云「徘徊虎穴上」，豈即其處耶。

㈣《宋書》：拓跋齊聞苻達兵起，遁走，達追擊斬之。因據白崖，分平諸戍。《通鑑注》：古葭萌地。

㈤劉琨詩：相與數子遊。

㈥江淹詩：罇酒送征人，握手淚如霰。

㈦孫綽詩：交情遠朝市。　陶潛詩：相知何必舊。無舊深，不必舊交深契也。

平生懶拙意，偶值直吏切**棲遁跡**㈠。**去住與願違**㈡，**仰慚林間翮**㈢。此歎奔走非其本願。偶逢棲遁，頗本欲住，今又舍之而去，是去住願違，不能如林鳥之自適也。　此章前二段各八句，後段四句收。

㈠郭璞詩：山林隱遁棲。

㈡嵇康書：事與願違。

㈢陶潛詩：遲遲出林翮。

木皮嶺

《方輿勝覽》：木皮嶺，在同谷縣東二十里，河池縣西十里。杜甫發同谷，取路栗亭，南入郡界，歷當房村，度木皮嶺，由白水峽入蜀，即此。黄巢之亂，王鐸置關於此，以遮秦隴，路極險阻。《一統志》：木皮嶺，在鞏昌府徽州西十里。

首去聲**路栗亭西**㈠，**尚想鳳凰村**㈡。**季冬攜童**一作幼**稚**㈢，**辛苦赴蜀門**㈣。**南登木皮嶺，艱險不易**弋制切**論**平聲。**汗流被**去聲**我體**㈤，**祁寒爲之暄**㈥。自成赴蜀，述冬行勞苦。陟嶺艱險，承辛苦。祁寒汗流，承季冬。

㈠《漢書》：北首燕路。注：首，謂趣向。顔延之詩：首路跼艱險。

㈡朱注：鳳凰村，當與鳳凰臺相近，在同谷。《杜臆》：地志：鳳凰山，在徽州城西一里，即杜詩鳳凰村。

㈢雷次宗書：童稚之年。

㈣劉伯倫詩：從役知辛苦。魯曰：蜀門，即劍門也。《劍閣銘》：惟蜀之門，作固作鎮。

㈤《漢書》：汗流洽背。

㈥《書》：冬祁寒。

遠岫一作峘爭輔佐㈠，千巖自崩奔㈡。始知五嶽外㈢，別樊作更有一作見他山尊㈣。仰干一作看塞先則切大明㈤，俯入裂厚坤㈥。此記嶺前遠景，一仰一俯，就山勢言。

㈠王籍詩：陰霞生遠岫。《淮南子》：輔佐有能。

㈡《雪賦》：瞻山則千巖俱白。謝靈運詩：圻岸屢崩奔。

㈢《記》：五嶽視三公。《物理論》：鎮之以五嶽：泰山東嶽，華山西嶽，霍山南嶽，恒山北嶽，嵩山中嶽。

㈣《詩》：他山之石。張昶《華山碑》：山莫尊於嶽。

㈤《記》：大明生於東。《廣雅》：日名耀靈，一名大明。

㈥《易》：坤厚載物。

再聞虎豹鬬㈠，屢跼風水昏㈡。高有廢閣道，摧折如斷一作短轅。下有冬青林㈢，石上走長根。此記嶺中近景，一高一下，就物狀言。

㈠劉安《招隱士》：虎豹鬬兮熊羆咆。

㈡劉孝綽詩：風水互乖違。

㈢王洙曰：冬青，今之梗柟也。陳藏器《本草》：冬青木，肌白有文，其葉堪染緋，冬月青翠。

西崖特秀發，煥若靈芝繁。潤聚金碧氣㈠，清無沙土痕。憶觀崑崙圖一作墟㈡，目擊玄圃存㊂。對此欲何適㊃？默傷垂老魂。此兼寫西崖之景。曰焕、曰潤、曰清，皆形容秀發。崑崙、玄圃，借仙境以稱其絶勝。欲留不得，所以傷神。此章首尾各八句，中二段各六句。

㊀劉孝威詩：玄圃棲金碧。

㊁《楚辭·天問》：崑崙縣圃。《神仙傳》：崑崙，一名玄圃，一名積石瑶房，一曰閬風室，一曰華蓋，一曰天柱。

㊂《莊子》：目擊而道存。

㊃《禮記》：孔子曰：「吾舍魯何適矣。」

白沙渡

《方輿勝覽》：白沙渡，水回渡，俱屬劍州。

畏途隨長江㊀，渡口下去聲**絶岸㊁。差此兹切池上**上聲**舟檝，杳窕入雲漢㊂。**此記渡口登舟。畏途，指陸行。長江，乃嘉陵江，即西漢水，故比之雲漢。

㊀《莊子》：夫畏途者，日殺一人，則父子兄弟相戒。

㊁《江賦》：絶岸萬丈。

㊂孫綽《天台賦》：幽邃窈窕。湛方生《廬山詩序》：窈窕冲深，常含霞而貯氣。《詩》：倬彼雲漢，昭回於天。注：雲漢，天河也。

天寒荒野外㊀，**日暮中流半。我馬向北嘶**㊁，**山猿飲相喚。水清石礧礧**㊂，**沙白灘漫漫**㊃。**迥**一作翛**然洗愁辛，多病一疏散**㊄。此記舟中之景。鼓棹中流，日已暮矣。馬鳴猿嘯，此記所聞。水石沙灘，此記所見。對境爽心，故覺愁洗而病散。

㊀鮑照詩：茫茫荒野中。

㊁《詩》：我馬瘏矣。古詩：胡馬嘶北風。

㊂《楚辭》：石礧礧兮葛蔓蔓。

㊃沈約詩：歸海水漫漫。

㊄謝靈運詩：未若長疏散。

高壁抵嶔音欽**崟**音吟，一作岑㊀，**洪濤越凌亂**㊁。**臨風獨回首，攬轡復**扶又切**三嘆**㊂。此捨舟而陸行。抵嶔崟，到山頂也。越凌亂，踰急流也。回首三歎，幸脱風波之患也。始則馬嘶舟内，既復攬轡前行矣。此章，首尾各四句，中段八句。

㊀《魯靈光殿賦》：嶔崟離樓。

㊁曹植詩：泛舟越洪濤。謝惠連詩：清波時凌亂。

㊂《後漢書》：范滂攬轡，慨然有澄清天下之志。《左傳》：置食三嘆。

水會一云回渡

鶴曰：渡名，水會即前所謂合鳳溪也。

山行有常程㊀，中夜尚未安㊁。微月没已久㊂，崖傾路何難㊃。大江動一作當我前㊄，洶若溟渤寬㊅。篙師暗理楫㊆，歌笑輕波瀾㊇。此從山行説向水渡。崖傾，在未渡以前。江動，在登舟之際。

㊀《史記・夏禹紀》：山行乘檋。
㊁阮籍詩：中夜不能寐。
㊂傅玄詩：微月出西方。
㊃丘遲詩：崖傾嶼難傍。
㊄謝脁詩：大江流日夜。《寰宇記》：嘉陵江，去興州長舉縣南十里。《水經注》：漢水又南入嘉陵道，而爲嘉陵水。
㊅鮑照詩：穿池類溟渤。
㊆《吳都賦》：篙工檝師，選自閩禺。劉孝綽詩：榜人夜理楫。

㊇王融詩：所知共歌笑。　劉楨詩：從爾浮波瀾。

霜濃木石滑㊀，**風急**一作烈，一作冽**手足寒**㊁。**入舟已千憂**㊂，**陟巘仍萬盤**㊃。**迴**一作迥**眺**一作出**積水**一作石**外**㊄，**始知衆星乾**音干㊅。**遠遊令**平聲**人瘦**㊆，**衰疾慚加餐**㊇。此又從渡水説到登岸。　霜濃風急，冬夜所經。　水外星乾，岸上迴視也。　曹孟德《碣石觀海》詩：「星漢粲爛，若出其裏。」此俯視水中之星。　杜詩：「迴眺積水外，始知衆星乾。」此仰觀水外之星。　又陸放翁詩：「水浸一天星」，與「水外衆星乾」參看更明。　此章兩段，各八句。

㊀沈佺期詩：霜濃候雁哀。　江淹文：汨木石於深嶼。

㊁吴均詩：風急雁毛斷。

㊂謝靈運詩：入舟陽已微。

㊃《詩》：陟則在巘。　陸機詩：仰陟高山盤。

㊄夏侯湛《春可樂賦》：登夷岡以迴眺。　温子昇碑：大地淪於積水。

㊅古詩：仰觀衆星列。

㊆曹植詩：遠遊欲何之。

㊇謝靈運詩：衰疾當在斯。　古詩：努力加餐飯。

周明輔曰：少陵入蜀紀行諸作，雄奇崛壯，蓋其辛苦中得之益工耳。

飛仙閣

《方輿勝覽》：飛泉嶺，在興州東三十里，相傳徐佐卿化鶴跧泊之地，故名飛仙。上有閣道百餘間，即入蜀路。《通志》：棧道在褒斜谷中。飛仙閣，即今武曲關，北棧閣五十三間，總名連雲棧。　朱注：飛仙閣，在今漢中府略陽縣東南四十里，或云即三國時馬鳴閣，魏武所謂「漢中之咽喉」。《華陽國志》：諸葛亮相蜀，鑿石駕空爲飛梁閣道。《水經注》：大劍戍，至小劍三十里，連山絕險，飛閣相通，謂之閣道。

土一作出**門山行窄**㊀**，微徑緣**一作徑微**上秋毫**㊁**。棧雲闌干峻**㊂**，梯石結構牢。萬壑欹疏林**一作竹㊃**，積陰帶奔濤**㊄**。寒日外澹泊**㊅**，長風中怒號**平聲㊆**。**　此記閣道形勢及所見景物。　土門之上，山窄徑微，故閣道從此而起。　高棧連雲，外設闌干，壘石成梯，堅於結搆，言閣之險而固也。　萬壑二句，此閣上所俯視者。　寒日二句，此閣上所周歷者。　林樹斜倚，故曰欹。　奔流遠注，故曰帶。　朱注：幽深，則日不及照，故外淡泊。　空大，則風從内出，故中怒號。

㊀土門，見前《垂老別》注。

㊁《慎子》：離婁之明，察秋毫之末。

㊂《梁州圖經》：棧道連空，極天下之至險。興利州至三泉縣，橋閣共一萬九千三百八十間，護險編欄共四萬七千一百三十四間。　魏武《善哉行》：月没參横，北斗闌干。

㊃顧凱之曰：萬壑争流。　孫綽詩：疏林積涼風。

㊄《淮南子》：積陰之氣爲水。　虞茂詩：長瀾疑浴日，連島類奔濤。

㊅陶潛詩：慘慘寒日。　《莊子》：淡與泊相遭。

㊆吴均詩：長風倒危葉。　《莊子》：大塊噫氣，其名爲風，作則萬竅怒號。

歇鞍在地底㊀**，始覺所歷高。往來雜坐卧**㊁**，人馬同疲勞**㊂**。浮生有定分**音問㊃**，飢飽豈可逃。嘆息謂妻子**㊄**，我何隨汝**一作爾**曹**㊅**。**此叙度閣後情事。　《杜臆》：解鞍坐卧，人馬俱疲，蓋險與遠俱有之。末四，備嘗困頓，無可如何，而爲自寬自譴之詞。　此章兩段，各八句。

㊀《思玄賦》：追慌忽於地底兮。

㊁劉孝綽詩：坐卧猶懷想。

㊂魏文帝詩：人馬同時飢。　《後漢書》：張步曰：「今大耿兵少於彼，又皆疲勞。」

㊃《莊子》：其生若浮，其死若休。　歐陽建詩：窮達有定分。　吴注：《南史》：顧覬之云：「命有定分，非智力所移。」命弟子作《定命論》。

㊄潘岳詩：撫襟長嘆息。

㊅後漢張奂《誡兄子書》：汝曹薄祜。

蜀道山水奇絶，若作尋常登臨覽勝語，亦猶人耳。少陵搜奇抉奥，峭刻生新，各首自闢境界，後來天台方正學入蜀，對景閣筆，自歎無子美之才，何况他人乎。

五盤

《一統志》：七盤嶺，在保寧府廣元縣北一百七十里，一名五盤嶺。魯訔曰：棧道盤曲有五重。

五盤雖云險，山色佳有餘㊀。仰凌棧道一作閣**細㊁，俯映江木疏。**首記五盤嶺。棧在上，江在下，嶺在中間，故曰仰凌俯映。

㊀陶潛詩：山氣日夕佳。

㊁《史記》：棧道千里，通於蜀漢。

地僻無網罟㊀，水清反多魚㊁。好鳥不妄飛㊂，野人半巢居㊃。喜見淳樸俗㊄，坦然心神舒㊅。次記盤中風景。魚安於水，鳥不避人，即此見淳樸之俗。

㊀《莊子》：網罟之事多，而魚亂於淵。

㊁東方朔《答客難》：「水至清則無魚。」此反用之。《詩》：潛有多魚。

㊂曹植詩：好鳥鳴高枝。

㊃有巢氏，《始學篇》：上古皆穴處，有聖人教之巢居。《博物志》：南越巢居，北朔穴處。
㊄《亢倉子》：政省一，則人淳樸。
㊅王羲之詩：蕭然心神王。

東郊尚格鬭㊀，**巨**一作臣**猾何時除**㊁？**故鄉有弟妹**㊂，**流落隨丘墟**㊃。**成都萬事好**一作在㊄，**豈若歸吾廬**㊅。末慨故鄉亂離也。方對景神舒，而忽動鄉關之思，以思明未平，歸家無日也。時弟在濟州，妹在鍾離。此章四句起，下兩段各六句。

㊀《書序》：淮夷並興，東郊不開。《漢書》：主人翁，格鬭死。
㊁《西征賦》：望漸臺而扼腕，梟巨猾而餘怒。
㊂《列子》：弟妹之所不見。
㊃阮籍詩：流落恒苦心。《吴越春秋》：城郭丘墟，殿前荆棘。
㊄《漢·杜欽傳》：萬事是非，何足備焉。
㊅古詩：客行雖云樂，不如早旋歸。陶潛詩：衆鳥欣有託，吾亦愛吾廬。

龍門閣

《元和郡縣志》：龍門山，在利州綿谷縣東北八十二里。《方輿勝覽》：他閣道雖險，然山在腰，亦微有徑，可以增置閣道。惟此閣石壁斗立，虛鑿石竅，架木其上，比他處極險。錢箋：《寰宇志》：一名葱嶺山。《梁州記》云：葱嶺有石穴，高數十丈，其狀如門，俗號龍門。《一統志》：在保寧府廣元縣嘉陵江上。

清江下龍門㈠，**絶壁無尺土**㈡。**長風駕高**一作白**浪**㈢，**浩浩自太古**㈣。**危途中縈盤**一云縈盤**道，仰望垂綫縷。滑石欹誰鑿**㈤？**浮梁裊相拄**㈥。此記江勢之險及閣道之危。下龍門，江在龍門之下也。俯臨風浪，愈見山行可畏。縈盤，言閣委曲。綫縷，言閣細微。滑石傾欹，誰鑿其孔？浮梁裊空，下有柱拄。此言製閣之奇巧。

㈠《水經》云：水色清照十丈，故名清江。魯訔曰：地理志：施州清江郡。

㈡《世説》：桓公入峽，絶壁天懸，騰波速急。　李陵書：無尺土之封。

㈢陸機詩：長風萬里舉。　郭璞詩：高浪駕蓬萊。

㈣應瑒詩：浩浩長河水。　《三墳》：太古之人皆壽。

㈤孫綽《天台賦》：踐莓苔之滑石。

㈥沈約詩：浮梁經度跨迴漪。　《水經注》：棧道，俗謂千梁無柱，諸葛孔明與兄瑾書曰：「其閣梁，一頭入山腹，其一頭立柱於水中，水大而急，不得安柱。」後孔明卒五丈原，魏延先退而焚之，即是道也。自後按修舊路者，悉無復水中柱。逕涉者，浮梁振動，無不摇心眩目。

目眩隕雜花㈠，**頭風吹過雨**一云過飛雨㈡。**百年不敢料**平聲㈢，**一墜那得取！飽聞**一作知經瞿塘㊃，足見度大庾。終身歷艱險㊄，恐懼從此數所主切㊅。此因度閣之難，而發爲驚歎也。朱注：花隕而目爲之眩，視不及審也；雨吹而頭爲之風，迫不能避也。正形容閣道險絶。次公注雜花過雨，作比喻者，非。《杜臆》：瞿唐、大庾之險，未曾親歷，今涉此危途，則恐懼當從此數起也。上文目眩頭風，正是恐懼之狀。此章，上下各八句。

㊀《秦國策》：秦王目眩良久。

㊁《魏志》：曹操讀陳琳檄草，頭風自愈。

㊂司馬懿曰：不能料死。吴注：潘岳詩：人生天地間，百年孰能料。

㊃瞿唐峽，在夔州。大庾嶺，在虔州。

㊄《左傳》：艱難險阻，備嘗之矣。

㊅《詩》：將恐將懼。

石櫃閣

《方輿勝覽》：石欄橋，在綿谷縣北一里，自城北至大安軍界管橋，欄閣共一萬五千三百一十六間，其著名者爲石櫃閣、龍門閣。

季冬一作冬季日已長，山晚半天赤。蜀道多早一作草花㊀，江間饒奇石㊁。石櫃曾音層波上，臨虛蕩高壁㊂。清暉回群鷗㊃，暝音明色帶遠客㊄。此段叙景。上四蜀道時景，下四閣道暮景。日初長，故晚猶赤。地氣煖，故早放花。水光上映，則高壁影蕩。日落鷗還，則暝色侵客矣。《杜臆》：「清暉回群鷗」已奇，「暝色帶遠客」更雋。

㊀何遜詩：村梅落早花。

㊁《水經注》：盛弘之謂：空泠峽有五六峰，參差互出，有奇石。《楚辭》：谿谷嶄巖兮水曾波。

㊂郭璞《江賦》：迅蜼臨虛以騁巧。《水經注》：高壁緬然，與霄漢連接。

㊃謝靈運詩：山水含清暉。

㊄又：林壑斂暝色。孫綽詩：遠客興長謠。

羈棲負幽意，感嘆向絶跡㊀。信甘孱懦嬰，不獨凍餒迫㊁。優游謝康樂音洛㊂，放浪陶彭澤㊃。吾衰未自由一作安㊄，謝爾性所一作有適㊅。此段述懷。羈棲絶跡，有負幽意，實以身弱，不能搜奇，非但迫於飢寒也。吾衰句，承孱懦。謝爾句，承陶謝。此章，亦上下八句。

㊀陳子昂詩：感歎情何一。王康琚詩：絶迹窮山裏。

㊁陶潛詩：凍餒固纏己。

㊂《詩》：優哉游哉。杜修可曰：謝玄封康樂公，孫靈運襲其封，與何長瑜等以文章賞會，共爲山澤之遊。詩家稱康樂乃靈運，非玄也。

㊃《蘭亭記》：放浪形骸之外。陶潛爲彭澤令，注見前。

㊄《古詩爲焦仲卿妻》：汝豈得自由。　黄生注：陶謝二公，適性於山水，此皆能自由者。

㊅謝，猶言讓也。

古詩有五字皆平者，曹植詩「悲鳴夫何爲」，杜詩「清暉回群鷗」是也。有五字皆仄者，應瑒詩「遠適萬里道」，杜詩「窟壓萬丈内」是也。有七言皆平者，崔魯詩「梨花梅花参差開」。有七言皆仄者，杜詩「有客有客字子美」。但在古詩，可不拘耳。

桔居屑切柏渡

《舊唐書》：玄宗幸蜀，次利州益昌縣，渡吉柏江，有雙魚夾舟而躍，議者以爲龍。《方輿勝覽》：桔柏渡，在利州昭化縣。　胡夏客曰：五代唐莊宗伐蜀，王衍兵屯利州，逆戰三泉，敗，衍懼，斷吉柏江浮橋，即其地也。

青冥寒江渡㊀，**駕**一作架**竹爲長橋**㊁。**竿濕烟**一云竹竿濕**漠漠**㊂，**江永**一作水**風蕭蕭**㊃。**連筰**側柏切**動嫋**乃了切**娜**奴可切㊄，**征衣颯飄颻**㊅。**急流鴇**音保**鷁**音溢，**與鴉同散**㊆，**絶岸黿鼉驕**㊇。　此渡橋之景。　竿濕承次句，江永承首句。　鴇鷁黿鼉，橋下所見之物，或以鴇鷁爲船，黿鼉指橋者，非。蓋渡用竹橋，則無石梁可知矣。

㈠《楚辭》：「據青冥而攄虹。」青冥，高遠之貌。　何遜詩：寒江復寂寞。
㈡又：水影漾長橋。
㈢謝朓詩：生烟紛漠漠。
㈣《詩》：江之永矣。　荆軻歌：風蕭蕭兮易水寒。
㈤《梁益記》：笮橋，連竹索爲之，亦名繩橋。洙曰：前漢邛、笮之君。鶴曰：成都之笮橋，即此類。　《古詩焦仲卿妻》：婀娜隨風轉。
㈥戴暠詩：衣風飄飆起。
㈦曹植詩：淮泗馳急流。　《西都賦》：鶬鴰鴇鶂。注：鴇，似雁，無後趾。鶂，水鳥。
㈧《淮南子》：積水重泉，黿鼉之所便。

西轅自兹異，東逝不可要平聲㈠。**高通荆門路**㈡，**闊會滄海潮**㈢。**孤光隱顧盼**㈣，**遊子悵寂寥**㈤。**無以洗心胸**㈥，**前登但山椒**㈦。此對景言情。　身向西行，水從東注，其赴荆海者，不能要之暫停矣。且欲臨流顧盼，挹水洗心，亦不可得，此所以悵然而山行也。《杜臆》謂八句作一氣説，見少陵胸襟闊大。　此章，亦上下八句。

㈠繁欽詩：流泉東逝。
㈡高闊，指水勢言。　舊注：桔柏渡，乃文州、嘉陵二江合流處，東下入渝，合達荆州。
㈢東海潮汐，隨月爲消長。

㈣孤光，孤影也。　吴注：沈約詩：單汎逐孤光。　曹植詩：顧盼遺光彩。
㈤庾信詩：寂寥人事屏。
㈥《易》：聖人以此洗心。　江淹詩：無以滌心胸。
㈦王十朋曰：漢武帝《李夫人賦》：釋馬山椒。　謝惠連詩：悲猿響山椒。　謝莊《月賦》：菊散芳於山椒。　謝靈運詩：税駕登山椒。《廣雅》：土高四墮曰椒。

劍門

《舊唐書》：劍州劍門縣界大劍山，即梁山也，其北三十里有小劍山。　大劍山有閣道三十里。《一統志》：大劍山，在保寧府劍州北二十五里，蜀所恃爲外户。　其山峭壁中斷，兩崖相嶔，如門之闢，如劍之植，故又名劍門山。　張孟陽《劍閣銘》：惟蜀之門，作固作鎮，是曰劍閣，壁立千仞。

惟天有設險㈠，**劍門**一作閣**天下壯**㈡。　**連山抱西南**㈢，**石角皆北向**㈣。　**兩崖崇墉倚**㈤，**刻畫城郭狀**㈥。　**一夫**一作人**怒臨關**一作門㈦，**百萬未可傍**去聲。一作仰。　此言劍門勢險，可以守國。　《杜臆》：山抱西南，而石角北向，亦見地形内屬，彼并吞割據者，皆違天矣。　崇墉，象其壁立。

城郭，象其長亘。未可傍，人不敢近也。

㈠《易·坎卦》：天險，不可升也。地險，山川丘陵也。王公設險以守其國。

㈡相如《封禪書》：天下之壯觀。

㈢《荆州記》：峽長七百里，兩岸連山，略無絶處。

㈣王洙曰：劍門山石北向，如拜伏狀。《仇池記》：石角外向。

㈤張協《玄武館賦》：崇墉四匝。

㈥江淹賦：刻畫崷崒兮，山雲而碧峰。《水經注》云：「連山絶險，飛閣涌衢。」可想墉城之勢矣。

㈦《劍閣銘》：一人荷戟，萬夫趦趄。陳琳《與魏文帝書》：一夫揮戟，萬人不得進。

珠玉陳作玉帛**走中原**㈠，往見舊人手卷，此句之上，有「川嶽儲精英，天府興寶藏」二句，方接以珠玉云云。**岷峨氣悽愴**㈡。**三皇五帝前**㈢，**雞犬各**一作莫**相**一作自**放**㈣。**後王尚柔遠**㈤，**職貢道已喪**去聲㈥。　下二條，對劍門而衡論古今。　此段記其財賦，恐蜀人困於誅求也。　民苦須索，故愁怨結而山含悽愴。雞犬放，中國未通。尚職貢，珠玉是徵矣。道喪，謂失柔遠本意。　按：珠玉句，突接似乎陡健，但細玩文氣，當先言蜀産之奇，而後言悽愴之故。下文先言三皇五帝，而後言職貢道喪。上下四句，各一開一闔說，方見抑揚頓挫之致。

㈠《抱朴子》：儲八石之精英。　《記》：寶藏興焉。　揚雄《蜀都賦》：於近則有瑕英、蘭芝、玉石、江珠。《淮南子》：西方之美者，有霍山之珠玉焉。　《錢神論》：無足而走。

㈡趙注：岷山，在成都之西，即青城山。峨山，在成都西南，即峨嵋山。《書》：岷山導江。《江賦》：峨嵋爲泉陽之揭。

王粲詩：悽愴令吾悲。

㈢《莊子》：三皇五帝之治，天下不同。《白虎通》：三皇，謂伏羲、神農、燧人也。五帝，謂黄帝、顓頊、帝嚳、帝堯、帝舜也。

㈣潘岳《西征賦》：渾雞犬而亂放。

㈤《書》：柔遠能邇。

㈥《東觀漢記》：百蠻職貢。《周禮》：制其職，各以其所能；制其貢，各以其所有。

至今一作令**英雄人**㈠，**高視見霸王**于況切㈡。**并吞與割據**㈢，**極力不相讓**。**吾將罪真宰**㈣，**意欲鏟疊嶂**㈤。**恐此復**扶又切**偶然，臨風默**一作黯**惆悵**㈥。末段言其形勝，恐蜀人罹於戰爭也。　并吞者王，如漢光武是也。　割據者霸，如公孫述是也。　從古多因疊嶂憑險，恐此復有其事，故臨風而生悵。　首條形容劍門，題意已盡，下面又另開議論，自三皇至今，包舉數千年治亂興亡，真絶大經濟文字。　此詩與《鹿頭山》，皆同時之作。　下章三段各八句，此章格局亦宜相似，中段止六句，斷屬脱漏無疑。

㈠《王命論》：英雄陳力。

㈡劉孝綽詩：高視獨辭雄。　《齊國策》：能致其主霸王。

㊂《漢書》：主父偃書：秦蠶食天下，并吞戰國。　陸機《辯亡論》：遂割據山川，跨制荆吴，而與天下争衡矣。
㊃《莊子》：若有真宰而不得其眹。
㊄《海賦》：鏟臨崖之阜陸。　王筠詩：開窗延疊嶂。
㊅江淹詩：臨風默含情。

胡夏客曰：《劍門》詩因《劍閣銘》而成，但銘詞出以莊嚴，此詩尤加雄肆。用古而能勝於古人，方稱作家。

按公《登慈恩寺塔》詩：「秦山忽破碎，涇渭不可求。」知天寶之將亂也。《悲青坂》詩：「安得附書與我軍，忍待明年莫倉卒。」知收京在次年也。《收京》詩：「雜虜横戈數，功臣甲第高。」知回紇生釁，藩鎮跋扈也。《秦州》詩：「西征問烽火，心折此淹留。」知吐蕃寇邊，不能安枕也。此詩云：「恐此復偶然，臨風默惆悵。」知蜀必有事，而深憂遠慮也。未幾，段子璋、徐知道、崔旰、楊子琳輩果據險爲亂。公之料事多中如此，可見其經世之才矣。

鹿頭山

《唐書》：漢州德陽縣有鹿頭關，關在鹿頭山上，南距成都百五十里，高崇文擒劉闢於此。《全蜀總志》：鹿頭山，在德陽縣治北三十餘里。

鹿頭何亭亭㊀，**是日慰飢渴**㊁。**連山西南斷，俯見千里豁**㊂。**遊子出京華**一云咸京㊃，**劍門不可越。及茲險阻盡**㊄，**始**去聲**喜原野闊**㊅。此初至蜀地而喜。首句點題。俯見千里，乃山上遥望者，中後兩段，俱承此。　王洙曰：自秦入蜀，川嶺重複，極爲險阻，及下鹿頭關，東望成都，沃野千里，葱鬱之氣，乃若烟霞靄然。

㊀《寰宇記》：古老云：昔有張鹿頭居此，因以爲名。　《西都賦》：狀迢迢以亭亭。

㊁應璩詩：以副飢渴懷。

㊂《蜀志·諸葛亮傳》：益州險塞，沃野千里。　江總詩：山豁自疏快。

㊃郭璞詩：京華游俠窟。

㊄《左傳》：踰越險阻。

㊅《淮南子》：周視原野。

殊方昔三分㊀，**霸氣曾**音層**間**去聲**發。天下今一家**㊁，**雲端失雙闕**㊂。**悠然想揚馬**㊃，**繼起名硉兀**㊄。**有文**一作才**令**平聲**人傷，何處埋爾骨**㊅！　此思蜀中古迹。　先主霸業，揚馬文章，皆垂名千載者。　失雙闕，無復當時宮殿矣。　何處埋，不見往日遺踪矣。

㊀裴秀《九州圖論》：絶域殊方之迴。　《蜀志》：今天下三分，益州疲弊。

㊁《記》：聖人能以天下爲一家。

㊂古詩《善哉行》：遊戲雲端。《蜀都賦》：華闕雙邈，重門洞開。孫綽《天台賦》：雙闕雲竦以夾路。

㊃何遜墓誌：競收揚馬。《華陽國志》：司馬相如耀文上京，揚子雲齊聖廣淵，斯蓋華岷之靈標，江漢之精華也。

㊄繼起，謂揚繼馬後。碑兀，危石也。

㊅蔡琰《笳曲》：死當埋骨兮長已矣。

紆餘脂膏地㊀，慘澹豪俠窟㊁。仗鉞非老臣㊂，宣風豈專達㊃。冀公柱石姿㊄，論道邦國活㊅。斯人亦何幸，公鎮踰歲月。此幸撫蜀得人也。蜀本膏腴豪俠之場，自經喪亂，不免元氣日虧，必得老臣仗鉞，方能播宣風教，專達朝廷。裴冕以宿望而鎮此邦，可爲生民厚庇矣。此章三段，各八句。

㊀《上林賦》：紆餘逶迤。高曰：紆餘，廣遠貌。《蜀都賦》：内函要害於膏腴。《華陽國志》：蜀人稱郫繁曰膏腴，綿洛爲浸沃。

㊁又曰：秦克六國，輒徙其豪俠於蜀，家有鹽銅之利，人擅山川之材，簫鼓歌吹，擊鐘肆懸，富侔公室，豪過田文。王褒詩：豪俠競交游。

㊂《吴志》：孫堅曰：「古之名將，仗鉞臨衆。」《漢書》：疏廣曰：「聖主惠養老臣。」

㊃《後漢·隗囂傳》：威命四布，宣風中岳。《周禮》：大事則從其長，小事則專達。《杜臆》：中宗

時，蕭至忠爲專達中丞，謂事得專達於天子，不受人節制。

㊄《舊唐書》：至德二載十二月，右僕射裴冕封冀國公，乾元二年六月，拜成都尹，充劍南西川節度使。　據詩云：「公鎮踰歲月」，則裴冕拜成都尹當在是年六月之前，恐《舊書》有誤。　許靖《與曹操書》：扶危持傾，爲國柱石。　晉嚴纘疏：宜得柱石之士如周昌者。

㊅《書》：論道經邦。

李長祥曰：自秦州至此，山川之奇險已盡，詩之奇險亦盡，乃發爲和平之音，使讀者至此，别一世界。情移於境，不可强也。

成都府

《漢書·地理志》：蜀郡有成都縣，唐爲成都府。《舊唐書》：成都府，在京師西南二千三百七十九里，去東都三千二百一十六里。

翳翳桑榆日㊀，照我征衣裳㊁。我行山川異㊂，忽在天一方㊃。但逢新人民㊄，未卜見故鄉㊅。大江東流去一作從東來㊆**，遊子日月**一作去日長㊇**。**初見成都人物，而歎遊子不歸也。此以江水東流，興己之棲泊。

㈠《歸去來辭》：景翳翳以將入。翳翳，朦朧之貌。《淮南子》：日西垂景在樹端，謂之桑榆。《後漢·馮異傳》：失之東隅，收之桑榆。
㈡古詩：照我羅衣幃。
㈢潘岳詩：山川邈離異。
㈣蘇武詩：良友遠離别，各在天一方。
㈤曹植詩：但覩新少年。
㈥《晏子春秋》：未卜其夜。　漢《傷歌行》：思念故鄉，鬱鬱纍纍。
㈦謝朓詩：大江流日夜。　《博物志》：水潦東流。
㈧漢人《變歌》：愴愴遊子懷。　陸機《短歌》：來日苦短，去日苦長。

曾音層**城填**音田**華屋**㈠**，季冬樹木蒼**㈡**。喧然名都會**㈢**，吹簫間**去聲。一作奏**笙簧**㈣**。信美無與適**㈤**，側身望川梁**㈥**。鳥雀夜各歸**㈦**，中原杳茫茫**㈧**。**又聞成都歌吹，而歎中原遥隔也。

此以鳥雀歸巢，興己之無家。　劉會孟曰：「遊子日月長」，「中原杳茫茫」，悲涼憤怨，讀之黯然。　張遠注：公初至成都，而輒動鄉關之思，所謂「成都萬事好，不如歸吾廬」也。

㈠陸機詩：朝游游層城。　注：層，重也。　曹植詩：嘉賓填城闕。　注：填，滿也。　《國策》：蘇秦見趙王於華屋之下。　注：華，高麗也。
㈡阮瑀詩：季冬乃來歸。　漢古歌：樹木何修修。

㊂《鹽鐵論》：皆爲天下之名都。《釋名》：都者，國君所居，人所都會也。錢箋：《蜀都賦》：金城石郭，兼市中區。既麗且崇，實號成都。漢武帝元鼎二年，立成都十八門。
㊃樂府詩：玉女坐吹簫。《詩》：吹笙鼓簧。
㊄王粲《登樓賦》：雖信美而非吾土兮，曾何足以少留。無與適，意不自適也。
㊅《楚辭》：欲側身而無所。劉鑠詩：河廣川無梁。
㊆謝靈運詩：空庭來鳥雀。
㊇《詩》：中原有菽。王羲之詩：茫茫原疇。

初月出不高㊀，衆星尚争光㊁。自古有羈旅㊂，我何苦哀傷㊃。此心傷羈旅，而聊爲自寬之詞。薄暮方至，故云桑榆。既而黄昏，故云鳥歸。久之，星出月升，蓋在下弦之候矣。此章，前二段各八句，末段四句收。

㊀《子夜歌》：碧樓冥初月。
㊁古詩：衆星何歷歷。《史記·屈原傳》：雖與日月争光可也。《淮南子》：日出星不見，不能與之争光也。
㊂陶潛詩：自古有行役。《左傳》：羈旅之臣，幸若獲宥。
㊃阮籍詩：揮涕懷哀傷。
楊德周曰：此詩寄意含情，悲壯激烈，政復有俯仰六合之想。

朱鶴齡曰：此詩語意，多本阮公《咏懷》。「翳翳桑榆日，照我征衣裳」，即阮之「灼灼西頹日，餘光照我衣」也；「側身望川梁」，即阮之「登高望九州」也；「鳥雀夜各歸，中原杳茫茫」，即阮之「飛鳥相隨翔，曠野莽茫茫」也；「自古有羈旅，我何苦哀傷」，又翻阮之「羈旅無儔匹，俯仰懷哀傷」以自廣也。「初月出不高，衆星尚争光」，則本子建《贈徐幹》詩「圓景光未滿，衆星粲以繁」。公云：「熟精《文選》理。」於此益信。杜田注：桑榆，喻明皇在西内；初月，喻肅宗；衆星，喻史思明之徒。此最爲曲説。王伯厚《困學紀聞》亦引之，吾所不解。

李長祥曰：前後《出塞》、《石壕》、《新安》、《新婚》、《垂老》、《無家》等作，與山水諸作，少陵五言古詩之大者。《出塞》等作，猶有三百篇、漢魏之在其前。山水諸作，則前後當無復作者矣。「語不驚人死不休」，少陵之作詩也。「篇終接混茫」，則其詩之氣候也。「死不休」，用力處；「接混茫」，神化處。其至，爾力也，其中，非爾力也。又曰：少陵詩，得蜀山水吐氣；蜀山水，得少陵詩吐氣。

周珽曰：少陵入蜀諸篇，絶脂粉以堅其骨，賤丰神以實其髓，破繩格以活其肢，首首摛幽攄奥，出鬼入神，詩運之變，至此極盛矣。

酬高使去聲君相贈

鶴注：公初到成都，寓居浣花溪寺。時高適爲彭州刺史，以詩寄贈，而公酬以此詩也。

古寺僧牢落㈠，空房客一作得**寓居㈡。故人供祿米㈢，鄰舍與園蔬㈣。雙樹容聽**平聲**法㈤，三車肯載書㈥。草《玄》吾豈敢㈦，賦或似**一作比**相如。**此詩逐聯分答，與高詩句句相應。空房客居，見無詩書可討。鄰友供給，見非取資僧飯。但容聽法，則不能設難。未肯載書，亦何處翻經乎。末則謝草《玄》而居作賦，言詞人不敢擬經也。

㈠《洛陽伽藍記》：凡有古寺名僧德衆。《上林賦》：牢落陸離。

㈡秦嘉詩：獨坐空房中。《成都記》：草堂寺，在府西七里，寺極宏麗。僧復空居其中，與杜員外居處偪近。趙清獻《玉壘記》：公寓，沙門復空所居。

㈢《杜臆》：故人，當指裴冕。《公孫弘傳》：故人賓客仰衣食，奉祿皆給之。《晉書·山濤傳》：祿賜俸秩，散之親故。

㈣後漢陳忠疏：鄰舍比里。顔延之《陶徵士誄》：伊好之洽，接閻鄰舍。湛方生詩：茹彼園蔬，飲此春酒。

㈤《翻譯名義集》：娑羅樹，東西南北四方各雙，故曰雙樹。方面悉皆一榮一枯。《涅槃經》：世尊在雙樹間演法。

㈥舊注：《法華經》：長者以牛車、羊車、鹿車立門外，引諸子出離火宅。王勃《釋迦成道記》：牛羊鹿之三車出宅。注：《法華》三車，喻也，羊車喻聲聞乘，鹿車喻緣覺乘，牛車喻菩薩乘，俱以載運爲義。前二乘方便設施，唯大白牛乘，是實引重致遠，不遺一物。錢箋：《唐慈恩窺基傳》云：基師，姓尉遲氏，鄂國公其諸父也。奘師因緣相扣，欲度爲弟子，基曰：「聽我三事，方誓出家。」奘許之。行至太原，以三車自隨，前乘經論箱袠，中乘自御，後乘妓女食饌。道中，文殊菩薩化爲老人，訶之而止。此詩正用慈恩事也。言如容我雙樹聽法，亦許我如慈恩三車自隨，但我只辦用以載書耳。落句謂文字習氣未盡，故下有草《玄》作賦之言。舊注指《法華》三車，不切詩意。

㈦《漢書·揚雄傳贊》：經莫大於《易》，故作《太玄》。本傳：孝成時，有薦雄文似相如者，召雄待詔承明之庭。

贈杜二拾遺附高適詩

傳道去聲**招提客，詩書自討論**平聲㈠。**佛香時入院，僧飯屢過**平聲**門。聽法還應**平聲**難**去聲**，尋經賸**一作剩**欲翻**㈡。**草玄今已畢，此後**一作外**更何言？**公初居浣花溪寺，故云招提客。佛香、僧飯、聽法、尋經，想寺中景事。草玄之外，更有何言，謂別有著作也。

㈠孔安國《書序》：討論墳典。《高僧傳》：支遁講《維摩經》，遁通一義，許詢無以措難。詢設一難，遁亦不復能通。

㈡庾信詩：經文漢語翻。《廬山記》：謝靈運即遠公寺翻《涅槃經》，名其臺曰翻經臺。翻者，委曲敷衍之意，非翻譯也。

卜居

《楚辭》有《卜居》，公借以爲題。按：顧注：乾元二年十二月，公至成都。明年，上元元年，卜成都西郭浣花溪以居。公《題草堂》詩云「經營上元始」，是也。黄鶴、鮑欽止皆云：劍南節度使裴冕，爲公卜成都草堂以居之。此説無據。裴若爲公結廬，則詩題當特標裴冀公，而詩中亦不當以「主人卜林塘」一句輕叙矣。如王判官遺草堂貲，公必載之。又如嚴鄭公攜酒饌來，亦必亟稱之。何況爲公卜居耶？其説不足信矣。

浣花溪一作之，一作流**水水西頭**㊀，**主人爲**去聲**卜林塘幽**㊁。**已知出郭少塵事**㊂，**更有澄江銷客愁**㊃。**無數蜻蜓齊上**上聲**下**去聲㊄，**一雙鸂鶒對沉浮**㊅。**東行萬里堪乘興**去聲㊆，**須向山陰入**一作上**小舟**㊇。首二，卜居草堂。中叙景物，申上林塘幽。末喜此溪直通吴會，可乘興而至山陰也。　主人，公自謂。爲卜者，爲此而卜居也。此從浣花溪叙入，即可稱花溪主人，後《歸成都》詩云「錦里逢迎有主人」，亦可稱錦里主人矣。顔廷榘曰：出郭遠俗，澄江散懷，此幽居自得之趣。蜻蜓上下，鸂鶒沉浮，此幽居物情之適。

㈠《寰宇記》：浣花溪，在成都西郭外，屬犀浦縣，一名百花潭。趙曰：公之居，在浣花溪水西岸江流曲處。《世説》：士衡住西頭。

㈡班固作《東都賦》，自稱爲主人，劉孝標作《廣絶交論》，亦自稱爲主人，此可互證。王勃詩：林塘風月賞。

㈢陶潛詩：遂與塵事冥。

㈣謝朓詩：澄江净如練。劉孺聯句：詎使客愁輕。

㈤顧注：曰齊，曰對，善狀物情。張孟陽《濛汜池賦》：珍魚産而無數。謝朓詩：蜻蜓草路飛。枚乘《柳賦》：既上下而好音，亦黄衣而絳足。

㈥庾信詩：白鶴一雙來。謝惠連賦：覽水禽之萬類，信莫麗乎鸂鶒。《景福殿賦》：沉浮翱翔，樂我皇道。

㈦《華陽國志》：蜀使費禕聘吴，孔明送之。禕歎曰：「萬里之行，始於此矣。」趙曰：萬里橋，在浣花之東，故以此起興耳。

㈧《世説》：王子猷居山陰，雪夜忽憶戴安道。時戴在剡溪，即乘輕船就之。既造門，不前便返。人問其故，曰：「吾本乘興而行，興盡而返。」黄生注：此故爲放言以豁其胸次，非真欲遠行也。其暗用孔明、子猷語，融會入妙。

公《壯遊》詩云「鑑湖五月涼」，蓋深羡山陰風景之美。今見浣溪幽勝，彷彿似之，故思乘興東遊，此快意語，非愁歎語。諸説紛紛，總於詩意不合。張綖謂東向山陰，意在訪鄭虔也。按公崎嶇入蜀，方搆草堂，豈能捨妻子而遠尋故人？其説迂矣。周珽謂欲東歸洛陽，須從山北陰處上船而去。按成都無山，不當以溪畔爲山陰，其説鑿矣。顧宸謂公欲萬里而至山陰，則冕之爲人可知。此似作憾冕之詞。按公至成都，在乾元二年十二月。次年三月，以李若幽爲成都尹，時公方卜居，而裴亦將去矣，焉得有不足之詞？其説亦無據也。

王十五司馬弟出郭相訪遺去聲營草堂貲

鶴注：此當是上元元年，初營草堂時作。

客裏何遷次㊀，江邊正寂寥㊁。肯來尋一老㊂，愁破是今朝㊃。憂我營茅棟㊄，攜錢過野橋。他鄉唯表弟，還往莫辭勞一作遥㊅。

上四，叙出郭見訪，下則謝其遺貲草堂也。

㊀邵注：遷次，遷居次舍也。《左傳》：楚子期伐吴，廢日共積，一日遷次。陳樂昌公主詩：今日何遷次，新官對舊官。

㊁《楚辭》：聲噭噭以寂寥兮。

㊂《詩》：惠然肯來。又：不憖遺一老。

㈣又：以永今朝。

㈤古詩：茅棟嘯愁鳶。

㈥《抱朴子》：出不辭勞，入不數功。

陶開虞曰：子美草堂有四：其一在西枝村，未成，一在浣花，一在瀼西，一在東屯。初營成都草堂，有裴、嚴二中丞，高使君爲之主；有徐卿，蕭、何、韋三明府爲之圃；有王録事、王十五司馬爲之營修。大官遣騎，親朋展力，客居正復不寂寥也。

蕭八明府實處覓桃栽

黄鶴注：數首俱上元元年初營草堂時作。　覓桃、覓竹、覓榿、覓松、覓果，皆營草堂時漸次栽種者。從朱本，因類附之。　桃栽二字連用，猶俗云桃秧，乃小桃之可栽者。榿栽、松栽亦然。竹不言栽者，移竹兼用根竿也。

奉乞桃栽一百根，春前爲去聲**送浣花村**㈠。**河陽縣裏雖無數**㈡，**濯錦江邊**一作頭**未滿園。**

初春乞栽，及時易種，故欲致桃之早。河陽，貼明府。　此截律詩上四句。

㈠《齊民要術》：凡種樹，正月爲上時，二月爲下時。

㈡《白帖》：潘岳爲河陽令，遍樹桃李。　庾信《枯樹賦》：若非金谷滿園樹，即是河陽一縣花。

王嗣奭曰：公無日不思鄉，而種榿、栽松，若爲久住之計，其襟情可想。然「浣花一草堂，遂爲千古宅」，豈偶然哉？諸章皆以詩代札，乃公戲筆。

從韋二明府續處覓綿一作錦竹一作覓錦竹三數叢

蔡曰：綿竹，産漢州綿竹縣之紫巖山。《地志》：漢綿竹縣，以其地宜竹故名。朱注：楊子雲有《綿竹頌》，此蜀産也，故覓之。黄鶴云：錦竹，即《竹譜》之篃篁竹，其皮似繡者。楊慎又引梅宛陵《錦竹》詩云：「雖作湘竹文，還非楚筠質。本與凡草俱，偶近君子室。」原注云：此草也，似竹而斑。亦與杜詩不合。

華軒藹藹他年到㈠，綿竹亭亭出縣高㈡。江上舍前無此物，幸分蒼翠拂波濤㈢。出縣之梢，映波加翠，故欲分竹江干。華軒，指韋署。此截律詩下四句。

㈠王微詩：長想憑華軒。鮑令暉詩：藹藹垂門桐。

㈡陶潛詩：亭亭復一紀。

㈢謝朓詩：蒼翠望寒山。

憑何十一少去聲府邕覓榿木一有「數百」二字栽

時何邕爲利州綿谷尉。

草堂塹七艷切**西無樹林**一作木㈠，**非子誰復**扶又切**見幽心**㈡。**飽聞榿**《唐韻》不載此字。苕溪漁隱云：丘宜切**木三年大**㈢，**與致溪邊十畝陰**㈣。堂西夕照，得木成陰，故欲致榿之多。子指何邕，時解指榿木者，非。亦截上四句。

㈠鼂錯書：高城深塹。《廣韻》：塹，繞城水也。

㈡江淹詩：蘅杜緩幽心。

㈢宋祁《益部方物記》：榿木蜀所宜，民家蒔之，不三年可爲薪，疾種亟取，里人利之。蔡夢弼曰：《蜀中記》：玉壘以東多榿木，易成而可薪，美陰而不害。然余嘗歷考韻書，無榿字，詢之蜀人，相傳以爲丘宜切。後見《王荆公集》中有《薛秀才》詩云：「濯錦江邊木有榿，小園封殖佇華滋。地偏幸免桓魋伐，歲晚聊同庾信移。」則知敧音爲是也。

㈣《詩》：十畝之間兮。

憑韋少去聲府班覓松樹子栽

鶴注：後有《涪江泛舟送韋班》詩，韋當是涪江尉。《晉書·許孜傳》：有鹿犯其松栽。

落落出群非櫸柳㈠，青青不朽豈楊梅㈡。欲存老蓋千年意㈢，爲去聲覓霜根數寸栽一云來㈣。不露一松字，却句句切松，較之他章，獨有蘊藉。此截中四句。

㈠《天台賦》：蔭落落之長松。

㈡何敬宗詩：青青陵上松。《子虚賦》：楟棗楊梅。張揖曰：楊梅，似穀子而有核，其味酢，出江南。今按：楊梅經冬不凋，故比青松之不朽。若作楊樹、梅樹，其葉先落，不可云青青矣。

㈢《酉陽雜俎》：松千歲方頂平偃蓋。

㈣王僧達詩：孤蓬卷霜根。吴均詩：松生數寸時，遂爲草所没。未見籠雲心，誰知負霜骨。

又於韋處乞大邑瓷碗

《唐書》：大邑縣，屬邛州，咸亨二年，析益州之晉原置。錢箋：《元和郡縣志》：邛州大邑縣，本漢江源縣地，咸通二年，割晉原縣之西界置。

大邑燒瓷輕且堅，扣如哀一作寒**玉錦城傳**㈠。**君家白碗勝**平聲**霜雪，急送茅齋也**去聲**可憐。**

上二瓷碗，下二乞韋。　此截首尾四句。　吴門金氏曰：一瓷碗至微，却用三四層寫意：初稱其質，次想其聲，又羡其色。先説得珍重可愛，因望其急送茅齋。只尋常器皿，經此點染，便成韻事矣。

㈠徐陵賦：哀玉發於新聲。

詣徐卿覓果栽一作覓果子

公有《徐卿二子歌》。

草堂少花今欲栽，不問緑李與黄梅㈠。**石笋街中却歸去，果園坊裏爲**去聲**求來**㈡。　上二覓果，下二詣徐。　石笋街，公歸路。　果園坊，徐住所。　亦截上四句。

㈠《西京雜記》：初修上林苑，群臣遠方各獻各果。李十五種，内有緑李。

㈡《西都賦》：竹林果園。

堂成

依黄鶴編在上元元年。

背音佩**郭堂成蔭白茅**㈠**，緣江路熟俯青郊**㈡**。榿**丘宜切**林礙日吟風葉**㈢**，籠**力鍾切，山谷音蒙**竹和烟滴露梢**㈣**。暫止**一作下**飛烏將數子**㈤**，頻來語燕定新巢**㈥**。旁人錯比揚雄宅**㈦**，懶惰**一作慢**無心作《解嘲》**㈧**。**詩家因事立題，便須就題命意。此拈堂成爲題，則賦堂之外，不得旁及矣。起聯，言堂之規制面勢。中四，記竹木之佳，禽鳥之適，則堂成後景物備矣。末借揚雄自況，以終所賦之意。一起一結，自相照應，此通篇章法也。背郭成堂，緣江熟路，四字本相對，將堂成路熟倒轉，則上半句變化矣。林礙日，葉吟風，竹和烟，露滴梢，六字本相對，將風葉露梢倒轉，則下半句變化矣。

㈠《詩》：白茅菅兮。《漢書注》：白屋，謂以白茅覆屋。

㈡謝朓詩：結軫青郊路。榿木，注見前章。

㈢庾肩吾詩：疏林不礙日，涸浦暫通潮。王勃詩：野花常捧露，山葉自吟風。

㈣黄山谷曰：籠竹，蜀人名大竹云。蔡氏曰：蜀有竹名籠籦。朱注：竹有數種，節間容八九寸者曰籠竹，一尺者曰苦竹，弱梢垂地者曰釣絲竹。

㊄古樂府：烏生八九子，端坐秦氏桂樹間。《通鑑·晉安帝紀》：魏王珪，畋於白登山，見熊將數子。

顔師古曰：將，率領也。

㊅唐太宗詩：新巢封古樹。

㊆左思詩：寂寂揚雄宅，門無卿相輿。《寰宇記》：子雲宅，在華陽縣少城西南角，一名草玄堂。

陶潛詩：懶惰故無匹。

㊇《揚雄傳》：哀帝時，丁傅、董賢用事。雄方草《太玄》，或嘲雄以玄尚白，而雄解之，號曰《解嘲》。

王嗣奭曰：此章與《卜居》相發，前詩寫溪前外景，此詩寫堂前内景；前景是天然自有者，此景則人工所致者，乃《卜居》、《堂成》之别也。

羅大經曰：詩莫尚乎興。興者，因物感觸，言在於此，而意在於彼，非若比賦之直言其事也。故興多兼比賦，比賦不兼興，古詩皆然。今以杜陵詩言之，《發潭州》云：「岸花飛送客，檣燕語留人。」蓋因飛花語燕，傷人情之薄，言送客留人，止有燕與花耳。此賦也，亦興也。若「感時花濺淚，恨别鳥驚心」，則賦而非興矣。《堂成》云：「暫止飛烏將數子，頻來語燕定新巢。」蓋因烏飛燕語，而喜己之攜雛卜居，其樂與之相似。此比也，亦興也。若「鴻雁影來聯峽内，脊令飛急到沙頭」，則比而非興也。

蜀相

此公初至成都時作。　先主建安二十六年即帝位，册亮爲丞相，録尚書事。《方輿勝覽》：廟在府西北二里。武侯初亡，百姓遇節朔，各私祭於道中。李雄稱王，始爲廟於少城内。桓温平蜀，夷少城，獨存孔明廟。

丞一作蜀**相**去聲**祠堂何處尋**㈠**？錦官城外柏森森**㈡**。映階碧草自春色**㈢**，隔葉黄鸝空**一作多**好音**㈣**。三顧頻繁**郭作煩**天下計**㈤**，兩朝**音潮**開濟老臣心**㈥**。出師未捷**一作用**身先死**㈦**，長使英雄淚滿襟**㈧**。**上四祠堂之景，下四丞相之事。　首聯，自爲問答，記祠堂所在。草自春色，鳥空好音，此寫祠廟荒凉，而感物思人之意，即在言外。天下計，見匡時雄略。老臣心，見報國苦衷。有此兩句之沉摯悲壯，結作痛心酸鼻語，方有精神。宋宗忠簡公臨殁時誦此二語，千載英雄有同感也。

㈠直書丞相，尊正統名臣也。朱子《綱目》大書丞相亮出師，先後同旨。題稱蜀相，仍舊稱耳。《寰宇記》：諸葛武侯祠，在先主廟西，府城西有故宅。　王逸《楚辭注》：公卿祠堂。

㈡《華陽國志》：成都西城，故錦官城也。錦江，織錦濯其中則鮮明，他江則不好，故命曰錦官。孫季昭曰：成都呼爲錦官城，以江山明麗，錯雜如錦也。趙注：或以其地有錦官，如銅官、鹽官之類。此更見官字取義。嘗觀范至能參政作詩，每官爲一集，所著《錦官集》，蓋鎮成都時作，乃親見成都爲錦官城，故取以名之耳。顧注：《儒林公議》曰：成都先主廟側，有諸葛武侯祠，祠前有大柏，係孔明手植，圍數丈，唐相段文昌有詩刻存焉。唐末漸枯，歷王建、孟知祥二僞國不復生，然亦不敢伐。皇宋乾德五年丁卯夏五月，枯柯再生。余於皇祐初守成都，又八十年矣，新枝聳雲，枯幹存者若老龍之形，正所謂柏森森也。潘岳《懷舊賦》：柏森森以攢植。

㊂江淹詩：幽冀生碧草。謝脁詩：春色滿皇州。

㊃陸璣《詩疏》：黄鳥，黄鸝留也，或謂之黄栗留，幽州人謂之黄鶯，一名倉庚，一名商庚，一名鵹黄，一名楚雀，齊人謂之摶黍。何遜詩：黄鸝隱葉飛。《詩》：睍睆黄鳥，載好其音。何遜《行孫氏陵》詩：山鶯空樹響，壟月自秋暉。空字、自字，不勝寥落之感，此詩即用其意。

㊄《出師表》：三顧臣於草廬之中。頻繁，言頻數繁多也。陸雲詩：黄鉞授征，錫命頻繁。庾亮《辭中書令表》：頻煩省闥，出總六軍。《韓非子》：周公旦假爲天子七年，非爲天下計也，爲其職也。

㊅兩朝，指先主、後主。《杜臆》謂欲復高光舊業，似遠。《賈誼傳》：寡兩朝之器。朱瀚注：開濟，謂章武開基，建興濟美。《謚法》：開物濟務。《司馬瑋傳》：性開濟好施。又《桓宣傳》：開濟篤素。趙充國曰：無踰於老臣矣。

㈦《諸葛亮傳》：亮悉大衆，由斜谷出，據武功五丈原，與司馬懿對於渭南，相持百餘日，疾卒於軍。

㈧《蜀志》：天下英雄，喁喁有望。　王筠詩：淚滿横波目。

周甸曰：薛逢《籌筆驛》詩：「出師表上留遺恨，猶自千年激壯夫。」羅隱《武侯祠》詩：「時來天地雖同力，運去英雄不自由。」吁！漢運告終，天嗇其壽，使不能盡展其才，以光復大業。讀二三君子之詩，未嘗不流涕歎息也。

楊慎曰：正德戊寅，於武侯祠見壁間有詩云：「劍江春水緑沄沄，五丈原頭日又曛。舊業未能歸後主，大星先已落前軍。南陽祠宇空秋草，西蜀關山隔暮雲。正統不慚傳萬古，莫將成敗論三分。」此詩始終皆武侯事，雖子美或未過之，惜不知其姓氏耳。

今按：杜詩先祠廟而後弔古，此詩先弔古而後祠廟。其云春水，指當時出師之時；又云秋草，乃後人謁祠之日。結用「萬古」、「三分」，亦本杜詠懷諸葛詩。但杜是以虚對實，此則以實對虚，尤爲斟酌耳。此詩升庵闕其姓名，後閱《七修類稿》，載戴天錫集句，知是元人吴漳作也。

梅雨

鶴注：詩云「茅茨疏易濕」，當是上元元年，草堂初成時作。　周處《風土記》：夏至前雨，名黄梅雨。《埤雅》：江湘二浙，四五月間，梅欲黄落，則水潤土溽，柱礎皆汗，蒸鬱成雨，謂之梅雨，沾衣敗汙。故自江以南，三月雨謂之迎梅，四月雨謂之送梅，然則蜀亦不異江南也。

南京犀一作西**浦道**㈠，**四月熟黃梅**㈡。**湛湛**一作黤黤**長江去**㈢，**冥冥細雨來**㈣。**茅茨疏易**音異**濕**㈤，**雲霧密難開**㈥。**竟日蛟龍喜**㈦，**盤**楊慎云：蜀音讀作旋**渦與岸迴**㈧。此詠蜀中梅雨也。犀浦記地，黃梅記時。長江承浦，細雨承梅。茅茨二句，見細雨濛濛之象。蛟龍二句，見長江洶洶之勢。

㈠《唐書》：玄宗幸蜀還，至德二載，改成都府，置尹視二京，號曰南京。　黃希曰：蜀都有石犀，李冰以壓水怪。犀浦之名或本此。犀浦縣，屬成都府，垂拱二年，析成都縣置。

㈡薛道衡詩：細雨應黃梅。隋煬帝《江都》詩：梅黃雨細麥秋横，楓樹蕭蕭江水平。

㈢《楚辭》：湛湛江水兮上有楓。

㈣又：雷填填兮雨冥冥。　梁元帝詩：從風疑細雨。

㈤《莊子》：茅茨不剪。

㈥何遜詩：雲霧江邊起。

㈦庾信詩：竟日坐春臺。　漢《瓠子歌》：蛟龍騁兮放遠遊。

㈧郭璞《江賦》：盤渦谷轉，凌濤山頹。　師氏曰：水盤聚而回洑者，與岸回旋也。

《庚溪詩話》：江南五月梅熟時霖雨，謂之黃梅雨。然少陵詩曰：「南京犀浦道，四月熟黃梅。」是蜀中梅雨，乃在四月也。及讀柳子厚詩云：「梅熟迎時雨，蒼茫值曉春。」此子厚在嶺外詩，是南粵梅雨，又在春矣。蓋時候所至，早晚不同耶。今按《風土記》所載，則迎梅送梅之雨，春夏自別也。

爲農

詩云「圓荷」、「細麥」，當是上元元年季春時作。《管子》：農之子恒爲農。

錦里烟塵外㈠，江村八九家。圓荷浮小葉，細麥落一作墮**輕花。卜宅從茲老，爲農去國賒㈡。遠慚勾漏令㈢，不得問丹砂。**《杜臆》：此喜避地得所而作也。首句烟塵外，爲一詩之骨，自安史倡亂，遍地兵戈，江村獨在烟塵之外。如圓荷細麥，舉目所見，景物可嘉，故將卜宅爲農，有終焉之志。烟塵不到，便同仙隱，乃以不得丹砂爲慚，戲詞也。

㈠錦里，錦城之地。烟塵，烽火之警。蔡琰《胡笳曲》：烟塵蔽野兮。

㈡顔延年詩：去國還故里。

㈢《九域志》：容州有古勾漏縣城。《一統志》：勾漏山，在今安南，古勾漏縣在其下。勾漏令，用晉葛洪事。

《吕氏童蒙訓》曰：潘邠老云：七言詩，第五字要響，如「返照入江翻石壁，歸雲擁樹失山村」，翻字、失字，是響字也。五言詩，第三字要響，如「圓荷浮小葉，細麥落輕花」，浮字、落字，是響字也。所謂響者，致力處也。竊以爲字字當活，活則字字自響。

有客

鶴注編在上元元年草堂作，下首同。　舊以此章爲《賓至》，下章爲《有客》，詩題互錯。　按此詩云「有客過茅宇」，當依草堂本，彼此改正。　《詩》：有客有客。

患氣經時久㈠，臨江卜宅新㈡。喧卑方避俗㈢，疏快頗宜人㈣。有客過平聲**茅宇㈤，呼兒正葛巾㈥。自鋤稀菜甲㈦，小摘爲**去聲**情親㈧。**此章見相親之意。上四卜居景況，下言客來情事。　趙汸注：菜經自鋤，其甲尚稀，未免小摘者，爲情親故也。十字中，有數曲折。

㈠王右軍《重熙帖》：患氣懸情。　師氏曰：公嘗有肺疾。

㈡《哀江南賦》：誅茅宋玉之宅，穿徑臨江之府。　《左傳》：非宅是卜，惟鄰是卜。

㈢古詩：喧卑厭俗居。

㈣江總詩：山豁自疏快。　宜人，見《毛詩》。

㈤王勃詩：野客思茅宇，山人愛竹林。

㈥《語林》：梁國楊氏子，九歲甚聰慧。孔君平詣其家，呼兒出，爲設果。　庾信詩：葛巾久乖角，菊徑簡經過。

㈦《説文》：草木初生曰甲。

㈧謝靈運《永嘉記》：百卉正發時，聊以小摘供日。　謝莊詩：惆悵憶情親。

趙汸曰：此詩自一句順説至八句，不事對偶，而未嘗無對偶；不用故實，而自可爲故實。散淡率真之態，偶爾成章，而厭世避喧，少求易足之意，自在言外，所以爲不可及也。

王嗣奭曰：公於情親之人，當病氣已久，猶必正巾以接之，安有不冠而見嚴武者？此可作辯誣之一證也。

陸時雍《詩鏡》云：宋人尊杜爲詩中之聖，字型句矱，莫敢輕擬，如「自鋤稀菜甲，小摘爲情親」，特小小結作語。「不知西閣意，肯別定留人」，意更淺淺，而一時何推贊之甚耶？

賓至依草堂本作賓至

盧注：有客者，偶然有之也。賓至者，有爲而至也。題相似而微不同。《左傳》：賓至如歸。

幽棲地僻經過平聲**少**㈠**，老病人扶再拜難**㈡**。豈有文章驚海内**㈢**，漫勞車馬駐江干**㈣**。竟日淹留佳客坐**㈤**，百年粗糲**音辣**腐儒餐**㈥**。不**一作莫**嫌野外無供給**㈦**，乘興**去聲**還來看藥**

欄㈧。此章見相款之情。上四賓至，下四留賓。直叙情事而不及於景，此七律獨創之體，不拘唐人成格矣。僻居老病，不意人來。客以文章之契，跋涉江干，意亦誠矣。公先爲謙己之語，而復盡款洽之情。讀此詩，見豪放中有慇懃氣象。顧注：此詩，詞人聲價、高士性情，種種具見。生注：竟日淹留，乃傾蓋如故之根。此詩五六失粘。

㈠何遜詩：幽棲多暇豫。謝叔原詩：願言屢經過。

㈡宋宗炳有疾還江陵，曰：「老病俱至，名山恐難遍觀。」古詩《隴西行》：却略再拜跪。

㈢庾信《枯樹賦》：殷仲文海内知名。

㈣漫勞，徒勞也。范雲詩：江干雲氣浮。干，水涯也。

㈤《世説》：談宴竟日。陸機詩：淹留終不見。沈約詩：佳客信龍鑣。

㈥百年，猶言終身。《廣韻》：一斛粟舂，約六斗米爲糲。《韓國策》：嚴遂曰：「特以爲丈人粗糲之費。」《後漢》：魏霸爲鉅鹿太守，常服粗糲，不食魚肉之味。《漢書》：高祖以隨何爲腐儒。

㈦《張耳傳》：女家厚供給耳。

㈧庾肩吾詩：向嶺分花徑，隨階轉藥欄。錢箋：藥欄，花藥之欄檻也。李濟翁《資暇集》謂藥即欄也，引《漢書》池籞爲説。不知籞音御，與藥音異。

朱瀚曰：一主一賓，對仗成篇，而錯綜照應，極結構之法。起語鄭重，次聯謙謹，腹聯真率，結語殷勤。如聆其謦欬，如見其儀型。較之香山諸作，真覺高曾規矩，肅肅雝雝也。

羅大經曰：近時趙紫芝詩云：「一瓶茶外無祇待，同上西樓看晚山。」世以爲佳，然杜少陵云：「莫嫌野外無供給，乘興還來看藥欄。」即此意也。杜子野詩云：「尋常一樣窗前月，纔有梅花便不同。」世亦以爲佳，然唐人詩云：「世間何處無風月，纔到僧房分外清。」亦此意也。欲道古人所未道，信矣其難矣。紫芝又有詩云：「野水多於地，春山半是雲。」世尤以爲佳，然余讀《文苑英華》所載唐詩，兩句皆有之，但不作一處耳。唐僧詩云：「河分岡勢斷，春入燒痕青。」有僧嘲其蹈襲云：「河分岡勢司空曙，春入燒痕劉長卿。不是師兄偷古句，古人詩句犯師兄。」此雖戲言，理實如此。作詩者豈故欲竊古人之語以爲己語哉，景意所觸，自有偶然而同者。蓋自開闢以至於今，只是如此風花雪月，只是如此人情物態。

南宋洪容齋，自福判滿秩歸，葉晦叔贈以二詩。其首章起聯云：「一門伯仲知誰似？四海文章正數君。」不拈韻而對起，倣此詩「幽棲地僻經過少，老病人扶再拜難」也。次章云：「此地相從驚歲晚，登臨況是客歸時。」不拈韻而散起，倣後詩「苦憶荆州醉司馬，謫官樽酒定常開」也。前注所引，存一遺一，今補録於此。

狂夫

鶴注編在上元元年。　盧注：此詩因草堂而興感，詩成之後，用末句狂夫爲題。《詩》：狂夫瞿瞿。

萬里橋西一一作新草堂㈠，百花潭水即滄浪㈡。風含翠篠音小娟娟浄一作静㈢，雨裛紅蕖冉冉香㈣。厚禄故人書斷絶㈤，恒飢稚子色凄凉。欲填溝壑惟疏放㈥，自笑狂夫老更狂。上四，言草堂之景，聊堪自適。下因客况艱難，而託爲笑傲之詞。竹篠在堂，迎風則愈呈其疏秀。荷蕖在潭，霑雨則更吐其芬芳。娟娟，美好貌。冉冉，漸至貌。朱瀚注：以故人享厚禄而書并斷絶，致幼子受恒飢而色帶凄凉，每句三層，語最沉痛。然身瀕溝壑，而唯自笑疏狂，終不怨恨故人，可見公之曠懷矣。《杜臆》：故人必有所指，但謂裴冕則非。堂既成後，冕方去蜀也。

㈠《華陽國志》：少城西南兩江有七橋，南渡流曰萬里橋，在成都縣南八里，即諸葛亮送費褘處，因以爲名。顧注：《北山移文》李善注引梁簡文帝《草堂傳》曰：汝南周顒，昔經在蜀，以蜀草堂寺林壑可懷，乃於鍾嶺雷次宗學館立寺，因名草堂，所謂草堂之靈也。公卜居浣花里，近草堂寺，因以命名耳。陸游《筆記》：四月十九日，成都謂之浣花遨頭，宴於杜子美草堂滄浪亭，傾城皆出。自開歲宴游，至是日止。蜀人云：雖戴白之老，未嘗見浣花日有雨。

㈡《夏書》：嶓冢導漾，東流爲漢，又東爲滄浪之水。《一統志》：在襄陽府均州。《選》詩：垂影釣滄浪。

㈢謝靈運詩：緑篠媚清漣。鮑照詩：娟娟似蛾眉。

㈣梁簡文帝詩：紅蕖間青瑣，紫蔓濕丹楹。《選》詩：柔條紛冉冉。

㈤《淮南子》：無大功而有厚禄。王濬表：人道斷絶。

㈥《國策》：願及未填溝壑而託之。　向秀《思舊賦》：嵇康志遠而疏，吕安心曠而放。　公詩每用疏放，本此。

錢謙益曰：《本傳》云：於成都浣花里，種竹植樹，結廬枕江。《卜居》詩：「浣花流水水西頭。」《狂夫》詩：「萬里橋西一草堂，百花潭水即滄浪。」《堂成》云：「背郭堂成蔭白茅。」《西郊》詩：「時出碧雞坊，西郊向草堂。」《懷錦水居止》詩：「萬里橋南宅，百花潭北莊。」然則草堂，背成都郭，在西郊碧雞坊外，萬里橋南，百花潭北，浣花水西，歷歷可考。陸放翁云：少陵有二草堂，一在萬里橋西，一在浣花，皆見於詩中。放翁在蜀久，無容有誤，然少陵在成都實無二草堂也。

羅大經《鶴林玉露》云：風含雨浥一聯，上句風中有雨，下句雨中有風，謂之互體。楊誠齋詩：「緑光風動麥，白碎日翻池。」風日互映，亦本於此。但杜本無心，楊則有意矣。

楊升菴謂：詩中疊字最難下，唯少陵用之獨工。今按：七律中有用之句首者，如「娟娟戲蝶過閒幔，片片輕鷗下急湍」，「短短桃花臨水岸，輕輕柳絮點人衣」，「青青竹笋迎船出，白白江魚入饌來」，是也。有用之句尾者，如「信宿漁人還泛泛，清秋燕子故飛飛」，「小院回廊春寂寂，浴鳧飛鷺晚悠悠」，「客子入門月皎皎，誰家搗練風淒淒」，是也。有用之上腰者，「宫草霏霏承委佩，爐烟細細駐遊絲」，「江天漠漠鳥雙去，風雨時時龍一吟」，「雲石熒熒高葉晚，風江颯颯亂帆秋」，「山木蒼蒼落日曛，竹竿裊裊細泉分」，是也。有用之下腰者，如「穿花蛺蝶深深見，點水蜻蜓款款飛」，「風含翠篠娟娟浄，雨裛紅蕖冉冉香」，「無邊落木蕭蕭下，不盡長江滚滚來」，「碧窗宿霧濛濛濕，朱拱浮雲細細輕」，是也。聲諧義恰，句句帶仙靈之氣，真不可及矣。

田舍

鶴注：此當是上元元年初夏作，觀「欅柳」、「枇杷」可見。《世説》：王大將軍舊有田舍名。

田舍清江曲一作上㊀，**柴門古道旁。草深迷市井**㊁，**地僻懶衣裳。楊柳**唐顧陶《類編》作楊柳，一作欅柳。欅，居許切。《正異》作柜**枝枝弱**㊂，**枇杷對對**從顧陶本，一作樹樹**香**㊃。**鸕鷀西日照**㊄，**曬翅滿漁梁**㊅。上四叙村居荒僻，下言景物之幽閒。

㊀《晉書·陶潛傳》：惟至田舍及廬山遊觀而已。《楚辭》：隱岷山以清江。

㊁元行恭詩：草深斜徑成。《風俗通》：古者二十五畝爲一井，因爲市交易，故稱市井。

㊂錢箋：《本草衍義》：欅木皮，今人呼爲欅柳。然葉謂柳非柳，謂槐非槐。吴曾《漫録》：今本作欅柳，非也。枇杷一物，欅柳則二物矣。對對亦勝樹樹。

㊃《上林賦》：盧橘夏熟。注：即枇杷也。左思《蜀都賦》：其園則有林檎枇杷。李善注：枇杷冬華黄實，本出蜀中。

㊄晉樂歌：君非鸕鷀鳥。洙曰：鸕鷀，水鳥，蜀人以之捕魚。

㊅《詩疏》：敝敗之笱，在於魚梁。趙曰：陶侃母責其爲漁梁吏而寄鮓。《學林新編》曰：此詩以欅柳對枇杷，或謂欅柳者，柳之一種，其名爲欅柳，非雙聲字也。枇杷乃雙聲字，相對未工。予謂詩題曰「田舍」，則當在田舍時偶然見此二物，舉以成對耳。如《覓松苗子》詩云：「落落出群非欅柳，青青不朽豈楊梅。」楊梅乃梅之一種，以此相配，乃正對也。

江村

鶴注：此當是上元元年夏作。　謝朓詩：曖曖江村見。

清江一曲抱村流㊀，**長夏江村事事幽**㊁。**自去自來**一作歸**梁上燕**㊂，**相親相近**去聲**水中鷗**㊃。**老妻畫紙爲**一作成**棋局**㊄，**稚子敲針作釣鈎**㊅。**但有故人供**樊作分**祿米**此從《英華》，一作多病所須惟藥物㊆，**微軀此外更何**一作無**求**㊇？　江村幽事，起中四句。梁燕屬村，水鷗屬江，棋局屬村，釣鈎屬江，所謂事事幽也。末則江村自適，有與世無求之意。　燕鷗二句，見物我忘機。妻子二句，見老少各得。蓋多年匍匐，至此始得少休也。

㊀周注：清江，指浣花溪。王臺卿詩：清江窮廣深。《世說》：周顗曰：「吾若萬里長江，何能不千里一曲。」

㈡沈佺期詩：坐看長夏晚。　陶潛詩：事事在中都。

㈢吴筠詩：一燕海上來，一燕高梁息。

㈣何遜詩：可憐雙白鷗，朝夕水上游。

㈤晉李秀《四維賦序》：四維戲者，衛尉摯侯所造也，畫紙爲局，截木爲棋。

㈥東方朔《七諫》：以直針而釣兮，又何魚之能得。惟直針不可以釣，故敲針作鈎也。漢樂府《烏生曲》：釣鈎尚得鯉魚口。

㈦分禄米，亦指裴冕。此暗用公孫弘給俸禄於故人事。張華賦：行藥物以爲娱。局字、物字，疊用入聲，當從《英華》爲是。且禄米分給，包得妻子在内。

㈧謝靈運《山居賦》：奉微軀以宴息。　陸雲《逸民賦》：淡浩然其何求。

申涵光曰：此詩起二語，尚是少陵本色，其餘便似《千家詩》聲口。選《千家詩》者，於茫茫杜集中，特簡此首出來，亦是奇事。

王介甫《悼鄞江隱士王致》詩云：「老妻稻下收遺穗，稚子松間拾墮樵。」二語本此。杜能説出旅居閒適之情，王能説出高人隱逸之致，句同意異，各見工妙。

黄生曰：杜律不難於老健，而難於輕鬆。此詩見蕭灑流逸之致。

江漲

鶴注：詩云「江漲柴門外」，當是上元元年在草堂作。　郭璞《江賦》：濟江津而起漲。注：漲，水大貌。

江漲柴門外㈠，**兒童報急流**㈡。**下**去聲**牀高數尺**㈢，**倚杖沒中洲**㈣。**細動迎風燕，輕搖逐浪鷗**。**漁人縈小楫**㈤，**容易**音異**拔**趙音蒲撥切。一作捩**船頭**㈥。上四江漲，下寫漲時景物。方下牀而水高數尺，及倚杖而水沒中洲，是急漲之勢。　迎風之燕，貼近水面，水微動而燕不驚。逐浪之鷗，浮泛水中，水輕搖而鷗自適。此見江流平滿，波浪不興。「容易拔船頭」，亦見江水寬而漁人樂。《杜臆》：動曰細，搖曰輕，因鷗燕之得趣，亦若水使之然。此於無情中看出有情。

㈠曹植詩：柴門何蕭條。

㈡鮑照詩：急流騰飛沫。

㈢古詩：媒人下牀去。　庾信詩：雪花深數尺。

㈣鮑照詩：倚杖牧雞豚。　《楚辭》：蹇誰留兮中洲。

㈤陶潛《桃花源記》：漁人甚異之。

㈥庾信詩：五兩開船頭。

野老

鶴注：當是上元元年秋作。考乾元二年九月，東京及濟、汝、鄭、滑四州皆陷賊。上元元年六月，田神功破思明之兵於鄭州，然東京諸郡尚未收復。故詩云「城闕秋生畫角哀」。詩成後，拈首二字爲題。

野老籬邊一作前**江岸迴，柴門不正逐江開。漁人網集澄潭下**去聲㈠**，估客船隨返照來**㈡**。長路關心悲劍閣**㈢**，片雲何事**一作意。又云行雲幾處**傍**去聲**琴臺**㈣**。王師未報收東郡**㈤**，城闕秋生畫角哀**㈥**。**此在草堂而感時也。上四寫景，下四言情。江岸回曲，其柴門不正設者，爲逐江面而開也。漁網客舟，即臨江所見者。劍閣琴臺皆無佳趣，正爲東郡未平，而角吹聲哀也。黄生曰：前幅摹晚景，真是詩中有畫。後幅説旅情，幾于淚痕濕紙矣。漁人網、估客船，三字略讀，宋人詩多用此法。長路關心，既傷入蜀，片雲何事，又嫌留蜀。下句作比喻語。洪仲曰：秋生則角聲更哀，生字屬秋，不屬角。

㈠《莊子》：漁人入海，利在水也。虞騫詩：澄潭寫度鳥。邵注：潭，即百花潭。

㈡《世説》：謝尚船行，清風朗月，聞江渚間估客船上有詠詩聲。　梁元帝《纂要》：日西落，光返照於東，謂之返景。　顧注：日暮急於泊船，故隨返照而來。　康孟詩：返照若華池。

㈢古詩：長路漫浩浩。　鮑照詩：萬曲不關心。　《水經注》：小劍去大劍三十里，連山絶險，飛閣涌衢，故謂之劍閣。

㈣梁簡文帝詩：可憐片雲生。　郭璞詩：何事登雲梯。　《玉壘記》：相如琴臺，在浣花溪北。

㈤《詩》：王師之所。　朱注：東郡，概指京東諸郡，非專指滑州靈昌郡也。

㈥原注：至德二年，陞成都爲南京，故得稱城闕。　曹植詩：廣瞻戀城闕。　《易林》：秋風生哀。　梁簡文詩：城高短簫發，林空畫角悲。

雲山

鶴注：詩言「望鄉臺」，當是上元元年成都作。　是年羌、渾、党項寇涇隴，史思明入東都，故有「京洛」、「音書」之語。　夢弼曰：此詩懷京洛而作，然京洛不可見，所見者雲山而已，故首句因雲山起興，遂以雲山命題。　蔡琰《笳曲》：雲山萬重兮歸路遐。

京洛雲山外㈠，音書静不來㈡。神交作賦客㈢，力盡望鄉臺㈣。衰疾江邊卧㈤，親朋日暮迴㈥。白鷗元水宿㈦，何事有餘哀㈧。此對雲山而懷故鄉也。首二遥憶兩京，次二託迹成都。下乃漂泊無聊，而作自解之語。　舊以作賦句承京洛，因班固作《兩都賦》、張衡作《兩京賦》故也。其説似迂。《杜臆》謂作賦客指相如，傷時無同調而心切思鄉耳。按：作賦用蜀人，望鄉用蜀地，此説較穩。　黄生注：故鄉不見，而異地羈孤，客子哀號宜矣。彼鷗本水宿之鳥，亦何事而作江上哀聲乎？末乃觸物寄慨。

㈠謝朓詩：誰能久京洛。

㈡吴均詩：萬里斷音書。

㈢晉山濤與阮籍爲神交，言不涉形迹也。《南史》：劉評，字彦度。阮孝緒博學隱居，不交當世。評一造之，即願以神交。　《漢書·揚雄傳》：司馬相如作賦甚弘麗。盧照鄰《詠琴臺》詩：雲疑作賦客，月似聽琴人。

㈣《寰宇記》：《益州記》云：昇仙亭夾路有二臺，一名望鄉臺。《成都記》：望鄉臺，隋蜀王秀所築。

㈤張華詩：衰疾近殆辱。

㈥梁《昭明太子集》：宿昔親朋。

㈦謝靈運詩：水宿淹晨暮。

㈧曹植詩：悲歎有餘哀。

遣興去聲

梁權道編在成都詩内。　題曰遣興，借詩以自遣也。

干戈猶未定㈠，弟妹各何之㈡？　拭淚霑襟一作巾血㈢，梳頭滿面絲㈣。　地卑荒野大㈤，天遠暮江遲㈥。　衰疾那能久㈦，應平聲無見汝期一作時。　此章，憶弟妹而作也。上四傷手足睽離，下四歎行踪流落。　地平，故見野寬。天曠，故覺暮遲。此寫蜀中春景。

㈠《左傳》：子産曰：「日尋干戈，以相征討。」

㈡《列子》：弟妹之所不見。

㈢《莊子》：涕泣霑襟。

㈣晉《子夜歌》：宿昔不梳頭，絲髮被兩肩。

㈤《易大傳》：天尊地卑。　鮑照詩：茫然荒野中。

㈥隋煬帝詩：暮江平不動。

㈦鮑照詩：屏迹勤耕稼，衰疾倚芝藥。

遣愁

此詩當入在成都詩内，蓋與《雲山》、《遣興》諸詩先後同時之作。舊編在夔州者，非是。

養拙蓬爲户㈠，茫茫何所開㈡。江通神女館，地隔望鄉臺㈢。漸惜容顏老，無由弟妹來。兵戈與人事，回首一悲哀㈣。 通首皆言愁緒，欲借詩以遣之。江可通而地猶隔，歎不能往夔也。兵戈阻則弟妹難來，人事蹇則容顏易老，故不勝悲哀。回首，對開户而言。

㈠潘岳《閑居賦》：終優游以養拙。《尚書大傳》：子夏曰：「深山之中作壤室，編蓬户。」

㈡庾信詩：原野正茫茫。

㈢《水經注》：丹山西即巫山，宋玉所謂帝女居之，名曰瑶姬，爲之立廟，號朝雲祠。《方輿勝覽》：神女廟，在巫山縣治西北二百五十步，有陽雲臺。

㈣《淮南子》：悲哀抱於情。

此詩將前後諸篇參看，方知爲成都所作。「江通神女館」，即所謂「獨立見江船」也。「地隔望鄉臺」，即所謂「力盡望鄉臺」也。「漸惜容顏老」，即所謂「梳頭滿面絲」也。「無由弟妹來」，即所謂「弟妹各何之」也。舊編屬夔州者，斷誤。若身在夔州，不必云「江通神女館」矣，且久思出峽，何反追言「地隔望鄉臺」耶？

杜鵑行

此詩蔡氏編在夔州詩内，但夔州别有杜鵑詩，不應重出。今按：詩中有「蜀人聞之」之語，蓋初至成都時，泛咏杜鵑也。其云「昔日蜀天子」一章，應是託物寓言，有感朝事而作。今正其先後次序。《英華》刻作司空曙。注云：又見杜甫集。蓋兩存未決也。《華陽國志》：魚鳧王後，有王曰杜宇，教民務農，一號杜主。七國稱王，杜宇稱帝，號曰望帝，更名蒲卑。會有水災，其相開明，決玉壘山以除水患，帝遂禪位於開明，升西山隱焉。時適二月，子鵑鳥鳴，故蜀人悲子鵑鳥鳴也。《成都記》：望帝死，其魂化爲鳥，名曰杜鵑，亦曰子規。又記：杜宇亦曰杜主，自天而降，稱望帝，好稼穡，教人務農，治郫城，亦曰望帝。至今蜀人將農者，必先祀杜主。時荆人鼈靈死，其尸泝流而上，至文山下復生，見望帝，望帝因以爲相。

古時杜宇稱望帝，魂作杜鵑何微細。跳枝竄葉樹木中，搶佯《英華》作翔瞥捩雌隨雄㈠。毛衣慘黑貌一作自憔悴㈡，衆鳥安肯相尊崇㈢？隳《英華》作陋形不敢栖華屋㈣，短翮惟願巢深叢。此章詠杜宇，以破從來望帝之説也。首段，記其形細微而狀凋悴。邵注：搶佯飛掠，有似猖狂。瞥捩，目斜視而旋折也。黲黑，淺黑色。深叢，竹木叢生處。

㊀夏侯湛《飛鳥賦》：舒修頸以儴佯。《上林賦》：轉騰撇烈。一作撇捩。

㊁朱超詩：寄語故林無數鳥，會入群裏比毛衣。《易林》：毛羽憔悴。

㊂陶潛詩：衆鳥欣有託。隋帝詔：尊崇聖教。

㊃謝靈運詩：華屋非蓬居。

穿皮啄朽觜欲禿，苦飢始得食一蟲㊀。誰言養雛不自哺㊁，此語亦足爲愚蒙㊂。聲音咽咽如有謂《英華》作咽嚱若有謂。注云：咽，平聲，號平聲啼咯與嬰兒同㊃。口乾音干垂血轉迫促，似欲《英華》作欲以上上聲訴於蒼穹。此憐其求食勞而啼聲慘。

㊀漢《盤中詩》：空倉雀苦飢。《淮南子》：齊莊公出獵，有一蟲舉足。

㊁雛不自哺，注見十卷。

㊂前漢楊惲書：足下哀其愚蒙。

㊃《韓非子》：嬰兒相與戲也。

蜀人聞之皆起立，至今相效傳微風從《英華》。一作敎學傳遺風㊀，乃知變化不可窮。豈思昔日居深宮㊁，嬪嬙一作妃左右如花紅。末嘆世俗之傳訛。蜀人起立將敬，至今傳爲風俗，謂望帝之魂，變化不可窮詰也。乃今之對花哀鳴者，豈猶思深宮妃嬪之樂耶？其亦終迷不悟矣。此章前二段各八句，末段五句收。

㈠《書》：惟斆學半。《前漢・賈誼傳》：遺風餘俗，尚猶未改。

㈡《長門賦》：步從容於深宮。

題壁上韋偃畫馬歌

黄鶴編在上元元年成都詩内，與下首《戲題韋偃歌》乃先後同時作。朱景玄《畫斷》：韋偃，京兆人，寓居於蜀。常以越筆點簇鞍馬，千變萬態，或騰或倚，或齕或飲，或驚或止，或走或起，或翹或跂。其小者，或頭一點，或尾一抹，巧妙精奇。韓幹之匹也。朱注：張彦遠《畫記》韋偃作鶠。黄長睿《東觀餘論》云：少陵詩韋偃當作鶠，傳寫誤耳。今存其説以待考。

韋侯别我有所適，知我憐渠一作君畫無敵。戲陳浩然本作試拈禿筆掃驊騮，歘見騏驎出東壁㈠。一匹齕草一匹嘶㈡，坐看平聲千里當霜蹄㈢。時危安得真致此？與人同生亦同死。韋偃畫馬在草堂壁上，乃臨行留蹟也。公愛其神駿，而欲得此以同生死，其所感於身世者深矣。

㈠顔延之《白馬賦》：歘聲躍以鴻驚。《漢書・梅福傳》：欲以三代之法，取當世之士，猶以伯樂之圖，求騏驎於市。

㈡盧注：顔淵望吴門馬，見一匹練。一匹，本此。

㈢《後漢書·馬援傳》：昔有騏驥，一日千里。《莊子》：馬蹄可以踐霜雪，齕草飲水。

洪邁《容齋隨筆》云：江山登臨之美，泉石賞玩之勝，世間佳境也，觀者必曰如畫。至於丹青之妙，好事君子嗟歎之不足者，則人以逼真目之。如老杜「人間又見真乘黄」，「時危安得真致此」，「悄然坐我天姥下」，「斯須九重真龍出」，「憑軒忽若無丹青」，「高堂見生鶻」，「直訝松杉冷」，「兼疑菱荇香」之句是也。以真爲假，以假爲真，均之爲妄境耳。人生萬事如是，何特此耶？

戲題王宰畫山水圖歌

梁氏編在上元元年成都詩内。張彦遠《名畫記》：王宰，蜀中人，多畫蜀山，玲瓏嵌空，巉嵯巧峭。

十日畫一水㈠，五日畫一石㈡。能事不受相促迫《英華》作逼㈢**，王宰始肯留真跡㈣。壯哉崑崙方壺**一作丈**圖㈤，挂君高堂之素壁㈥。**首贊王宰圖畫。吴門金氏曰：不受促迫，方得從容盡其能事，此見王宰品格，亦見主人知音。《杜臆》：崑崙方壺，舉極西極東以狀其遠景，非真畫此兩山也。下文日本、銀河亦即此意。

㈠庾肩吾詩：畫水即生苔。

㈡《水經注》：石崖山上有畫石山。

㈢《後漢書》：鄭興上疏，臣下促迫。

㈣梁武帝《論書法》：真跡雖少，可得而推。

㈤《文中子》：壯哉山河之固。　崑崙，注別見。　《拾遺記》：三壺，海中三山也。一曰方壺，則方丈；二曰蓬壺，則蓬萊也；三曰瀛壺，則瀛州也，形如壺器，上廣，中狹，下方。

㈥漢樂府《相逢行》：挾瑟上高堂。　掛素壁，所謂留真蹟也。　湛方生《七歡》：素壁流光。

巴陵洞庭日本東㈠，**赤**一作南**岸水與銀河通**㈡，**中有雲氣隨飛龍**㈢。**舟人漁子入浦溆**㈣，**山木盡亞**一作帶**洪濤風**㈤。　此記圖中山水。　崑崙、方壺，山既自西而東，故巴陵、日本，水亦自西而東。且其水勢浩瀚，銀漢通而雲龍起，又見風濤激蕩，漁舟避而山木搖，真可謂壯觀矣。

㈠《江賦》：爰有包山洞庭，巴陵地道。《山海經注》：長沙巴陵縣西有洞庭陂，潛伏通江。　《唐書·外國傳》：日本國者，倭國之別種也，以其日在國邊，故名日本。

㈡赤岸、銀河，言水天一色。《七發》：凌赤岸，篲扶桑。《吴越春秋》：西踰赤岸。　曹植表：南至赤岸。《江賦》：鼓洪濤於赤岸。《南兖州記》：瓜步山東五里有赤岸山，南臨江中。　山謙之《南徐州記》曰：京江，《禹貢》北江也。春秋分朔，輒有大濤至江乘，北激赤岸，尤更迅猛。　李善《文選注》謂赤岸在廣陵興縣。　桑欽《水經》云新安縣南白石山，名廣陽山，水名赤岸水。

㊂《莊子》：姑射山有神人，乘雲氣，御飛龍，而遊乎四海之外。
㊃木華《海賦》：舟人漁子，徂南極東。　謝靈運詩：映泫歸浦溆。
㊄湛方生詩：山木兮摧披。　《説文》：亞，次也。《廣韻》：亞，就也，相依也。朱注：風勢湧濤，山木盡爲之低亞。公詩「花亞欲移竹」及「花蕊亞枝紅」，皆與此同義。楊慎曰：亞枝，臨水低枝也。孟郊詩：南浦桃花亞水紅，水邊柳絮颺春風。

尤工遠勢古莫比，咫尺應平聲**須論**平聲。一作千，一作行**萬里**㊀。**焉**於虔切**得并**平聲**州快剪刀**㊁，**剪取吴松**從《英華》，一作淞**半江水**㊂。末將看畫作結，蓋玩賞不忍釋也。《杜臆》：王畫神妙，只咫尺萬里盡之。前面許多景象皆包在一句中。又曰：此詩通篇設想，俱有戲意，而收語尤戲之甚，故云戲題。　公少遊吴越，故對畫而思及松江。黄鶴謂上元元年，劉展陷潤、昇、蘇三州，故託意於吴松。其説太鑿。　此章上二段各四韻，末段四句收。

㊀《世説》：袁彦伯曰：「江山遼落，居然有萬里之勢。」
㊁朱注：李賀詩「欲剪湘中一尺天，吴娥莫道吴刀澀」，本此。
㊂趙曰：吴松，言吴地之松江也。《吴郡志》：松江，在郡南四十五里，《禹貢》三江之一。錢謙益曰：朱景玄《唐朝名畫録》：王宰家於西蜀。貞元中，韋令公以客禮待之。畫山水樹石，出於象外。景玄曾於故席夔舍人廳事，見一圖障，臨江雙樹，一松一柏，古藤縈繞，上盤於空，下著於水，千枝萬葉，交植屈曲，分布不雜。或枯或榮，或蔓或亞，或直或倚，葉疊千重，枝分八面。達士所珍，凡目

難辯。又於興善寺見畫四時屏風，若移造化風候雲物八節四時於一座之内，妙之至極也。故山水松石，並可躋於妙上品。蔡絛《西清詩話》云：梁蕭文奂能書善畫，於扇上圖山水，咫尺之内，便覺萬里爲遥。老杜《題山水圖》云：「尤工遠勢古莫比，咫尺應須論萬里。」乍讀似非用事。如「男兒既介冑，長揖别上官」，用介冑之士不拜。「婦人在軍中，兵氣恐不揚」，用軍中豈有女子乎。皆用事而隱其語。

戲爲韋偃舊作戲韋偃爲雙松圖歌

《名畫記》：韋鑒子鶠工山水、高僧、奇士、老松、異石，筆力勁健，風格高舉。人知鶠善馬，不知松石更佳。

天下幾人畫古松一作樹㊀？畢宏已老韋偃少去聲㊁。絶筆長風起纖末㊂，滿堂動色嗟神妙㊃。首贊韋偃畫松。《杜臆》：起二句語氣平緩，忽接以絶筆長風二句，何等筆力！

㊀隋煬帝詩：古松惟一樹。

㊁封演《聞見記》：畢宏，天寶中御史，善畫古松。後見張璪，於是閣筆。張彦遠《名畫記》：大歷二年，畢宏爲給事中，畫松石於左省廳壁，好事者皆詩詠之。改京兆少尹爲左庶子。樹石擅名於代，樹木改步變古，自宏始也。

㊂杜預《春秋左傳序》：絶筆於獲麟。絶筆，畫成而閣筆也。張載詩：徘徊向長風。《長笛賦》：其應清風也，纖末奮梢。

㊃謝莊《月賦》：滿堂變容。《吴都賦》：斯實神妙之響象。

兩株慘裂苔蘚皮，屈鐵交錯迴高枝㊀。白摧朽骨龍虎死㊁，黑入太陰雷雨垂一作隨**㊂。**

次摹古松之狀。朱注：皮裂，故幹之剥蝕如龍虎骨朽。枝迴，故葉之陰森如雷雨下垂。張綎注：白摧，言畫之枯淡處。黑入，言畫之濃潤處。《杜臆》：寫雙松止四句耳，而冥思玄構，幽致深情，更無剩義。

㊀屈鐵，枝曲而黑也。《神仙傳》：薊子訓，手足交胸上，不可得伸，狀如屈鐵。謝惠連賦：散漫交錯，氤氲蕭索。

㊁《韓非子》：朽骨爛肉，施於土地。

㊂《史記索隱》：極南爲太陽，極北爲太陰。

松根胡僧憩寂寞，龐眉皓首無住著直略切**㊀。偏袒右肩露雙脚㊁，葉裏松子僧前落㊂。**又記松下僧人。《杜臆》：入老僧一段，突兀蕭灑，窅冥靈超，更有神氣。

㊀《漢書》：武帝過郎署，見顔駟龐眉皓髮。李陵書：皓首而歸。《楞嚴經》：名無住行，名無著行。

㊁《金剛經》：偏袒右肩，右膝着地。朱注：《長水經疏》：袒，肉袒也。西方俗儀：見王者必肉袒，示非敢有犯。佛教亦隨此用，然此以表將荷大法之重擔耳。

㊂松子，見夔州詩注。

韋侯韋侯數色角切**相見，我有一匹好東**一作素**絹**㊀**，重之不減錦繡段**㊁**。已令**平聲**拂拭光凌亂，請公放筆爲直幹**㊂**。**此索韋畫松也。《杜臆》：韋之畫松，以屈曲見奇，直便難工。匹絹幅長，汝能放筆爲直幹乎？戲之也。此章四段，四轉韻，前各四句，末段五句。

㊀吴曾《漫録》：東絹，關東綃也。庾肩吾《答武陵王賚絹啟》：關東之妙，潛織陋其卷綃。朱注：《唐志》：東川陵州，土貢鵝溪絹。黄希曰：《三國志》：李衡，州里有千樹木奴，不責汝衣食，歲上一匹絹，亦可用矣。坡集詩注：鵝溪，在梓州鹽亭縣。出絹甚良，時人謂之鵝溪絹，即東絹也。

㊁《四愁詩》：美人贈我錦繡段。謝朓詩：雲錦相凌亂。

㊂放筆，縱筆也。丘遲詩：直幹無曲枝。

《唐詩紀事》載湯文圭《九華雨吟》「雷劈老松疑虎怒，雨衝陰洞覺龍腥」，與杜詩「白摧朽骨龍虎死，黑入太陰雷雨垂」，造句奇峭，足以相當。

北鄰

鶴注：此指草堂之鄰，當是上元元年作。又云：公詩多以縣令爲明府，此北鄰蓋王明府與。

潘尼詩：爪牙司北鄰。

明府豈辭滿㊀，藏身方告勞㊁。青錢買野竹㊂，白幘岸江皋㊃。愛酒晉山簡㊄，能詩何水曹㊅。時來訪老疾，步屧到蓬蒿㊆。上四美明府高致，下則喜其興豪而多情也。不爲辭滿而爲藏身，見其志在隱遯。野竹江皋，寫其閒適，亦見鄰居相近。山簡、水曹，人名官職，借對自巧。

㊀錢箋：《前漢書》：韓延壽爲東郡太守，門卒謂之明府。《後漢·張湛傳注》：郡守所居曰明府。府者，尊高之稱。《賓退録》：明府，漢人以稱太守，唐人以稱縣令。縣令，漢人謂之明庭。謝靈運詩：辭滿豈多秩，謝病不待年。

㊁《杜臆》：藏身而方告勞，亦見在官不憚勞矣。《詩》：黽勉從事，不敢告勞。

㊂鶴云：青錢，銅錢也。趙云：蜀人謂見錢爲青錢。今按：《漫興》詩「點池荷葉疊青錢」，可見青係錢色。庾肩吾詩：野竹交臨浦。

㊃《後漢書》：光武岸幘，以見馬援。舊云：岸幘，露額也，如水之露岸。《晉書》：謝奕爲桓温司馬，岸幘嘯咏。應劭《漢官》云：幘，古者卑賤執事不冠者之所服也。蔡邕《獨斷》：漢元帝額有壯髮，不欲使人見，始進幘服之。群臣皆隨焉，尚無巾。王莽頭秃，因施巾，故里語曰：「王莽秃，幘施屋。」漢有緑幘、紫幘、黑幘、赤幘。元帝微行，從者皆白衣幘。《楚辭》：朝騁騖於江皋。

㊄《晉書》：山簡，濤之子，永嘉三年，假節鎮襄陽，惟酒是躭。

㊅《梁書》：何遜，字仲言，八歲能賦詩，爲名流所稱。天監中，起家奉朝請，遷建安王水曹，行參軍，

兼記室，又爲安西安成王參軍事，兼尚書水部郎。

㊆屧，即履也。或云履薦。《高士傳》：張仲蔚，平陵人，常居窮素，室中蓬蒿没人。蓬蒿，公草堂地也。

南鄰

顧宸曰：南鄰，朱山人也，後有《過朱山人水亭》詩。左思詩：南鄰擊鐘磬。

錦里先生烏角巾㊀，**園收芋**一作芧，非**栗**一作粟，非**不**一作未**全貧**㊁。**慣看**平聲**賓客**一云門户**兒童喜**㊂，**得食階除鳥雀馴**㊃。**秋水纔深**一作添**四五尺**㊄，**野航**魯直作艇**恰受兩三人**㊅。**白沙翠竹江村**一作山**暮**一作路㊆，**相送**《英華》作送，或作對**柴門**一作籬門，或作籬南**月色新**㊇。上四造山人之居，下則喜其同舟送别也。　黄生注：烏角巾與錦里相映帶，起語逸致。角巾，隱士之冠。芋栗，野人之食。兒童喜，接人之厚。鳥雀馴，待物之仁。　詩善鍊格，前段叙事，數層括以四語。後段寫景，一意拓爲半篇。兒童喜，兒童、鳥雀，用倒裝法。秋水、野航，用流對法。

㊀《華陽國志》：西城，故錦官城也。錦江，濯錦其中則鮮明，故命曰錦里。《南史》：劉巖隱逸不仕，常著緇衣小烏巾。《通鑑》：范通謂王濬曰：「君平吴之日，當角巾歸第。」

㊁宋之問詩：栗芋秋新熟。《杜臆》：芋栗止於一物，作芋栗，可該園中所産。

㊂陸瑜詩：姮娥婺女慣相看。《公孫弘傳》：賓客故人。《後漢・郭汲傳》：有兒童數百迎之，曰：「聞使君到，喜，故來迎。」

㊃《景福殿賦》：階除連延。 謝靈運詩：空庭來鳥雀。

㊄《莊子》：秋水時至。 《水經注》：大者長四五尺。

㊅錢箋：山谷云：航，方舟也，當以艇爲正，音平聲。《方言》云：小舟也。楊慎云：古樂府：「沿江引百丈，一濡多一艇。上水郎擔蒿，何時至江陵。」杜詩正用此音也。按《方言》云：舟自關而西謂之船，自關而東或謂之舟，或謂之航。又云：小艒艑，謂之艇。《釋名》云：二百斛以上謂之艇。魯直之改，用修之證，皆臆説也。 《蕭何世家》：多者兩三人。

㊆《湘中記》：白沙如霜雪。 梁昭明太子《扇賦》：折翠竹之枝。

㊇吴均詩：相送出江潯。

申涵光曰：「秋水纔深四五尺，野航恰受兩三人。」語疏落而不酸。今人作七律，堆砌排耦，全無生氣，而矯之者又單弱無體裁。讀杜諸律，可悟不整爲整之妙。

顧宸曰：周祈《名義考》云：「園收芋栗未全貧」，與《山農》詩「呼兒登山收橡栗」同意。芋栗，即橡栗，乃櫟木子也。《莊子・徐無鬼》：先生居山食芋栗。此一説也。王洙云：成都風俗曰：「大飢不飢，蜀有蹲鴟。」《史記》：卓氏曰：「岷山之下，沃野，下有蹲鴟，至死不飢。」注云：大芋也。揚雄《蜀都賦》言

「閒蹲鴟之沃野」，又言「榛栗鏬發」，則芋栗明爲兩物。據公他詩云「我戀岷下芋」，又云「嘗果栗皺開」，亦可證。芋栗，皆成都所產矣。且芋栗野生，不待園中收種，而芋栗充飢，乃貧餒之甚者，豈可云「未全貧」乎？後《過南鄰朱山人》詩云「殘樽席更移」，其家非藉芋栗以充飢者，還作芋栗爲當。

過南鄰朱山人水亭

蔡氏編在廣德二年復歸成都時。今附在南鄰之後，以類相從也。絶句云：「梅熟許同朱老喫。」疑即此山人。

相近竹參初簪切**差**此茲切，**相過**平聲**人不知**㈠。**幽花欹滿樹，細**一作小，胡云：麗澤本作野**水曲**一作細**通池**。**歸客村非遠，殘樽席更移**。**看君多道氣**㈡，**從此數**音朔**追隨**。首聯叙事，過南鄰也。次聯寫景，見水亭也。下四言情，山人留飲也。朱瀚曰：前詩云兒童喜於看客，隱不絶俗也。鳥雀食於階除，貧能推恩也。「看君多道氣」，此可互證。

㈠身行竹裏，故人不知。

㈡徐陵《天台山館碑》：蕭然仙才，卓矣道氣。羅大經曰：自昔閒居野處者，必有同道同志之士相與往還。淵明《移居》詩云：「昔欲居南村，非爲卜其宅。聞多素心人，樂與數晨夕。」又云：「鄰曲時來往，抗言談在昔。奇文共欣賞，疑義相與析。」則南村之鄰，豈庸庸之士哉？李太白《尋魯城北范居士》詩云：「忽憶范野人，閒園養幽姿。」又云：「還傾四五酌，自詠猛虎詞。近作十日歡，遠爲千歲期。風流自簸蕩，謔浪偏相宜。」想范野人者，蓋亦可人之流也。少陵在錦里，亦與朱山人往還，兩見於詩章，既稱爲「錦里先生」，又稱爲「多道氣」而「數追隨」，山人固亦非常流矣。

因崔五侍御寄高彭州一絶

朱注：公《追酬高蜀州人日》詩考之，上元二年，高已刺蜀，此云彭州牧，必元年作也。時公年將五十，而詩云「百年已過半」，猶乾元二年立秋後題，年止四十八，亦曰「惆悵年半百」。《九域志》云：彭州至成都九十二里。

百年已過半，秋至轉飢寒。爲去聲**問彭州牧，何時救急難**難，叶平聲㈠**？**　此詩自叙窮老，而望高公之相恤也。　秋至，收穫之時，宜免於飢寒，而兹不然，故曰轉。

㈠《詩》「兄弟急難」，叶「況也永歎」，俱讀平聲。

奉簡高三十五使去聲君

高由彭州刺蜀州，公時在蜀。《年譜》云：上元元年，間常至蜀州之青城新津，是也。

當代論平聲**才子，如公復**扶又切**幾人？　驊騮開道路，鷹隼出風塵**㊀。**行色秋將晚，交情老更親。　天涯喜相見**㊁，**披豁對**一作道**吾真**吴若本作君，恐誤㊂。

上四，稱高之才調。下四，述高之交情。　驊騮致遠，鷹隼高騫，喻才人得位，可以大行其志。　晚秋行色，引起下句。　披豁，即開心見誠之意。

㊀《舊唐書》：有唐以來，詩人之達者，唯適而已。

㊁蔡琰曲：我將行兮向天涯。

㊂曹植《髑髏説》：是反吾真也。

和去聲裴迪登新津寺寄王侍郎原注：王時牧蜀。《英華》注：即王蜀州。

鶴注：此必公暫如新津，與裴同至寺中，故有此作，當在上元元年。　蜀州至成都纔百里，故可唱和也。《唐·世系表》：裴迪，出洗馬房裴天恩之後。《地理志》：新津縣屬蜀州。《九域志》：縣在蜀州東南七十里。夢弼曰：王侍郎，王維弟縉也。錢箋：考《縉傳》，未嘗牧蜀，注家因裴迪而附會也。《杜詩博議》：《王維傳》有縉爲蜀州刺史，遷散騎常侍一節，與《縉傳》不合。吴縝《糾謬》謂縉未嘗歷蜀州及常侍，爲説甚辯。今考《舊書》，縉爲鳳翔尹，先加工部侍郎，後除常侍。縝云并未嘗爲常侍，似失考。而由蜀州遷常侍，則斷乎不可信。

何恨一作限**倚山木**㈠，**吟詩秋葉黄**㈡。**蟬聲集古寺**㈢，**鳥影度寒塘**㈣。**風物悲遊子**㈤，**登臨憶侍郎**㈥。**老夫貪**一云賞，一云費**佛日**㈦，**隨意宿僧房**㈧。首句陡然而起。言我亦何所愁恨，而倚木吟詩乎？正以草木黄落之時，蟬聲鳥影，秋景堪傷，而風物登臨，故人足念也。且己之棲宿寺中，漂流更可歎耳。此詩句句含恨意，必裴詩原有恨字，而和之如此。趙單一注，將上六句作述裴語，説得全無意義矣。遊子，指裴。

㈠陳子昂詩：平生亦何恨。公《别賀蘭銛》詩：君今抱何恨。
㈡何遜詩：幾逢秋葉黄。
㈢隋王胄詩：風度蟬聲遠，雲開雁路長。
㈣何遜詩：露濕寒塘草。
㈤殷仲文詩：風物自淒凉。
㈥陰鏗《開善寺》詩：登臨情不極，蕭散趣無窮。

㈦江總《寺碑》：佛日初照，慈雲不偏。《隋·李士謙傳》：或問三教優劣，士謙曰：佛，日也；道，月也；儒，五星也。蔡注：古詩：貪佛不如貪僧。《金光明經》：佛日大悲，滅一切闇。又云：佛日輝耀，放于光明。

㈧《大寶積經》：衆僧隨意所樂，爲造經行之處。

張遠注：《淮南子》：趙王遷流於房陵，思故鄉，爲作山木之歌，聞之者莫不隕涕。《白虎通》亦載此事。按此詩首句，突然而起，初時未詳所出，解尚含糊，及得邇可此說，頓釋所疑。言趙王流竄房陵而作山木之歌，宜其怨恨。今羈旅蜀中，亦何所恨而倚木吟詩乎？此引古語以逗起下文。

贈蜀僧閭丘師兄

鶴注：此當是上元元年秋作。原注：太原博士均之孫。《舊唐書》：陳子昂後，成都人閭丘均，亦以文章著稱。景龍中，爲安樂公主所薦，起家拜太常博士。公主誅，均坐貶循州司倉卒。有集六卷。

大師銅梁秀㈠，籍籍名家孫㈡。嗚呼先博士，炳靈精氣奔㈢。首叙閭丘世系。

㈠《晉高僧傳》：惠亮，大師小師。銅梁秀，鍾山川秀氣也。《唐書》：合州石鏡縣有銅梁山，又有銅梁縣。《十道志》：銅梁山，在涪江南七里。左思《蜀都賦》：外負銅梁於宕渠。

㈡籍籍，聲名之盛也。《前漢・江都易王傳》：口語籍籍。《後漢・方術傳》：餘亦班班名家焉。

㈢《蜀都賦》：近則江漢炳靈，世載其英。　齊顧歡詩：精氣因天行。

惟一作往昔武皇后，臨軒御乾坤㈠。多士盡儒冠㈡，墨客藹雲屯㈢。當時上上聲紫殿㈣，不獨卿相去聲尊㈤。世傳閭丘筆㈥，峻極逾一作侔崑崙㈦。鳳藏丹霄暮一作穴㈧，龍去一作出白水渾㈨。青熒雪嶺東㈩，碑碣舊製存⑪。斯文散都邑⑫，高價越璵璠音煩⑬。晚看平聲作者意⑭，妙絶與誰論平聲⑮？　此追叙博士文章。上八，稱其望重生前。下八，稱其名垂身後。

㈠《漢書・史丹傳》：天子自臨軒檻。

㈡《詩》：濟濟多士。　《史記・酈食其傳》：諸客冠儒冠來者。

㈢《長楊賦序》：藉翰林爲主人，子墨爲客卿以風。　《詩》：藹藹王多吉士。　《列子》：望之若屯雲。

㈣《三輔黄圖》：武帝於甘泉宮起紫殿，雕文刻鏤，以玉飾之。　謝朓詩：紫殿肅陰陰。

㈤「不獨卿相尊」，言墨客亦膺主眷。

㈥錢箋：六朝人以有韻者爲詩，無韻者爲筆。《庾肩吾傳》「謝朓、沈約之詩，任昉、陸倕之筆」，皆可證。閭丘筆，言其文章峻極而高，若字勢何可言高乎？《唐詩紀事》謂審言以詩，閭丘以字，同侍武后。蓋指筆爲字，誤矣。

㊆成公綏賦：潛崑崙之峻極兮。

㊇鳳藏龍去，比閭丘之殁。晉東海越王檄文：申陸機、陸雲之枉，穴碎雙龍，巢傾兩鳳。北魏段承根《贈李寶》詩：鳳戢崑丘，龍藏玄漠。周庾信《齊憲王碑》：鳳沉丹穴，龍亡黑陂。又三鳳、八龍，古人以比賢士，原不專指人君也。《山海經》：丹穴之山有鳥，狀如鶴，五色而文，名曰鳳。

㊈《東京賦》：龍飛白水。

㊉班固《西都賦》：琳珉青熒。此詩言碑文之光耀。雪嶺，在維州南三百六十里。

⑪《高僧傳》：弘忍没於高宗上元二年十月。開元中，太子文學閭丘均爲塔碑焉。杜田曰：東蜀牛頭山下，有閭丘均撰《瑞聖寺磨崖碑》，嚴政書。寺今改爲天寧羅漢禪院。

⑫宗懍詩：接里開都邑。

⑬蔡邕《薦邊讓書》：章瓌瑋之高價，昭知人之絶明也。曹植詩：亮懷璠璵美。

⑭《杜臆》：「晚看作者意」，言識定於暮年也。漢高帝敕：太子時方省書，乃使人知作者之意。

⑮陸厥《答内兄希叔》詩：書記既翩翩，賦歌能妙絶。

吾祖詩冠去聲**古**㊀**，同年蒙主恩**㊁**。豫章夾日月**㊂**，歲久空深根**㊃**。**此叙世交，自嘆繼起衰微。

㊀傅亮《宋公策文》：爰發初迹，則奇謀冠古。

㊁庾肩吾《書品》：施吴鄴下後生，同年拔萃。王褒《四子講德論》：主恩滿溢。《杜審言傳》：武

后朝，授著作郎，遷膳部員外郎。　朱注：史稱均拜太常在中宗景龍間。據公詩則武后時已擢用。

㊂《上林賦》：楩柟豫章。《正義》曰：豫，今之枕木；章，今之樟木。二木生至七年乃可分。　夾日月，言其高大。

㊃《老子》：深根固蒂。

小子思去聲**疏闊**㊀**，豈能達詞門？　窮秋**一作愁**一揮淚**㊁**，相遇即諸昆。我住錦官城**㊂**，兄居祇**翅移切**樹園**㊃**。地近慰旅愁，往來當丘樊**㊄**。天涯歇滯雨，粳稻臥不翻**㊅**。漂然薄遊倦**㊆**，始**晉作如**與道侶**一作旅**敦**㊇**。景晏步修廊**㊈**，而無車馬喧**㊉**。夜闌接軟語**一作夜言詞柔軟⑪**，落月如金盆**⑫。　此述旅次相逢。　上八，叙事記地，下八，叙景言情。《杜臆》：公詩善用借景，如「落月如金盆」與「隴月向人圓」，皆據一時所見之景，而傾蓋歡洽之意自見。

㊀傅毅詩：伊余小子。

㊁何遜詩：凜凜窮秋暮。　陸機詩：揮淚歎流離。

㊂即諸昆，通家世交如弟兄也。

㊃《金剛經注》：須達長者施園，祇陀太子施樹，爲佛說法之處，故後人名爲祇園，亦曰給孤園。

㊄湛茂之詩：衰廢歸丘樊。

㊅《蜀都賦》：秔稻漠漠。
㊆周捨詩：薄遊久已倦。
㊇《世説》：愍度道人始欲過江，與一傖道人爲侶。曹植詩：親交義在敦。
㊈《西京雜記》：重閣修廊，行之移晷。
㊉陶詩：結廬在人境，而無車馬喧。
㊁《法華經》：如來能種種分別，巧説諸法，言詞柔輭，悦可衆心。《華嚴經》：菩薩摩訶薩有十種語，一者柔軟語，能使一切衆生得安穩。《維摩經》：所言誠諦，常以軟語，眷屬不離，善和争訟。
㊂《洛陽伽藍記》：旭日始升，則金盤晃朗。

漠漠世界黑一作空，一作穴，一作冥㊀，**驅驅争奪繁**。**惟有摩尼珠**㊁，**可照濁水源**。結出贈閭丘意，言其空明之體，可滌塵凡也。此章首尾中腰各四句，前後兩段各十六句。

㊀陸機詩：街術紛漠漠。《瓔珞經》：無量世界，盡觀衆生。黑，即黑業也。
㊁《翻譯名義集》：摩尼或曰踰摩，正云末尼，即珠之總名也。《圓覺經》：譬如清浄摩尼寶珠，映於五色，隨方各見。《宣室志》：馮翊嚴生，家漢南峴山，得一珠，如彈丸。胡人曰：「此西國清水珠，至濁水泠然洞徹矣。」

今人作五古長篇，多任意揮灑，不知段落勻稱之法。杜詩局陣布置，章法森然，如此篇，首尾中腰各四句提束，前後兩段俱十六句鋪叙，有毫髮不容增減者。然此法起於魏人繁欽《定情》詩「我出東門遊」八句作起，「中情既款款」八句作結。前面「何以致拳拳」兩句一轉者十段，後面「與我期何所」六句一轉者四段。後四段，本張平子《四愁詩》，其前十段則韓昌黎《南山》詩所自出也。古詩各有淵源如此。

《捫蝨新話》：陶淵明詩：「采菊東籬下，悠然見南山。」采菊之際，無意於山，而景與意會，此淵明得意處也。老杜亦曰：「夜闌接軟語，落月如金盆。」予愛其意度閒雅，不減淵明，而語句雄健過之。每詠此二詩，便覺當時情景盡在目前。而二公寫之筆端，殆若天成，茲爲可貴。

泛溪

浣花溪也。此當是上元元年秋作。

落景影同下去聲**高堂**㈠，**進舟泛迴溪**㈡。**誰謂築居小**㈢？**未盡喬木西**㈣。**遠郊信荒僻**㈤，**秋色有餘淒**㈥。**練練峰上雪**㈦，**纖纖雲表霓**㈧。此溪上遠見之景。《杜臆》：自卜居浣花至此，始溯溪西遊。誰謂築居之地果小乎，特未盡覽喬木以西耳。今一望遠郊，秋色在目，對雪見霓，斯亦奇矣。

㈠越王貞詩：參差落景遒。宋子侯詩：挾瑟上高堂。

㈡謝靈運詩：對嶺臨迴溪。

㈢又：躡險築幽居。

㈣《詩》：遷於喬木。

㈤《周禮》：任遠郊之地。

㈥宋王微《詠賦》：秋色陰兮白露商。

㈦吴均詩：練練波中白。

㈧劉孝綽詩：秋月始纖纖。　束皙《讀書賦》：抗志雲表。

童戲左右岸，一云兒童戲左右。罟弋畢提攜㈠。翻倒荷芰亂，指揮徑路迷。得魚已割一作劇鱗㈡，採藕不洗泥。人情逐鮮美，物賤事已一作亦，一作跡睽㈢。此溪上近見之事。彼兒童戲逐者，攜罟得魚，翻荷採藕，本取鮮美。今乃傷鱗帶泥，則是賤其物而乖事理矣。

㈠罟以取魚，弋以取鳥。畢字作盡字解，不作掩禽之畢。舊引《莊子》「畢弋網罟」，易誤。《詩》：弋鳧與雁。

㈡《莊子》：得魚而忘筌。

㈢《晉史論》：事睽其趣。

吾村靄暝姿，異舍雞亦棲。蕭條欲何適，出處上聲庶可齊㈠。衣上見新月㈡，霜中登故畦。濁醪自初熟㈢，東城多鼓鼙㈣。末叙泛溪回舟也。　日暝返棹，猶之身老息機，故曰出處可齊。夜酌新醪，而忽聽鼓鼙，則歸溪亦非安枕之地矣。　此章三段，各八句。

㊀陸機詩：出處鮮爲諧。

㊁江總詩：新月半輪空。

㊂嵇康書：濁醪一盃。　陶潛詩：漉我新熟酒。

㊃朱注：成都城，在草堂之東，故曰東城。舊指東都者非。　《記》：君子聽鼓鼙之聲，則思將帥之臣。

出郭

從舊次，編在上元元年成都詩内。　草堂在郭外，從城中復歸草堂，故有「還與舊烏啼」之句。舊説謂自青城還成都，新説謂從成都往青城者，皆非。前詩云「已知出郭少塵事」可證。　古詩：出郭門直視。

霜露晚淒淒㊀，**高天逐望低**㊁。**遠烟鹽井上**㊂，**斜景**影同**雪峰西**㊃。**故國猶兵馬，他鄉亦**一作正**鼓鼙**㊄。**江城今夜客**㊅，**還與舊烏啼**㊆。　此出成都郭外而作也。上四，郭外晚眺之景。下四，郭外夜宿之情。　《杜臆》：故國兵馬既未可歸，他鄉鼓鼙又未可去，故還與舊烏作伴。　故國，指東都。他鄉，指成都。時思明未滅，故蜀常備兵。前詩云：「王師未報收東郡，城闕秋生畫角哀。」可以互證。

㊀《記》：霜露既降。

㊁「高天逐望低」，因霜露之氣所掩也。薛道衡詩：高天澄遠色，秋氣入蟬聲。

㊂蜀有火井煑鹽者，初以柴火引發，後火起井中，連日不斷。遠烟，即煑鹽之烟也。《蜀都賦》：家有鹽泉之井。劉注：蜀都臨邛，江陽、漢安縣皆有鹽井。

㊃《元和郡縣志》：雪山，在松州嘉城縣東，春夏積雪。圖經：雪山，在維州保寧縣西，南連乳州白狗峽。

㊄鼙，騎上鼓也。

㊅張九齡詩：江城何寂寞，秋樹亦蕭森。凡城郭臨江者皆謂之江城，此詩江城指錦江城。如《歲暮》詩言江城，《玩月》詩言江城，皆屬梓州，以有射洪江也。客，公自謂。

㊆唐劉洎詩：無勞拂長袖，直待夜烏啼。

恨别

據詩中「長驅五六年」之説，當是上元元年在成都作。顧注：公於乾元二年春，自東都回華州，客秦州，寓同谷，至成都，奔走四千里。自天寶十四載安史倡亂，至乾元之末上元之初，爲五六年。

洛城一別四一作三。蕭雲從注：四音司**千里，胡騎**去聲**長驅五六**一云六七**年**㈠。**草木變衰行劍外**㈡，**兵戈阻絶老江邊**㈢。**思家步月清宵立**㈣，**憶弟看**平聲**雲白日眠**㈤。**聞道**去聲**河陽近乘勝**㈥，**司徒急爲**去聲**破幽燕**平聲㈦。首二領起恨別。四千里，言其遠。五六年，言其久。劍外，劍門之外。江邊，錦江之邊。宵立晝眠，憂而反常也。行劍外，承四千里。老江邊，承五六年。思家憶弟，傷洛城阻亂。乘勝破燕，望胡騎早平。

㈠《漢書·周勃傳》：擊胡騎平城下。曹植詩：長驅陷匈奴。

㈡《九辯》：蕭瑟兮草木摇落而變衰。

㈢《魏志·田疇傳》：道路阻絶，寇虜縱横。

㈣薛道衡詩：空庭聊步月，閒坐獨臨風。潘尼《桑樹賦》：含溢露於清宵。

㈤王楙《野客叢談》：梁瑄不歸，弟璟每望東南白雲，慘然久之。

㈥朱注：《李光弼傳》：乾元二年冬十月，光弼悉軍赴河陽，大破賊衆。上元元年，進圍懷州。《通鑑》：上元元年三月，光弼破安太清於懷州城下。夏四月，又破史思明於河陽西渚。此河陽乘勝之事也。傅毅樂府：乘勝席捲遂南征。

㈦至德二載，加李光弼檢校司徒。

顧宸曰：破幽燕之策，當時見及者不過數人。清河李萼告顏真卿，請分兵開崞口，討汲鄴以北，至於幽陵。時哥舒翰守潼關，郭子儀、李光弼上言，請引兵直取范陽，覆其巢穴。此潼關未破前事也。又：李泌對肅宗，請令光弼自太原出井陘，子儀自馮翊入河東。來春，命建寧爲范陽節度大使，並塞北出，與光弼南北犄角，以取范陽，破其巢穴。此祿山未死時事也。及祿山死，河東平，泌勸上如前策，遣安西及西域之衆，並塞西北，自歸檀南取范陽，永絶根本。此長安未復時事也。萼與李郭之策不行，是以有靈武之奔。泌之策不行，是以有九節度之潰。至上元元年，光弼乘河陽之勝，遂平懷州。此時長安已復，慶緒已死，直擣幽燕，萬萬不容更緩，故下一「急」字，蓋深惜前三策之不早用耳。

散愁二首

此詩乃初入蜀時作，當在上元元年，光弼破安太清、史思明之後，故云「百萬傳深入」。若上元二年，王思禮已死，不得致望於尚書矣。　晉武帝詔：思所以散愁養氣。

久客宜旋旆㈠，**興王未息戈**㈡。**蜀星陰見少**，**江雨夜聞多**。**百萬傳**一作轉**深入**㈢，**寰區望匪他**㈣。**司徒下**去聲**燕**平聲**趙**，**收取舊山河**。首章，以北伐之功望諸李光弼也。因久客而思靖亂，從有愁處説到散愁。　三四，承首句，言作客凄涼。五六，承次句，欲河北息兵。　望匪他，注下司徒。

㈠潘岳《永逝文》：回首兮旋旆。

㈡謝瞻詩：聿來扶興王。

㈢陳琳《設難》：合百萬師若運諸掌者，義也。《出師表》：深入不毛。

㈣《後漢書》：自致寰區之外。盧諶詩：綢繆委心，自同匪他。

其二

聞道去聲**并**平聲**州鎮**㈠，**尚**平聲**書訓士齊**㈡。**幾時通薊北**㈢？**當**去聲**日報關西**㈣。**戀闕丹心破**㈤，**霑衣皓首啼**㈥。**老魂招不得，歸路恐長迷。**次章，以討賊之事兼望王思禮也。因世亂而念歸途，本欲散愁，愁仍未散。薊平報捷，則息戈可望；心破淚霑，恐久客莫歸。又與前章相應。

㈠《唐書》：太原府，本并州，開元十一年爲府，天寶元年曰北京。

㈡《舊書·肅宗紀》：乾元二年七月，以兵部尚書、潞沁節度使、霍國公王思禮兼太原尹，充北京留守。思禮本傳：光弼徙河陽，思禮代爲河東節度，用法嚴整，人不敢犯。

㈢王褒詩：桑生薊北寒。

㈣《杜臆》：關西謂京師，地在潼關函谷之西也。舊注謬。

㈤《西征賦》：猶犬馬之戀主，竊託慕於闕庭。

㈥李陵書：皓首而歸。

王嗣奭曰：題云「散愁」，故前章總起，後章總結，皆説自己心事。中間將司徒、尚書，聯絡上下。兩章只如一章，此見章法之妙。

朱鶴齡曰：史：鄴城之潰，惟思禮與光弼軍獨完，尋破思明别將於潞城東，乃當時名將也。故以收薊北、報關西望之。又云：諸將中，獨屬望王、李者，公意思明在東都，范陽必空虚可圖，欲光弼乘河陽之捷，長驅燕趙，傾其根本。思禮以潞澤之兵會之，即前詩「斬鯨遼海波」意也。以「散愁」命題，深旨可見。

建都十二韻

趙次公注：此詩上元元年九月後作也。朱注：詩云「窮冬客劍閣，隨事有田園」，其爲成都草堂作甚明。鮑欽止編在寶應元年冬，是年雖復建南都，時公往來梓州，未嘗定居，安得有田園之句？趙注得之。《通鑑》：至德二載，以蜀郡爲南京，鳳翔爲西京，西京爲中京。上元元年九月，改置南都於荆州，以荆州爲江陵府。二年九月罷鳳翔西都及江陵南都之號，寶應元年建卯月復建。《唐書》：上元初，以吕諲爲荆州刺史。諲請以荆州置南都，帝從之。於是荆州號江陵府，以諲爲尹。

蒼生未蘇息㊀，胡馬半乾坤㊁。議在雲臺上㊂，誰扶黄屋尊㊃？從時事説起，慨朝議之失計。

㊀王右軍《與謝安書》：小得蘇息，各安其業。

㊁《東都賦》：俯仰乎乾坤。

㊂《東觀漢記》：桓譚拜議郎，詔令議雲臺。江淹《獄中書》：高議雲臺之上。

㊃《漢書注》：黄屋，天子之車。

建都分魏闕㊀，下去聲**詔闢荆門㊁。恐失東人望㊂，其如西極存。時危當雪耻㊃，計大豈輕論**平聲**㊄？雖倚三階正㊅，終愁萬國翻㊆。**此論建都興廢，而陳時勢之緩急。言分置宫殿，新闢都會，雖欲慰東人之望，其如西極儼然存，不當建彼而廢此也。且此時不急圖雪耻，而輕論建都，恐治亂尚未可定耳。東人，指吕諲建都之議，西極，指上皇幸蜀之地。

㊀班固《東都賦》：建都河洛。《周禮》：懸治象之法於象魏。注：象魏，宫門雙闕。《南史·何胤傳》：闕，謂之象魏。象者，法也。魏者，當塗而高大也。

㊁《袁紹傳》：下詔之日。《唐書》：荆州有荆門縣，以荆門山名。《寰宇記》：荆門之地，乃荆襄要津。

㊂《詩》：東人之子，職勞不來。東人，指荆門以東言。朱穆奏記：紀綱少弛，頗失人望。

㊃《史記》：秦穆公謂三將曰：「子其悉雪耻。」

㊄《後漢·馮異傳》：季文誠能亟定大計。

㊅《東方朔傳》：願陳泰階六符。注：泰階，天之三階也。上階爲天子，中階爲諸侯公卿大夫，下階爲士庶人。三階平等，是爲太平。

㊆《易》：先王以建萬國。

牽裾恨不死㊀，**漏網辱殊恩**㊁。**永負漢庭哭**㊂，**遥憐湘水魂**㊃。**窮冬客江劍**一云劍外，**隨事有田園**㊄。**風斷青蒲節**㊅，**霜埋翠竹根**㊆。此傷削迹流離，不得參預朝事。牽裾，爲救房琯。漏網，謂謫司功。漢庭、湘水，欲效賈屈而未能。雖有客舍田園，而對此風蒲、霜竹，不免衰老摧殘矣。錢箋：公之移官，以疏救房琯，而琯之得罪，以建議分鎮也，故牽連及之。申涵光曰：人亦有一時感激，事過輒悔者。公以不死爲恨，真諫臣也。

㊀《魏志》：文帝欲徙十萬户實河南，辛毗諫，帝不答，起入内，毗隨而引其裾。

㊁《漢·刑法志》：網漏吞舟之魚。袁紹書：殊恩厚德，臣既叨之。

㊂《賈誼傳》：可爲痛哭者一。

㊃屈原見讒，沉於湘水。

㊄王褒詩：生年隨事闌。《杜臆》：隨事，猶云隨便有之。《歸去來辭》：田園將蕪。

㊅庾信詩：蒲低猶抱節。

㊆梁昭明太子《扇賦》：折翠竹之枝。

衣冠空穰穰石蔣切㊀，**關輔久**一作遠**昏昏**㊁。**願枉**一作惟駐，一作願駐。趙云作駐，非**長安**

日㊂，**光輝**郭作暉**照北原**㊃。此諷當時君相之謀國者。衣冠二句，概刺朝臣，應上議在雲臺二句。顧枉二句，隱諷肅宗，應上蒼生未蘇二句。朱注：衣冠雖多，未救關輔之難。今中原淪陷，天子當迴陽光以照之，奈何汲汲建都之舉耶？此詩首尾各四句，中二段各八句。

㊀《史記·貨殖傳》：天下穰穰，皆爲利往。

㊁關中三輔，謂扶風、馮翊、京兆。江淹詩：飭驂去關輔。陰鏗詩：昏昏隴日沉。昏昏，言日，故下接以長安日。

㊂《世説》：晉明帝數歲，元帝問日與長安孰遠？答曰：「日遠。」明日重問之，答曰：「日近。」

㊃曹植《登臺賦》：齊日月之光輝。庾肩吾詩：駐日逐戈鋒。按：夢弼云：北原，河北之地，時史思明據東京及河北懷衛等州是也。錢箋引《西都賦》「北眺五原」及庾信詩「北原風雨散」、岑參詩「五陵北原上」，於詩意不合。

當時房琯分建之策與吕諲建都之請，前後事勢迥不相同。初安史首亂時，陷中原，破兩京，肅宗室，逼乘輿，唐室孤危極矣，故分建子弟之議，足使賊子膽寒。其後，長安既復，兵勢復張，惟河北未平，故須專意北向，以除禍本。若建都荆門，虚張國勢，迂疏甚矣。且東南本無事，而勞民動衆，恐反生意外之虞，此作詩本意也。錢箋附會兩事，致詩意反晦，今辯正之。

村夜

鶴注：詩云多難，蓋指安史也。當是上元元年浣花作。是年十一月，史思明遣田承嗣將舟徇淮西，王同芝將兵徇陳，許敬江將兵徇兗鄆，薛鄂將兵徇曹州。若在二年，則段子璋反，李奐奔成都，不應詩皆不及而及安史也。

風色蕭蕭暮㊀，一作蕭蕭風色暮。**江頭人不行。村春雨外急**㊁，**鄰火夜深明**㊂。**胡羯何多難**去聲㊃，**樵漁**一作漁樵**寄此生**㊄。**中原有兄弟，萬里正含情**㊅。上四，村夜之景。下四，村夜感懷。　春急，暮所聞。火明，夜所見。趙云：此寫難狀之景，如在目前。《杜臆》：身得所安，而思家更甚，故曰「正含情」。

㊀吳邁遠詩：春城起風色。

㊁《周禮》有春人。

㊂梁簡文帝詩：甘泉烽火夜深明。

㊃《詩》：未堪家多難。

㊄《南史》：宋武帝時見二小龍附翼，漁樵山澤，同侶或亦覩焉。劉孝威詩：散步懷漁樵。孔魚和

詩：水鄉訪松石，蘭澤侶漁樵。

㊅王粲詩：含情欲待誰。

寄楊五桂州譚 原注：因州參軍段子之任。

鶴注：桂州，屬嶺南道中都督府。當是上元元年成都作。

五嶺皆炎熱㊀，**宜人獨桂林**㊁。**梅花萬里外**㊂，**雪片一冬深**。**聞此寬相憶，爲邦復**扶又切**好音**㊃。**江邊送孫楚**㊄，**遠附白頭吟**。上四，桂州之景。下四，寄楊之情。梅時有雪，可銷炎瘴，故曰宜人。寬相憶，因瘴少。復好音，見政異。孫楚，比段。白頭吟，懷楊。《杜臆》：通篇氣勢流走，字句空靈，詩之不縛於律者。

㊀五嶺，始安、越城、臨賀、大庾、騰嶺是也。始安嶺，在今廣西桂林府城西，越城嶺在桂林府興安縣北，臨賀嶺在平樂府賀縣境内，大庾即梅嶺，在廣東南雄府城北，騰嶺在廣東韶州府乳源縣西。　班婕妤詩：涼飇奪炎熱。

㊁《山海經》：桂林有八樹，在番禺東。注：八樹成林，言其大也。鶴曰：桂林雖居嶺外，然治古始安，隸荆州之零陵，非鬱林州之桂林。故白樂天云「桂林無瘴氣」，兹所以宜人也。嶺南無雪，獨

桂林有之。范成大云：靈州興安之間，兩山蹲踞，中容一馬，謂之嚴關。朔雪至關輒止，大盛則度關至桂州城下，不復南矣。北城舊有樓曰雪觀，所以夸南州也。

㊂《南康記》：大庾嶺多梅而先發，亦曰梅嶺。《白帖》：大庾嶺上梅，南枝落，北枝開。《廣志》：梅嶺，本因梅鋗得名，今競作梅花之梅矣，聊從同。

㊃《詩》：懷之好音。

㊄孫楚爲石苞參軍。

西郊

鶴注：題曰西郊，從西郊赴草堂也。此當是上元元年冬作。《易》：自我西郊。

時出碧雞坊㊀，**西郊向草堂**㊁。**市橋官柳細**㊂，**江路**一作岸**野梅香**㊃。**傍**去聲**架齊書帙**㊄，**看**平聲**題檢**一作減**藥囊**㊅。**無人覺**舊作競，一作與，荆公定作覺**來往**㊆，**疏懶意何長**㊇。上四，西郊途次之景。下四，草堂幽寂之況。　此詩大段，兩截分界，然逐層叙述，却是逐句順下，八句一氣。

齊，謂整書使齊。題，謂藥上標題。《杜臆》：此喜地僻，得以遂其疏懶也。

㊀《梁益記》：成都之坊，百有二十，第四曰碧雞坊。《輿地紀勝》：漢宣帝聞益州有金馬碧雞之神，

遣諫議大夫王褒持節醮祭而致之。其文曰：「持節使者王褒，敬移南崖金精神馬，縹緲碧雞，處南之荒，深溪迴谷，非土之鄉，歸來歸來，漢德無疆。」今北門石馬巷中有金馬祠。碧雞坊，在城之西南。

㈡《成都記》：草堂在府西七里。

㈢《華陽國志》：成都西南石牛門外曰市橋，下石犀所潛淵也。李膺《益州記》：冲星橋，市橋也，在今成都縣西南四里。漢舊州市在橋南，因以爲名。延岑渡市橋挑戰，即此。《陶侃傳》：都尉夏施，盗官柳種之己門。

㈣隋王由禮詩：早梅香野徑。

㈤潘岳《楊仲武誄》：披帙散書，屢覩遺文。帙，書衣也。

㈥《世説》：謝安看題，便各使四坐通。《史記·刺客傳》：夏無且以藥囊提荆軻。

㈦趙次公曰：荆公定爲「無人覺來往」，甚善。徐悱妻詩：惟當夜枕知，過此無人覺。梁簡文帝詩：會是無人覺，何用早梅妝。

㈧嵇康《絶交書》：性復疏懶。

王安石曰：老杜之「無人覺來往」，下得覺字大好。「暝色赴春愁」，下得赴字大好。若下見字、起字，即是小兒言語。足見吟詩要一字兩字工夫。

無人覺，謂不見人跡來往。黄注泥上出郊向堂，謂人不知己之來往，其説太曲。

和去聲裴迪登蜀州東亭送客逢早梅相憶見寄

此公往蜀州時，朱氏編在上元元年冬。《唐書》：蜀州唐安郡，屬劍南道。垂拱二年，析益州置。黄鶴曰：《九域志》：蜀州東至成都纔百里，宜公與裴頻有和寄。陳陰鏗詩：梁花畫早梅。

東閣官梅動詩興去聲㈠，**還如何遜在揚州。此時對雪遥相憶，送客逢春**一作花**可**一作更**自由**㈡。**幸不折**之舌切**來傷歲暮**㈢，**若爲看去亂鄉**一作春**愁。江邊一樹垂垂發**㈣，**朝夕催人自白頭**㈤。上四答裴詩意，下四對時感懷。裴有早梅之咏，故以何遜梅詩相比。相憶句，和詩題憶寄。送客句，和詩題送客。玩第三聯語氣，必裴詩有不及折贈之句，故答云幸不折來，免傷歲暮。若使一看，益動鄉愁矣。既而又自嘆曰：此間江梅漸發，亦覺催人頭白。蓋當衰老之年，觸處皆足傷情也。

㈠東閣，指東亭。官梅，官種之梅，猶言官柳。胡震亨曰：何遜墓誌：東閣一開，競收楊馬。杜甫東閣本此。誌載《墨莊漫録》。

㈡陸凱詩：折梅逢驛使，寄與隴頭人。江南何所有，聊贈一枝春。此曰逢春，是照早梅。梁簡文帝詩：逢春始發花。

㈢晉雜曲：折梅寄江北。

㊃何遜詩：江邊雲霧起。　陳蘇子卿詩：中庭一樹梅，寒多蕊未開。　楊慎云：梅花放皆下垂，故云垂垂。吴防《雪梅賦》：帶冷雪之垂垂。

㊄梅開歲暮，似催白頭。

黄生曰：此詩直而實曲，樸而實秀，其暗映早梅，婉折如意，往復盡情，筆力横絶千古。兩自字，有自己、自然之别。

楊德周曰：「幸不折來傷歲暮，若爲看去亂鄉愁」，必如此，方不墮詠物劫。王元美以爲古今詠梅第一。

朱鶴齡曰：何遜《揚州早梅》詩云：「兔園標物序，驚時最是梅。銜霜當露發，映雪凝寒開。枝横却月觀，花繞凌風臺。朝灑長門泣，夕驅臨邛杯。應知早飄落，故逐上春來。」遜時爲廣陵王記室，首云兔園，則以梁孝王園比之也。却月觀、凌風臺，應是園中臺觀名。《南史》：徐湛之出爲南兖州刺史，更起風亭、月觀、吹臺、琴室。遜，梁人，在徐湛之後。

錢謙益曰：遜本傳：天監中，遷中尉，建安王水曹行參軍，兼記室。王愛文學之士，日與遊宴。建安王者，南平元襄王偉初封也。天監六年，遷使持節都督揚南徐二州諸軍事、右軍將軍、揚州刺史。七年，以疾表解州。則遜爲建安王記室，正在揚州，故云「何遜在揚州」也。考《寰宇記》，風亭、月觀、吹臺、琴室，並在宫城東角池側，當即遜詩所詠耳。僞蘇注云：何遜爲揚州法曹，咏廨舍梅花。《一統志》亦載之。本傳無爲法曹事，但有《早梅》詩，見《藝文類聚》及《初學記》。今本《何記室集》作《揚州法曹梅花盛開》詩，乃後人未辨蘇注之僞，遂取爲題耳。

張希良曰：何遜《早梅》詩：「枝横却月觀，影動凌風臺。」月觀、風臺在建業，不在廣陵。《寰宇記》所載分明。沈約《郊居賦》「風臺承翼，月榭重楣」，當亦指此。若徐湛之所建之風亭、月觀、吹臺、琴室，自在廣陵，不當認爲一處。考廣陵之名揚州自隋始，遂爲建安王記室參軍，本在建業之揚州。閻若璩曰：今之揚州，在東漢爲廣陵郡，屬徐州，兩晉猶然。隋開皇九年，方於此置揚州總管府，故煬帝《泛龍舟》曲云：「借問揚州在何處？淮南江北海西頭。」前此揚州俱治建業，今江寧府是也。晉劉牧之謂揚州根本所係，不可假人，皆指建業言耳。

暮登四一作西安寺鐘樓寄裴十迪

此當是上元二年往蜀州時作。《蜀志》：新津縣南二里有四安寺，神秀禪師所建。

暮倚高樓對雪峰㈠，僧來不語自鳴鐘。孤城返照紅將斂㈡，近市浮烟翠且重平聲**㈢。多病獨愁常閴寂，故人相見未從**七容切**容㈣。知君苦思**去聲**緣詩瘦，太**一作大**向交游萬事慵。**

首聯鐘樓，次聯暮景，下四寄裴。　顧注：僧來不語，寫出彼此落落，漫不相顧之狀。惟旅中寂寞，故愈想故人耳。　趙大綱曰：裴之貌瘦，雖由躭詩所致，然於故舊交情亦太疏矣。蓋裴在蜀州，但寄詩而未嘗一過，故公諷之如此。

㊀楊德周曰：縣有修覺山，其上爲寶華山，以峰頂多雪，又名雪峰。

㊁張正見詩：秋色照孤城。

㊂王融詩：迅節淪浮烟。

㊃謝朓箋：從容讌語。

寄贈王十將軍承俊

據詩意，則王將軍在成都。詩題云寄贈，必上元二年在青城作。

將軍膽氣雄㊀，臂懸兩角弓㊁。纏結青驄馬㊂，出入錦城中。時危未授鉞㊃，勢屈難爲功。賓客滿堂上㊄，何人高義同㊅。上四，稱將軍之雄壯，下則惜其不當大任，而徒懷高義也。此似齊梁律詩，故上四未諧平仄。

㊀《光武紀》：諸將既經屢捷，膽氣益壯。魏文帝詩：猛將懷暴怒，膽氣正縱橫。

㊁左右二臂各懸一弓，故云兩角弓。《詩》：騂騂角弓。

㊂纏結，馬之裝飾。

㊃摯虞《新禮儀》：漢魏故事，遣將出征，符節郎授鉞於朝堂。趙曰：未授鉞，未爲大將也。

㊄《信陵君傳》：賓客滿堂，待公子舉酒。

㊅王融詩：高義幸知遊。

楊慎曰：五言律詩，起句最難。六朝人稱謝朓工於發端，如「大江流日夜，客心悲未央」，雄壓千古矣。唐人多以對偶起，雖森嚴而乏高古。宋周伯弜選《唐三體詩》，取起句之工者二：「酒渴愛江清，餘酣漱晚江」，又「江天清更愁，風柳入江樓」是也。語誠工而氣衰颯。余愛蘇頲「北風吹早雁，日日渡河飛」，張柬之「淮南有小山，嬴女隱其間」，杜子美「將軍膽氣雄，臂懸兩角弓」，孟浩然「八月湖水平，涵虚混太清」。雖律也，而含古意，皆起句之可法者。

奉酬李都督表丈早春作

朱氏亦編在二年。

力疾坐清曉㊀，**來詩**一作時，《律髓》作采詩**悲早春**㊁。**轉添愁伴客，更覺老隨人**荆作身㊂。**紅入桃花嫩，青歸柳葉新**。**望鄉應**平聲**未已，四海尚風塵**㊃。此據李詩而翻其意，全是自寫己懷。上四，乃申明上截。《杜臆》：言來詩但悲早春，我則有轉添而更甚者。愁伴客，老隨身，麾之不去，尤可悲也。且早春何必悲，當此桃嫩柳青，其景色亦正佳耳。但以四海猶亂，望鄉未歸，此我之所以聞詩而愈悲也。

㊀力疾，扶病强起也。《魏志》：司馬懿奏：臣輒力疾將兵。《晉書》：習鑿齒力疾著論一篇。

㊁劉琨詩序：適足以彰來詩之益美耳。陳子良詩：故落早春中。

㊂客人二字，俱就自己言。

㊃《漢書》：野無風塵之警。

「柳青桃復紅」，起於謝尚，襲用便成常語。梁簡文詩云：「水照柳初碧，烟含桃半紅。」乃借烟水以形其紅碧。杜云：「紅入桃花嫩，青歸柳葉新。」用歸入二字寫出景色之新嫩。皆是化腐爲新之法。

題新津北橋樓 得郊字

新津，乃蜀州屬縣，朱氏編在上元二年。《杜臆》：此蓋新津令設宴於樓上也。

望極春城上㊀，**開筵近鳥巢**㊁。**白花簷外朶，青柳檻前梢。池水觀爲政**㊂，**厨烟覺遠**去聲**庖**㊃。**西川供客**一作遠**眼**一作醉客，**惟有**一作偏愛**此江郊**㊄。通首皆樓上所見者，望極二字，直貫至末。

春城、鳥巢，屬外景；花簷、柳檻，屬内景；池水、厨烟，又屬席前之景。末則嘆美江郊也。

《杜臆》：設宴者乃邑令，故以池水比其官清。厨烟遠庖，又稱其有好生之仁。江郊供客眼，必田野闢而稻粱肥也。

㊀吴邁遠詩：春城起風色。

㊁梁簡帝詩：開筵命羽觴。　何遜詩：簷外鶯啼罷。

㊂庾信詩：池水朝含墨。《世説》：漢陽任棠，有奇節，隱居教授。龐仲達爲太守，到，先候之。棠不交言，但以水一盂置户屏前。仲達思其微意，良久，曰：「水者，欲吾清也。」在職以惠政得民。

㊃《列子》：庖厨之下，不絶烟火。《玉藻》：君子遠庖厨。

㊄鮑照詩：江郊靄微明。

遊修覺寺

朱氏編在上元二年。　《蜀總志》：修覺山，在新津縣治東南五里，山有修覺寺、絶勝亭。

野寺江天豁，山扉花竹幽㊀。**詩應**平聲**有神助**㊁，**吾得及春遊**㊂。**徑石相**一作深**縈帶**㊃，**川雲自**一作晚**去留**㊄。**禪枝宿衆鳥**㊅，**漂轉暮歸愁**。此初遊修覺寺而作也。上下兩截，遥相照應。

首聯，景之自外而内者，就一遠一近説；次聯，記入寺之事；三聯，景之自内而外者，就一静一動説；

末聯，記宿寺之情。　詩有神助，非自夸能詩，是云勝境能發詩興耳。川雲自去留，寫得流行無礙，語涉禪機。宿衆鳥，即陶詩衆鳥皆有託意。用禪枝二字，便於遊寺有關切。

㊀陳後主詩：雲色入山扉。

㊁《南史》：謝靈運嘗於永嘉西堂，吟詩不就，忽夢見族弟惠連，即得「池塘生春草」之句，云此語有神助。

㊂張駿詩：春遊誠可樂。

㊃梁武帝詩：面勢周大地，縈帶極長川。

㊄顧況詩：達生任去留。

㊅庾信《安昌寺碑》：禪枝四静，慧窟三明。

此詩「徑石相縈帶，川雲自去留」，乃摹寺前之景，説得瀟灑自如。陸放翁詩「泉石相縈帶，雲烟互吐吞」，此寫湖上之景，説得變見無常。一則參會禪機，一則曠觀物態，意各有指，雖脱胎而却非蹈襲。

後遊

鶴注：當是一春兩遊，故云：「江山如有待，花柳更無私。」

寺憶曾音層。一作重，一作新**遊處，橋憐再渡時。江山如有待㊀，花柳更無私㊁。野潤烟光**

薄㊂，**沙暄日色遲**㊃。**客愁全爲**去聲**減，捨此復**扶又切**何之**㊄？此重遊修覺寺而作也。在四句分截。江山花柳，足上曾遊；烟光日色，起下減愁。末聯與前章互應，蓋思家則生愁，覩景則銷愁也。如有待，依然待人；更無私，常得賞玩也。野潤之處，烟光微薄，是早景；沙暄之候，日色遲留，是晝景。

㊀庾信詩：暫有江山趣。

㊁何遜詩：復看花柳枝。

㊂梁元帝詩：烟光入綺帷。

㊃何遜詩：日色花中亂。

㊄《通鑑》：三秦父老，聞劉裕將還，詣門流涕，訴曰：「舍此欲何之乎？」

趙汸曰：杜詩有兩等句，皆嘗自言之。其一曰：「新詩改罷自長吟。」凡集中抑揚開闔，與造化爭衡於一字間者，皆是。其二曰：「意愜關飛動，篇終接混茫。」如此章「有待」、「無私」之類是也，蓋與造化相流通矣。

絶句漫興去聲九首

公經營草堂，在上元之始，此詩云「手種桃李」，又云「熟知茅齋」，應是二年春作。《杜臆》：興之所到，率然而成，故云《漫興》，亦竹枝、樂府之變體也。　九首逐章相承，各有次第。

眼見一作前**客愁愁不醒**㈠**，無賴春色到江亭**㈡**。即遣花開**一作飛**深**一作從**造**七到切**次**㈢**，便教**平聲。一作覺**鶯語太丁寧**㈣**。**　此因旅況無聊而發爲惱春之詞。《杜臆》：客愁二字，乃九首之綱。　衆眼共見客愁，春色突然而至，無賴甚矣。即遣便教，所謂無賴也。深造次，過於忙迫。太丁寧，厭其繁數。　人當適意時，春光亦若有情；人當失意時，春色亦成無賴，猶所謂「感時花濺淚，恨别鳥驚心」也。

㈠《楞嚴經》：同將眼見。

㈡《西京雜記》：新豐多無賴。　按：無賴本屬人，杜詩借以指物，前云「花無賴」，此云「無賴春色」是也。

㈢《抱朴子》：造次之接。

㈣孫綽詩：鶯語吟修竹。　皇甫謐詩：三命丁寧。

其二

手種桃李非無主㈠**，野老牆低還是**一作似**家。恰似春風相**陸音思必切**欺得**㈡**，夜來吹折數枝花。**　此章借春風以寄其牢騷，承首章花開。　桃李有主，且近家園，而春風忽然吹折，似乎造物亦欺人者。　惜桃李，正自惜羈孤也。

㈠陶潛詩：桃李羅堂前。

㈡陸放翁云：白樂天用相字，多作入聲，如「爲問長安月，如何不相離」是也。此詩亦當從入聲讀。王元之在商州，嘗賦詩云：「兩株桃杏映籬斜，裝點商州副使家。何事春風容不得，和鶯吹折數枝花。」其子嘉祐謂後二句頗與杜語相似，欲請易之。元之欣然更爲詩曰：「本與樂天爲後進，敢期杜甫是前身。」卒不復易。

其三

熟一作耐**知**晉作孰如**茅齋絶低小**㈠，**江上燕子故來頻。銜泥點汚**去聲**琴書内**㈡，**更接飛蟲打著涉略切人。**　此章借燕子以寓其感慨，承首章鶯語。　鶯去燕來，春已半矣。汚琴書，撲衣袂，即禽鳥亦若欺人者。　《杜臆》：遠客孤居，一時遭遇，多有不可人意者，故兩章皆帶寓言。

㈠熟知，就燕言。　徐陵詩：茅齋本自空。

㈡古詩：銜泥入君室。　梁虞龢《論書》：以手捉書，大點污。　陶潛詩：委懷在琴書。

其四

二月已破三月來㈠，**漸老逢春能幾回？莫思**草堂作辭**身外無窮事，且盡生前有限杯**㈡。　此章言春不暫留，有及時行樂之意。　《杜臆》：是達生語，亦是遣愁語。　此下三章，皆暮春景物。

㈠破，殘也。　沈佺期詩：别離頻破月。

㈡《世説》：張翰曰：「使我有身後名，不如生前一杯酒。」

其五

腸斷江春一云春江**欲盡**一作白頭㈠，**杖藜徐步立芳洲**㈡。**顛狂柳絮隨風舞**㈢，**輕薄桃花逐水流**㈣。此見春光欲盡，有傲睨萬物之意。顛狂輕薄，是借人比物，亦是託物諷人，蓋年老興闌，不耐春事也。此併下二章，聲調俱諧，不用拗體。

㈠鮑照詩：行子心腸斷。陳後主詩：春江詩一望。

㈡《莊子》：原憲杖藜而應門。曇瑗詩：徐步寡逢迎。《楚辭》：搴芳洲之杜若。

㈢《世説》：謝道韞《咏雪》詩：不如柳絮因風起。

㈣《西京雜記》：茂陵輕薄者化之。

許彦周曰：世間花卉，無踰蓮花者，蓋諸花皆藉暄風暖日，獨蓮花得意於水月，其香清涼，雖荷葉無花，亦自香也。梁江從簡爲《採荷調》云：「欲持荷作柱，荷弱不勝梁。欲持荷作鏡，荷暗本無光。」此語嘲何敬從，而波及蓮荷矣。春時濃麗，無過桃柳。桃之夭夭，楊柳依依，詩人言之矣。老杜云：「顛狂柳絮隨風舞，輕薄桃花逐水流。」不知緣誰而波及桃花與楊柳矣。

其六

懶慢無堪不出村㈠，**呼兒日**一作自**在掩柴門**㈡。**蒼苔濁酒林中静**㈢，**碧水春風野外昏**㈣。

此是酌酒留春，有物外逍遥之意。　無堪，無可人意者。林中静，聊以自適。野外昏，聽其自擾。

㈠嵇康書：懶與慢相成。　庾信《代閻將軍表》：臣實無堪。嵇康書：有不堪者七。

㈡《吴志》：吴王責孫綝曰：「築第南橋，不復朝見，此爲自在，無所復畏。」

㈢謝朓詩：蒼苔依砌上。

㈣梁房篆詩：前溪碧水流。　《爾雅》：野外爲林。

其七

糝桑感切，雜也**徑楊花鋪白氈**㈠，**點溪荷葉疊**一作累**青錢**一云鈿㈡。**筍**一作竹**根雉**一作稚**子無人見**㈢，**沙上鳧雛傍**去聲**母眠**。　此借景物以自娱，乃將夏之候也。　糝字、鋪字、點字、疊字，皆句中眼。　《夔州歌》用鶴子、鳧雛，與此詩用雉子、鳧雛同義。

㈠《神仙傳》：茅君大宴會，皆有青縑帳幄，下鋪重白氈。《唐書》：天寶中，童謡云：「燕燕飛上天，天上女兒鋪白氈。」

㈡《洞冥記》：連錢荇，荇如錢文。

㈢趙曰：雉，性好伏，其子身小，在筍旁難見。俗本訛作稚子，遂起紛紛之説。漢鐃歌有《雉子斑》。《西京雜記》：太液池中，鳧雛雁子，布滿充積。故以雉子、鳧雛作對。宋何承天樂府：雉子遊原澤，幼懷耿介心。　今按：舊作稚子，或以爲筍名，或以爲竹留，或以爲鼠名，或以爲食筍之竹豚，鼠形而大，或以爲公子宗文字稚子，皆謬説。

楊慎曰：絶句詩，一句一義，如杜詩此章，本於古詩《四時詠》。王維詩：「柳條拂地不忍折，松幹梢雲從更長。藤花欲暗藏猱子，柏葉初齊養麝香。」歐陽公詩：「夜涼吹笛千山月，路暗迷人百種花。棋散不知人换世，酒闌無奈客思家。」亦是此體。

其八

舍西柔桑葉可拈㈠，**江畔細麥復**扶又切**纖纖**㈡。**人生幾何春已夏**㈢，**不放香醪如蜜甜**㈣。

此與四章相應，前是逢春而飲，此則遇夏而飲。　桑青麥秀，言初夏農桑之樂。

㈠《詩》：爰求柔桑。

㈡纖纖，麥穗也。

㈢《左傳》：俟河之清，人壽幾何。

㈣《杜臆》：香醪，指郫筒酒。　傅玄《酒賦》：味蜜甜而膽苦也。

其九

隔户一云户外**楊柳弱嫋嫋**《杜臆》：嫋字叶平聲㈠，**恰似十五女兒腰**㈡。**誰謂朝來不作意**㈢，**狂風挽斷最長條**㈣。

此與二章相應，折花斷柳，皆歎所遭之不幸。　自春入夏，所詠花木禽鳥，俱隨時託興者，獨柳色夏青，而仍經摧折，故感慨終焉。

㈠鮑照詩：翩翩燕弄風，嫋嫋柳垂腰。

㈡《瑯琊王歌》：新買五尺刀，懸著中梁柱。三日三摩挲，劇於十五女。庾信詩：上林柳腰細。
㈢朝來作意，謂柳葉鮮翠。
㈣晉樂歌：日和狂風扇。庾信詩：河邊弱柳百丈枝，別有長條踠地垂。

李東陽《麓堂詩話》：少陵《漫興》諸絶句，有古竹枝詞意，跌宕奇古，超出詩人蹊徑。韓退之亦有之。

申涵光曰：絶句，以渾圓一氣，言外悠然爲正，王龍標其當行也。太白亦有失之輕者，然超軼絶塵，千古獨步。惟杜詩別是一種，能重而不能輕，有鄙俚者，有板澀者，有散漫潦倒者，雖老放不可一世，終是別派，不可效也。李空同處處摹之，可謂學古之過。「恰似春風相欺得，夜來吹折數枝花」，語尚輕便。「莫思身外無窮事，且盡生前有限杯」，似今小説演義中語。「糝徑楊花鋪白氈」，則俚甚矣。

客至原注：喜崔明府相過。

邵氏注：公母崔氏。明府，其舅氏也。此是草堂既成後春景。黄鶴編在上元二年。張綖注：前有《賓至》詩，而此云客至，前有敬之之意，此有親之之意。客至二字，見於《世説》。

舍南舍北皆春水㈠，但見一作有群鷗日日來。花徑不曾音層緣客掃㈡，蓬門今始爲去聲君開㈢。盤飧蘇昆切市遠無兼味㈣，樽酒家貧只舊醅鋪杯切㈤。肯與鄰翁相對飲，隔籬呼取

盡餘杯㊅。黄生曰：上四，客至，有空谷足音之喜。下四，留客，見村家真率之情。前借鷗鳥引端，後將鄰翁陪結，一時賓主忘機，亦可見矣。　盤飧、樽酒，略讀。市遠，指南市津頭。鄰翁，即南鄰北鄰也。

㊀錢箋：楊慎引韋述《開元譜》，謂倡優之人，居於社南社北，杜詩正用此，後人改社作舍。按：舍南、舍北，公所居也。若社南、社北，倡優之居，安得取以自況乎？引據舛誤，一至於此。朱瀚曰：首句用「在水一方」詩意，次句用海翁狎鷗故事。

㊁庾信詩：花徑日相攜。謝朓詩：安得掃蓬徑，銷此愁與疾。

㊂丘巨源詩：蓬門長自寂。

㊃飧，熟食也。醅，酒之未漉者。《左傳》：盤飧加璧。　潘岳作《夏侯湛誄》：重珍兼味。

㊄《易》：樽酒簋貳。《莊子》：顔淵曰：「回之家貧，不飲酒，不茹葷。」

㊅《抱朴子》：奇士碩儒，或隔籬而不接。

遣意二首

詩云「春水生」，又云「更移橙」，當是草堂成後逢春而作，蓋上元二年也。

囀枝黄鳥近㊀，**泛渚白鷗輕**。**一逕野花落**㊁，**孤村春水生**。**衰年催釀黍**㊂，**細雨更**一作夜

移橙㈣。**漸喜交游絶**㈤，**幽居不用名**。首章，叙草堂春日之景，藉以遣意。近，從囀字聽來；輕，從泛字看出。野花落，承囀枝；春水生，承泛渚。此皆天然佳句。釀黍移橙，乃閑居適情之事。謝交忘名，有澹然世外之思。末聯，不唯笑倒結客少年，亦且唤醒虚聲處士矣。申涵光曰：一徑、孤村二句，高岑秀句也。

㈠《詩》：交交黄鳥。

㈡江總詩：野花不識采。

㈢《春秋緯》：凡黍爲酒陽，據陰乃能動，故以麥釀黍爲酒。按《語林》：王無功有田十六頃在河渚間，自課種黍春秋釀酒。

㈣王洙曰：橙，香橙也。相如《上林賦》：黄甘橙榛。《華陽國志》：蜀有給客橙葵。

㈤《歸去來辭》：喜息交以絶游。

其二

簷影微微落㈠，**津流脈脈斜**㈡。**野船**一作松**明細火**㈢，**宿鷺**《杜臆》作鷺，他本作雁**起**一作聚**圓**一作寒**沙**㈣。**雲掩初弦月**㈤，**香傳小樹花**。**鄰人有美酒**㈥，**稚子夜**一作也**能賒**。次章，叙草堂春夜之景，皆堪遣意。首聯，將夜之景；次聯，入夜之景；三聯，久夜之景。末點夜字，上文皆有關束。因影落，故見流斜；因船火，故見鷺起；月爲雲掩，故花香暗傳。六句語平而意穿。《杜臆》：雁當作鷺，蓋因「建子月」詩句同而兩誤也。春來則雁北向，白露降則鷺飛去，其兩誤無疑。

㈠何遜詩：徘徊簷影斜。　沈約詩：積翠遠微微。
㈡古詩：脈脈不得語。
㈢吴注：庾信詩：細火落空槐。
㈣吴論：起沙、聚沙，須分別。火照鷺鷩，故此詩云起沙；寒雁群宿，故後詩云聚沙。皆當參定。
㈤庾肩吾詩：初弦值早秋。
㈥曹植詩：美酒斗十千。

杜詩詳注卷之十

漫成二首

黄鶴從舊編在上元二年。《杜臆》：二詩格調疏散，非經營結搆而成，故云漫成。

野日一作月**荒荒**一作茫茫**白**㈠，**春**一作江**流泯泯清**㈡。**渚蒲隨地有**㈢，**村徑逐門成。只作披衣慣**㈣，**常從漉酒生**㈤。**眼邊無俗物**㈥，**多病也**去聲**身輕。**首章，對景怡情，有超然避俗之想。洪注：荒荒，不甚白。泯泯，不甚清。蒲隨地，生意可觀。逕逐門，往來自如。披衣習慣，言疏放已久。漉酒爲生，見醉鄉可樂。眼無俗物，得以獨適己性矣。

㈠江淹詩：野日燒中昏。《莊子》：日月之光，益以荒矣。

㈡何遜詩：共見春流瀰。朱注：張有《復古編》云：湣，古活字。泯泯，是活活之誤。不知泯泯、活活，意象各不侔。

㈢梁昭明太子詩：渚蒲變新節。

㊃披衣，出《莊子》。

㊄漉酒，本陶潛。據陶詩云：「相思則披衣，言笑無已時。」此兼舉之，蓋欲與淵明同調，不屑與俗客爲伍也。

㊅《世説》：嵇、阮、山濤，竹林酣飲。王戎後往，阮曰：「俗物已復來敗人意。」申涵光曰：杜詩善用疊字，如「野日荒荒白」、「宿鷺娟娟凈」、「江市戎戎暗」、「山雲淰淰寒」之類，皆非意想所及。

其二

江皋已仲春㊀，花下復扶又切**清晨。仰面貪看**平聲**鳥，回頭錯應人㊁。讀書難字過，對酒滿壺頻。近識峨嵋老㊂，**原注：東山隱者。**知余懶是真㊃。**前章上四句，説花溪外景。此章上四句，説草堂内景。前章披衣漉酒，樂在身閒。此章讀書對酒，樂在心得。末云「懶是真」，總不欲與俗物爲緣。次章隨時適興，申前章未盡之意。

㊀《楚辭》：秣余馬兮江皋。師氏曰：皋，緩也。江岸土性緩，故曰江皋。

㊁劉琨詩：回頭已百萬。看鳥、錯應，寫出應接不暇之意。朱子《或問》引爲心不在焉之證，亦斷章取義耳。

㊂《水經注》：《益州記》云：峨嵋山，在南安縣界，去成都南千里。然秋日清澄，望見兩山相峙，如蛾眉焉。《列仙傳》：陸通者，楚狂接輿也，好養生，遊諸名山，在蜀峨嵋山上，世世見之。

㊃庾信詩：知余是執珪。

讀書難於字過，老年眼鈍也。對酒不覺頻傾，借酒怡情也。舊注謂難識之字，任其讀過，不復考索。視讀破萬卷者，竟作粗心涉獵之人，豈不枉屈少陵。胡夏客又謂經眼之字，難於輕過，正是從容探討、善讀書處，然於本章大意，亦不相符。

春夜喜雨

黄鶴編在上元二年春，在成都作。

好雨知時節㊀，當春乃一作及**發生㊁。隨風潛入夜㊂，潤物細無聲㊃。野徑雲俱黑㊄，江船火獨明㊅。曉看紅濕處，花重錦官城㊆。**

潛入、細潤，正狀好雨發生。雲黑、火明，雨中夜景。紅濕、花重，雨後曉景。應時而雨，如知時節者。雨驟風狂，亦足損物。曰潛、曰細，寫得脈脈綿綿，於造化發生之機，最爲密切。三四屬聞，五六屬見。

㊀申涵光曰：「好雨知時節」，此《毛詩》所謂靈雨也。周王褒詩：時節無春冬。

㊁《抱朴子》：藏華於當春。《莊子》：春氣發而百草生。

㊂《易》：隨風巽。《鹽鐵論》：周公太平之時，旬而一雨，雨必以夜。

㊃《吴志》：臧均曰：「繼之以雲雨，因以潤物。」　細無聲，即《鹽鐵論》所謂雨不破塊也。

㊄沈約詩：野徑既盤紆。

㊅何遜詩：澄江照遠火。

㊆梁簡文帝詩：漬花枝覺重。　言經雨紅濕，花枝若重也。《杜臆》：重字無人能下。

春水

同上年。　江淹《别賦》：春水緑波。

三月桃花浪一作水㊀，**江流復舊痕**㊁。**朝來没沙尾**一作岸㊂，**碧色動柴門**㊃。**接縷垂芳餌**㊄，**連筒灌小園**㊅。**已添無數鳥**㊆，**争浴故相喧**。《英華》作：不知無數鳥，何意更相喧。　上四春江水漲，下四春江景事。　水深則線短，故釣須接縷。水高則近岸，故車可連筒。鳥浴聲喧，得水爲樂也。

㊀《漢·溝洫志》：來春桃花水盛。　注：《月令》：仲春之月，始雨水，桃始華。蓋桃方華時，既有雨水，川谷冰泮，衆流猥集，波瀾盛長，故謂之桃花水。桃花水又見《杜欽傳》。趙曰：《韓詩》於「溱與洧，方涣涣兮」注云：謂三月桃花水下時也。

㈡王粲詩：率彼江流，爰逝靡期。

㈢曹毗賦：飛鷺下乎沙尾。

㈣《别賦》：春草碧色。

㈤《黄石公記》：芳餌之下，必有懸魚。

㈥李實曰：川中水車如紡車，以細竹爲之，車骨之末，縛以竹筒，旋轉時低則舀水，高則瀉水，故曰：「連筒灌小園。」若夔州府修水筒，則引山泉者。舀，以沼切，挹水也。《杜臆》：昔在蜀，見水車連綴竹筒於轉輪上，以灌田園，其來久矣。　庾信有《小園賦》。

㈦朱超《獨棲鳥》詩：寄語故林無數鳥，會入群裏比毛衣。

江亭

從舊次，編在上元二年。

坦腹江亭暖㈠，長吟野望時㈡。水流心不競㈢，雲在胡夏客云：在，疑作住**意俱遲㈣。寂寂春將晚㈤，欣欣物自私㈥。故林歸未得，排悶强**區兩切**裁詩。**草堂本云：江東猶苦戰，回首一顰眉㈦。

上四江亭之景，下乃對景感懷。　水流不滯，心亦從此無競。閒雲自在，意亦與之俱遲。二句有淡然物外、優游觀化意。　春暮之時，物各得所，獨羈旅無歸，故裁詩以排悶。末句應上長吟。

㈠坦腹，借用王羲之東牀坦腹字。

㈡應瑒詩：永思長吟。　陰鏗詩：王城野望通。

㈢《易》：水流而不盈。　《左傳》：心則不競。

㈣西王母《白雲謡》：白雲在天，山陵自出。

㈤何遜詩：沙汀暮寂寂。

㈥《歸去來辭》：木欣欣以向榮。

㈦黄生謂結語宜從草堂本。當此春光和煦，物各得所，思及人猶苦戰，不禁傷心蹙額矣。今按：此時惟河北未平耳，江東却無所指。

張九成子韶曰：陶淵明云：「雲無心以出岫，鳥倦飛而知還。」杜子美云：「水流心不競，雲在意俱遲。」若淵明與子美相易其語，則識者必謂子美不及淵明矣。觀雲無心，鳥倦飛，則可知其本意。至於水流而心不競，雲在而意俱遲，則與物初無間斷，氣更混淪，難輕議也。

王嗣奭曰：中四，居然有道之言。公性禀高明，當閒適時，道機自露，故寫得通透如此。覺雲淡風輕，無此深趣。

按此章云「欣欣物自私」，有物各得所之意。前詩云「花柳更無私」，有與物同春之意。分明是沂水春風氣象。

早起

依舊次在上元二年。《内經》：早卧早起。

春來常早起，幽事頗相關。帖石防隤徒回切**岸㊀，開林出遠山㊁。一丘藏曲折㊂，緩步有躋攀㊃。童僕來城市，瓶中得酒還。**惟幽事關心，故春常早起。次聯，幽事之在外者。三聯，幽事之在内者。童僕攜酒，可以遂此幽興矣。吴論：江岸將隤，故貼石以防之。遠山蒙翳，故薙林以出之。

㊀隤，下墜也。

㊁隋煬帝詩：雲散遠山空。

㊂一丘，指草堂。班固書：嚴子棲遲一丘之中，不易其樂。張纘啟：至於一丘一壑，自謂出處無辨。王襃《四子講德論》：曲折不失節。

㊃《戰國策》：緩步以當車。

方虚谷曰：杜此等詩，乃晚唐之祖。千鍛百鍊，似此者極多。尾句别换意，亦晚唐所必然者。

落日

此及下章，大抵皆上寶間作，姑依蔡氏附在上元二年之春。黄鶴編在寶應元年，亦無確據。

落日在簾鈎㈠，溪邊春事幽。芳菲緣岸圃㈡，樵爨倚灘舟㈢。啅雀争枝墜㈣，飛蟲滿院遊。 此詠春日暮景。春事幽，領起中四。**濁醪誰造汝，一酌**一云酌罷**散千愁㈤。** 一云一酌罷人憂。

芳菲、樵爨，溪前幽事。啅雀、飛蟲，堂前幽事。皆承落日言。趙汸注：首句天然晚景，得句在此，故以命題。《杜臆》：公見此幽事，情與景會，不自知其樂之所自，而歸功於酒曰：是誰造汝，一酌而千憂俱散乎。然亦由胸無宿物，故能對景忘憂耳。

㈠庾信詩：簾鈎銀蒜條。

㈡《楚辭》：芳菲滿堂。庾信詩：園苑足芳菲。

㈢《史記》：樵蘇後爨。趙曰：樵爨之舟，倚灘而泊。

㈣張遠注：北齊張子信，善風角。奚永落與子信坐，鵲鳴庭樹，鬬而墜，子信曰：「有口舌事，雖勅喚亦不可往。」是夜瑯琊王五使召，辭之，詰朝難作。

㈤東方朔曰：積憂者得酒而解。

謝茂秦曰：五律首句用韻，宜突然而起，如「落日在簾鈎」是也。

趙汸曰：唐詩「鬬雀翻簷散，驚蟬出樹飛」，宋梅聖俞詩「懸蟲低復上，鬬雀墮還飛」，俱本此詩。

可惜

花飛有底急，老去願春遲。可惜歡娱地，都非少去聲**壯時。寬心應**平聲**是酒，遣興**去聲**莫過**平聲**詩。此意陶潛解，吾生後汝期。**年老逢春，上四自惜。寄情詩酒，下四自遣。起二，已領全意，言花有何事而急飛去乎，我衰老之人，願春色少留也。《杜臆》：三四正發願春遲，到此歡娱之地，惜非少壯之時，不復能有爲矣。今惟借詩酒以寬心遣興，此意惟陶潛能解，而恨予生之晚也。蓋陶雖隱約於柴桑、栗里間，觀其美三良之殉主，羡荆軻之報仇，慕田疇之節義，知其非忘世者，但不逢時耳。公亦有志濟世，而厄於窮愁，故託之以自況歟。通首逐句流對，似古詩，却是律體，清灑逸宕。

申涵光曰：「可惜歡娱地，都非少壯時」，是「歡娱恨白頭」注脚。下云：「寬心應是酒，遣興莫過詩。」語近淺率矣。如《定官後》詩：「老夫怕趨走，率府且逍遥。」詞亦近俚。此皆開長慶一派，非盛唐氣象也。

獨酌

黄鶴編在上元二年作。周王褒詩：獨酌止輕瓢。

步屧一作步履。一作倚杖**深林晚**㈠**，開樽獨酌遲。仰蜂粘落絮**趙作蘂，行户郎切。一作倒蟻上**行，行列上聲枯梨。薄劣慚真隱**㈡**，幽偏得自怡**㈢。**本無軒冕意**㈣**，不是傲當時。**上四獨酌之景，下四獨酌之情。步林向晚，獨酌從容，故得詳玩物情。此時逸興自娱，可以忘情榮禄矣。行，行列也。或作倒蟻，便與仰蜂同意。下四句，輾轉説來，有自憐自慰意。言才劣見棄，非同真隱，但對此幽勝，聊以自怡耳。才薄劣，故無軒冕之志。非真隱，又何敢笑傲當時乎？

㈠《淮南子》：深林叢薄。

㈡謝靈運詩：彼美丘園道，喟然傷薄劣。《南史》：何尚之致仕方山，著《退居賦》以明所守。後還攝職，袁淑録古隱士有踪無名者，爲《真隱傳》以嗤焉。

㈢陶弘景詩：山中何所有，嶺上多白雲。只可自怡悦，不堪持贈君。

㈣《莊子》：今之所謂得志者，軒冕之謂也。謝朓詩：志狹輕軒冕。

徐步

黄鶴從舊次在上元二年春作。　曇瑗詩：徐步寡逢迎。

整履一作屐。一作屣步青蕪㈠，荒庭日欲晡㈡。芹泥隨燕觜，蕊粉龔芥隱《筆記》作蕊粉。一作花蕊上上聲蜂鬚㈢。把酒從衣濕，吟詩信杖扶。敢論平聲才見忌，實有醉如愚㈣。上四徐步景物，下四徐步情事。　此庭内徐步也。燕銜泥而至，蜂採蕊而回，皆在日晡以後。步而把酒，故至傾衣。步而吟詩，故猶攜杖。才見忌，承詩。醉如愚，承酒。曰從、曰信，猶云憑他、任他。

㈠《杜臆》：公閒暇疏懶，卧時多而行時少，故須整履而起。

㈡張協詩：荒庭寂以閒。　《列子》：日至於悲谷，是謂晡時。

㈢《埤雅》云：蜂蝶醜，皆以鬚嗅。鬚，蓋其鼻也，故杜詩云：「花蕊上蜂鬚。」

㈣《論語》：不違如愚。

懶真子曰：古人吟詩，絶不草草，至於命題，各有深意。老杜《獨酌》詩云：「步屧深林晚，開樽獨酌遲。仰蜂粘落絮，行蟻上枯梨。」《徐步》詩云：「整履步青蕪，荒庭日欲晡。芹泥隨燕觜，花蕊上蜂鬚。」且獨酌，則無獻酬也。徐步，則非奔走也。以故蜂蟻之類，細微之物，皆能見之。若與客對談，或急趨而過，則何暇致詳至是。嘗以此問諸舅氏，舅氏曰：《東山》之詩，蓋嘗言之：「伊威在室，蠨蛸在户。町疃鹿場，熠燿宵行。」此物尋常亦有之，但人獨居閒處時，乃見得親切耳。杜詩之原出於此。

寒食

黄鶴從舊編在上元二年，浣花溪作。《歲時記》：去冬至一百五日，有疾風甚雨，謂之寒食。據曆在清明前二日。

寒食江村路一作樹，**風花高下飛**㊀。**汀烟輕冉冉**㊁，**竹日浄暉暉**㊂。**田父**一作舍**要**平聲**皆去**㊃，**鄰家問**一作鬧**不違**㊄。**地偏相識**一作失**盡，雞犬亦忘歸**一作機㊅。上四，寒食所見之景。下四，寒食所接之人。招要則赴，饋問不辭，人情既相親狎，至於雞犬忘歸，物性亦與之相忘矣。

㊀江總詩：風花拂舞衣。
㊁陶潛詩：冉冉星氣流。
㊂何遜詩：暉暉視落日。
㊃陶詩：田父有好懷。

㈤劉向《新序》：出訟鄰家，未爲通計。《詩》：雜佩以問之。注：問，遺也。

㈥《漢書》：高帝作新豐，一如豐沛道路人家，雞犬放之，皆識其家。遠注：江村止八九家，故盡相識。

石鏡

《石鏡》、《琴臺》二詩，黄鶴編在上元二年成都内。顧注：公詩有云：「石鏡通幽魄，琴臺點絳脣。」乃後來復遊者。《華陽國志》：武都有一丈夫，化爲女子，美而艷，蓋山精也。蜀王納爲妃，無幾物故。蜀王遣五丁之武都，擔土作冢，蓋地數畝，高七丈，上有石鏡表其門，今成都北角武擔是也。後王悲悼，作《臾邪》之歌、《龍歸》之曲。《寰宇記》：冢上有一石，厚五寸，徑五尺，瑩徹，號曰石鏡。楊德周曰：《路史》：開明妃墓，今武擔山也，有二石闕。武陵王蕭紀掘之，得玉石棺，棺中美女，顏色如生，體如冰，掩之而寺其上，鏡周三丈五尺。

蜀王將此鏡，送死置空山㈠。**冥寞憐香骨**㈡，**提攜近玉顔**㈢。**衆妃無復**扶又切**歎，千騎**去聲**亦虚還。獨有傷心石，埋輪月**黄作玉字間㈣。上四叙石鏡之由，下則覩鏡而生感也。當時留石表墓，爲憐香骨，故攜鏡以對玉顔。及送葬之後，衆妃既去，千騎亦歸，獨有山留片石，長映月光而已。傷心石，謂哀思寄於此石。歎，謂送葬哀聲。他注謂衆妃妬寵，美人亡而無復歎恨。語意太曲。

㊀《易林》：悲哀哭泣，送死離鄉。

㊁謝惠連《祭古塚文》：號爲冥寞君。張華詩：死聞俠骨香。

㊂《神女賦》：苞温潤之玉顔。

㊃輪，指圓鏡。後漢張綱埋輪都亭，此借用其字。江總詩：月宇照方疏。宋之問詩：賓至星槎落，仙來月宇空。

兩詩，譏古人之好色也。一則死後猶憐，一則病中尚愛。當時眷戀若此，豈知美人黄土，鏡前無色，臺畔無聲，則癡情皆屬幻相矣。

琴臺

《寰宇記》：《益部耆舊傳》：相如宅在州西笮橋北百許步，有琴臺在焉。《成都記》：琴臺院，以相如琴臺得名，而非其舊。舊臺，在城外浣花溪之海安寺南，今爲金花寺。元魏伐蜀，下營於此，掘塹得大甕二十餘口，蓋所以響琴也。隋蜀王秀更增五臺，并舊爲六。

茂陵多病後，尚愛卓文君㊀。酒肆人間世㊁，琴臺日暮雲㊂。野花留寶靨益涉切㊃，**蔓草見**

音現**羅裙**㈤。**歸鳳求凰意，寥寥不復**扶又切**聞**㈥。上四遡琴臺遺事，下則登臺而弔古也。病後猶愛，言鍾情獨至。酒肆二句，寫茂陵生前之事，是昔日琴臺。野花二句，想文君殁後之容，是今日琴臺。歸鳳求凰，乃當時琴心所託，末故用此作結。

㈠《史記》：司馬相如，蜀郡成都人，字長卿，以貲爲郎，因病免歸，而家貧。時卓王孫有女新寡，好音，相如以琴心挑之。文君夜亡奔相如，與俱之臨邛。盡賣其車騎，買一酒舍酤酒，而令文君當壚，相如自滌器於市中。又曰：相如常有消渴病，既病免，家居茂陵。庾信詩：茂陵忽多病。

㈡《漢書》韋昭注：壚，酒肆也。《莊子·内篇》有《人間世》。

㈢江淹詩：日暮碧雲合，佳人殊未來。

㈣江總詩：野花不識采。《説文》：靨，頰輔也。趙曰：寶靨，花鈿也。《酉陽雜俎》：近代妝尚靨如射月，曰黄星靨。靨鈿之名，蓋自孫和鄧夫人始。朱注：唐時婦女多貼花鈿於面，謂之靨飾。李賀詩「花合靨朱紅」是也。

㈤《詩》：野有蔓草。班婕妤《擣素賦》：曳羅裙之綺靡。江總妻《賦庭草》詩：雨過草芊芊，連雲鎖南陌。門前君試看，似妾羅裙色。

㈥左思詩：寥寥空宇内。

按趙汸注云：玩人世於酒肆之中，思暮雲於琴臺之上，狀其不羈而多情，此説得之。他家謂酒肆徒傳人世，琴臺空映暮雲，與下截混同，故不必從。

黄生曰：作此題者，有二種語。輕薄之士，慕其風流。道學之儒，譏其淫佚。慕者徒騁艷詞，譏者動多腐句，均去風雅遠矣。此詩低徊想像，若美之不容口者，其實譏世俗之好德不如好色耳。清辭麗句，攀屈宋而軼齊梁，豈後世文士老儒所能望其後塵哉。

《玉臺新咏》：相如《琴歌》曰：鳳兮鳳兮歸故鄉，遨遊四海求其凰，時未遇兮無所將。何悟今日登斯堂，有艷淑女在閨房。室邇人遐愁我腸，何緣交頸爲鴛鴦。又歌曰：凰兮凰兮從我棲，得托孳尾永爲妃。交情通體心相怡，中夜相從知者誰。雙羽俱起翻高飛，無感我心使予悲。

春水生二絶

鶴注：此當是上元二年春作。詩云「小灘渾欲平」，則在浣花溪矣。

二月六夜春水生㈠，門前小灘一云籬**渾**平聲**欲平。鸕鷀鸂鶒莫漫喜㈡，吾與汝曹俱眼明。**

此章見春水而喜。　趙曰：玩末二句意，公可謂與物委蛇，而同其波矣。

㈠《吴志·孫權傳》：春水方生。

㈡《淮賦》：鸂鶒尋邪而逐害。

其二

一夜水高二尺《杜臆》作丈**强，數日不可更禁**平聲**當。南市津頭有船賣，無錢即買繫**音計**籬**

旁。此章見水至而憂。强，多也。禁當，禁止也。無錢買船，誠恐水没草堂耳。

羅大經曰：少陵詩有全篇用常俗語而不害其爲超脱，如此章是也。

江上值一作置水如海勢聊短述

此當是上元二年作。吴論：江上值水勢如海，公見此奇景，偶無奇句，故不能長吟，聊爲短述耳。題意在下三字，故通篇皆作自謙之詞。詩云「春來花鳥」，又言「新添水檻」，蓋草堂成後，又逢春水也。

爲人性僻耽佳句，語不驚人死不休㈠。**老去詩篇渾漫與**從黄鶴本，别作興，**春來花鳥莫深愁**㈡。**新添水檻供垂釣**㈢，**故著**涉略切**浮槎替入舟**㈣。**焉**於虔切**得思**去聲**如陶謝手**㈤，**令**平聲**渠述作與同遊**㈥。此一時拙於詩思而作也。少年刻意求工，老則詩境漸熟，但隨意付與，不須對花鳥而苦吟愁思矣。檻外浮槎，代作釣舟，此水勢之盛也。才非陶謝，無此述作，聊爲短述而已。《杜臆》：玩末二句，公蓋以陶謝詩爲驚人語也，此惟深於詩者知之。

㈠雖死不休，甚言求工。

㈡趙注：將愁字屬花鳥説，蓋詩人形容刻露，花鳥亦應愁怕，猶崔日用詩「朝來花鳥若有情」也。

錢箋：春來花明鳥語，酌景成詩，莫須苦索，愁句不工也。若指花鳥莫須愁，豈知花鳥得佳詠，則光彩生色，正須深喜，何反深愁耶？

㊂《説文》：檻，櫳也。軒窗之下，爲欞曰欄，以板曰檻。

㊃槎，木桴也。楊師道詩：卧柳礙浮槎。　渾，皆也。漫，徒也。替，代也。

㊄陶謝，謂淵明、惠連。

㊅《抱朴子》：徒疲勞於述作。

《吕氏童蒙訓》曰：陸士衡《文賦》：「立片言以居要，乃一篇之警策。」此要論也。文章無警策，則不足以傳世，蓋不能竦動世人。如杜子美及唐人諸詩，無不如此。但晉宋間人，專致力於此，故失於綺靡而無高古氣味。杜詩云：「語不驚人死不休。」所謂驚人語，即警策也。

朱瀚曰：少陵對錦江水而袖手，青蓮對黄鶴樓而閣筆，其警悟後學不淺。然玩頷聯，亦有漸老漸熟之意，故字用借對法。

今按：作詩機神偶有敏鈍，忽然機到，則曰「詩應有神助」；忽然機澀，則曰「老去詩篇渾漫與」。若云公自五十後，年衰才盡，何以又曰「晚節漸於詩律細」乎？今考夔詩，如《秋興》八首、《諸將》五首、《詠懷古跡》諸作，皆極精彩，未可謂皆率意漫與也。

黄鶴本及趙次公注皆作「漫與」。《韻府群玉》引此詩，亦作「漫與」。王介甫詩：「粉墨空多真漫與。」蘇子瞻詩：「袖手焚筆硯，清篇真漫與。」皆可相證。諸家因前題《漫興》九首，遂并此亦作「漫興」。

按上聯有句字，次聯又用興字，不宜疊見去聲。

水檻遣心一作興二首

邵注：草堂水亭之檻，言憑檻眺望以遣心也。

去郭軒楹敞，無村草堂本作材**眺望賒。澄江平少岸，幽樹晚多花。細雨魚兒出㈠，微風燕子斜。城中十萬户，此地兩三家㈡。**此章詠雨後晚景，情在景中。中四，皆水檻前所眺望者。末聯，遥應郭村，以見郊居之清曠。八句排對，各含遣心。

㈠梁簡文帝詩：細雨階前入。

㈡黄希曰：成都户十六萬九百五十，此云「城中十萬户」，雖未必及其數，亦夸其盛耳。

葉石林曰：詩語忌過巧，然緣情體物，自有天然之妙。如老杜「細雨魚兒出，微風燕子斜」，此十字，殆無一字虚設。細雨着水面爲漚，魚常上浮而淰。若大雨，則伏而不出矣。燕體輕弱，風猛則不勝。惟微風乃受以爲勢，故又有「輕燕受風斜」之句。

其二

蜀天常夜雨㈠，江檻已朝晴。葉潤林塘密㈡，衣乾音干**枕席清㈢。不堪祗**音支**老病，何得尚**

一作向浮名。淺把涓涓酒㊃，深憑送此生㊄。次章，説初晴曉景，下四言情。葉潤承雨，衣乾頂晴。老病忘名，酒送餘生，此對景而遣懷也。

㊀蜀中雅州，常多陰雨，號曰漏天。

㊁王勃詩：林塘花月下，别是一番春。

㊂陶潛詩：夜中枕席冷。

㊃《杜臆》曰：淺把，見無奢願也。

㊄遠注：公詩喜用送字，如送老、送此生之類，然亦有本。謝朓詩「遠近送春日」，沈約詩「送日隱高閣」，亦曾用之矣。

江漲

梁氏編在上元二年。《杜臆》：時必蜀中有兵亂，感江漲而起興，故有末句。

江發蠻夷漲㊀，山添雨雪流㊁。大聲吹地轉，高浪蹴天浮㊂。魚鼈爲人得㊃，蛟龍不自謀㊄。輕帆好去便，吾道付滄洲㊅。雨降雪融，江漲之由。地轉天浮，江漲之勢。魚龍失所，江漲所驅。輕帆浮海，江漲有感也。次聯句意警拔，全在吹蹴兩字，下得奇雋。近岸，故爲人得。窟移，故不自謀。

㈠洙曰：蜀水之源，皆出夷地。

㈡鶴曰：蜀山高而陰，經年雪不消，今惟水勢之盛，衝之而流也。

㈢《海賦》：似地軸拔挺而争迴。又：浮天無岸。地轉、天浮四字，本此。郭璞詩：高浪駕蓬萊。

㈣《新序》：魚鼈之居也，厭深而之淺，故得。

㈤《史記·孔子世家》：蛟龍不合陰陽。

㈥滄洲，神仙境也。何遜詩：獨宿下滄洲。

朝雨

當是上元二年秋作。

涼氣曉一作晚，非**蕭蕭**㈠，**江雲亂眼飄**㈡。**風鳶**一作鴛**藏近渚，雨燕集深條。黄綺終辭**一作**投漢**㈢，**巢由不見堯**㈣。**草堂樽酒在，幸得過清朝**一作宵㈤。上四朝雨之景，下四對雨感懷。

涼氣、江雲，雨勢驟來。鳶藏、燕集，禽鳥避雨也。又以古人自況，蓋將託草堂於世外歟。

㈠庾肩吾詩：北園涼氣高。

㈡庾信詩：鶯花亂眼飄。又：雲光偏亂眼。

㈢四皓避秦，入商洛山，漢高帝召之不至。夏黄公、綺里季，四皓之二人也。庾闡《閒居賦》：黄綺結其雲樓。

㈣《漢書》：王莽以安車迎薛方，方辭謝曰：「堯舜在上，下有巢由。」《逸士傳》：巢父聞許由之爲堯所讓也，曰：「汝何不隱汝形，藏汝光？」由悵然不自得，乃過清泠之水，洗其耳。

㈤陶潛詩：清朝起南颸。

晚晴

《杜臆》：朝雨而晚晴，乃同日所作。　何遜詩：褰裳對晚晴。

村晚驚風度㈠，庭幽過雨霑㈡。夕陽薰細草㈢，江色映疏簾㈣。書亂誰能帙，杯乾音干**自可添。時聞有餘論㈤，未怪老夫潛。**　薰草映簾，晚晴之景。整書酌酒，晚晴之事。末有與俗相安之意。言時聞蜀人之論，未嘗怪此一潛夫也。　本傳謂公在成都，與田夫野老相狎蕩。蓋能親厚於人而人共悦之，故有後二句。洪注：老夫潛，只是説老潛夫，特倒拈以協韻耳。舊注因後漢王符有《潛夫論》，遂將論字屬自己，其説難通。

㊀曹植詩：驚風飄白日，忽然歸西山。

㊁陸瓊詩：庭幽花似雪。

㊂《詩》：度其夕陽。《别賦》：陌上草薰。鮑照詩：北園有細草。

㊃黄生注：江色映簾，夕陽返照故也。梁元帝詩：疏簾度晚光。

㊄《子虚賦》：願聞先生之餘論。孔融書：乃使餘論遠聞。《宋書·江夏王傳》：如聞外論，不以爲非。

高柟

從舊次在上元二年。《爾雅》：梅柟。注：似杏實酸，俗作楠。鶴曰：公有《柟樹爲風雨所拔歌》云：「倚天柟樹草堂前。」此云：「接葉製茅亭。」歌云：「浦上童童一蓋青。」此云：「江邊一蓋青。」故知即此柟樹也。

柟樹色冥冥，江邊一蓋青。近根開藥圃㊀，接葉製茅亭。落景音影**陰猶合㊁，微風韻可聽**平聲㊂。**尋常絶醉困㊃，卧此片時醒。**中四皆屬叙景。但近根接葉，連上柟樹，落景微風，起下醉卧，仍在上下四句分截。

㈠開，墾土也。

㈡謝朓詩：落景皎晚陰。

㈢蕭子範詩：試逐微風遠。

㈣醉困，即酒困也。

惡樹

黄鶴編在上元二年。

獨繞虚齋徑，常持小斧柯㈠。幽陰成頗雜，惡木剪還多㈡。枸杞因一作固**吾有㈢，雞棲奈汝**一作爾**何㈣。方知不材者**一云木**，生長**丁丈切**漫婆娑㈤。**上四厭惡木難除，下嘆其徒生無益。「惡木剪還多」起下四句，言枸杞延年，若因吾而有者，雞棲賤樹，奈何其復叢耶。可見不材漫生，物類亦有然者。

㈠古銘：毫末不斬，將尋斧柯。

㈡何遜詩：惡木寧無榦。

㈢道書：千年枸杞，其形似犬，故以枸名。《高隱外書》：朱孺子居大若巖，食枸杞根，身輕。

㊃朱注：《急就篇注》：皂筴樹，一名雞棲。《魏志》：劉放、孫資，久典樞要。夏侯獻、曹肇心不平。殿有雞棲樹，二人相謂：「此亦久矣，其能復幾。」《莊子》：此木以不材得終天年。

㊄《詩》注：婆娑，舞貌。《世説》：殷仲文與衆在聽，視槐良久，嘆曰：「此樹婆娑，無復生意。」

江畔一作上獨步尋花七絶句

鶴曰：詩云「東望少城花滿烟」，當是在浣花溪作。　舊編在寶應元年，朱本編在上元二年。

江上被花惱不徹㊀，**無處告訴只顛狂**㊁。**走覓南鄰愛酒伴**，原注：斛斯融，吾酒徒。**經旬出飲獨空牀**。首章乃尋花獨步之由。《杜臆》：顛狂二字，乃七絶之綱。　不逢酒伴，故獨步花前耳。

㊀徹，盡也。

㊁《晉陽秋》：謝尚收涕告訴。

其二

稠花亂蕊裹舊作畏，《正異》定作裹**江濱**㊀，**行步欹危實**一云獨**怕春**㊁。**詩酒尚堪驅使在，未須料理白頭人**㊂。遠注：此初至江邊而作。　行步欹危，老年之狀。　詩酒堪使，不須慮死也。　前二自悲，後二自慰。《杜臆》：前云花惱，此云怕春，皆用反語。詩酒曰驅使，白頭曰料理，出語皆奇。

㈠《淮南子》：「包裹於天地之間。」此裹字所本。　趙曰：裹江濱，兩岸俱有花也。司空圖詩「千英萬萼裹枝紅」，即此意。　王粲詩：率彼江濱。

㈡錢箋：白樂天詩「方愁須惡春」，即怕春之意。

㈢《世説》：韓康伯母聞二吴哭母哀，語子曰：「汝若爲選官，當先料理此人。」又：王子猷作桓車騎參軍，桓謂王曰：「卿在府久，比當相料理。」

其三

江深竹静兩三家，多事紅花映白花㈠。報答春光知有處㈡，應平聲**須美酒送生涯㈢。**吴論：此過臨江數家而作。　兩三家，家之少。紅白花，花之繁。曰多事，亦有惱花意。酒送餘生，不孤春色，便是報答處。

㈠多事，就花開言。遠注謂種花者多事，非。　李白詩：桃花能紅李能白。

㈡梁元帝詩：徒望春光新。

㈢曹植詩：美酒斗十千。

其四

東望少去聲**城花滿烟㈠，百花高樓更可憐。誰能載酒開金盞**一作鎖**，喚取佳人舞繡筵。**吴論：此回望城中而作。　少城居密，故烟氣蒙花。招飲無人，所以望樓興歎。《杜臆》：變烟花爲花滿烟，化腐爲新。

㊀左思《蜀都賦》：亞以少城，接乎其西。市廛所舍，賈商之淵。注：少城，小城也，在城西，市在其中。《元和郡縣志》：少城，在成都縣西南一里。　黄生以百花樓爲少城酒樓，希謂在百花潭上，未合。

其五

黄師塔前江水東㊀，春光懶困倚微風。桃花一簇開無主，可愛深紅愛晉作映，一作愛，一作與**淺紅**㊁？　吴論：此至黄師塔前而作。　春時懶倦，故倚風少憩。師亡無主，則深淺紅花，亦任人自賞而已。　朱注：疊用愛字，言愛深紅乎，抑愛淺紅乎。有令人應接不暇意。

㊀陸游《老學庵筆記》：余以事至犀浦，過松林甚茂，問馭卒，此何處？答曰：「師塔也。」蜀人呼僧爲師，葬所爲塔，乃悟少陵「黄師塔前」之句。

㊁庾信詩：深紅蓮子艷。朱超道詩：蘭心帶淺紅。

其六

黄四娘家花滿蹊，千朵萬朵壓枝低。留連戲蝶時時舞㊀，自在嬌鶯恰恰啼㊁。　吴論：此至黄四娘家而作。　師塔、黄家，殁存雖異，但看春光易度，同歸零落耳，故復有花盡老催之感。此三章聯絡意也。

㊀梁元帝詩：戲蝶時飄粉，風花乍落香。

㈡古樂府：澤雉飲啄常自在。陳後主詩：嬌鶯含響偶。駱賓王詩：分念嬌鶯一種啼。

其七

不是愛花即欲一作肯**死**一作看花即索死，**只恐花盡老相催。繁枝容易**去聲**紛紛落，嫩蕊**一作葉**商量**平聲**細細開。**遠注：末章總結，乃惜花之詞。愛花欲死，少年之情。花盡老催，暮年之感。繁枝易落，過時者將謝。嫩蕊細開，方來者有待。亦寓悲老惜少之意。鍾惺云：前二語，即惱花怕春意。商量細開，不欲其一往而盡也。遠注：每首尋花，章法各能變化。

進艇

鶴注：詩云「南京久客」，當是上元二年作。

南京久客耕南畝㈠，**北望傷神坐**一作卧**北窗**㈡。**晝引老妻乘小艇**㈢，**晴看**平聲**稚子浴清江**㈣。**俱飛蛺蝶元相逐**㈤，**並蒂芙蓉本自雙**㈥。**茗飲蔗漿攜所有**㈦，**瓷甖無謝玉爲缸**㈧。

此公卜居後，乘舟以遣興也。中四，喜妻子相聚，賦而兼比。末則隨寓而安，聊以自慰耳。南京，謂成都。北望，指長安。花蝶，舟中所見者。茗漿，舟中所攜者。相逐比子，並蒂比妻。《杜臆》：讀起語，知非真快心之作，所謂「駕言出遊，以寫我憂」者。公艱難入蜀，得攜妻子，此不幸中之幸也，故形之於咏歌。

㈠明皇幸蜀，號成都爲南京，置尹，比兩都。《易林》：久客無林。《詩》：俶載南畝。

㈡庾信詩：薊門還北望。《别賦》：造手分而銜涕，感寂寞而傷神。《陶潛傳》：高卧北窗。

㈢《淮南子》：越舲蜀艇。庾信詩：小艇釣蓮溪。船小而長者爲艇。

㈣《牟子》：深不絶涓流，稚子浴其淵。

㈤梁武帝詩：飛飛雙蛺蝶，低低兩差池。

㈥《初學記》：宋有天淵池、華林池，池有雙蓮同幹，芙蓉異花並蒂。

㈦《爾雅》：荷，芙蕖。注：别名芙蓉，江東呼爲荷。《洛陽伽藍記》：北魏侍中楊元慎曰：「菰稗爲飯，茗飲作漿。」《招魂》：濡鼈炮羔，有柘漿些。注：柘謂蔗也。取諸蔗之汁，以爲漿飲。

㈧鄒陽《酒賦》：醪醲既成，綠瓷既啟。瓷不讓玉，言貴賤齊視也。《抱朴子》：日月無謝於精明。鮑照詩：無謝堯爲君，何用知柏皇。無謝，皆作不讓解。

葛常之曰：《北征》詩云：「經年至茅屋，妻子衣百結。慟哭松聲迴，悲泉共幽咽。」是時方脱身於萬死一生，以得見妻兒爲幸。至秦州，則有「曬藥能無婦，應門亦有兒」之句，已非北征時矣。及成都卜居後，《江村》詩云：「老妻畫紙爲棋局，稚子敲針作釣鈎。」《進艇》詩云：「晝引老妻乘小艇，晴看稚子浴清江。」其優游愉悦之情，見於嬉戲之際，則又異於客秦時矣。

申涵光曰：「南京久客耕南畝，北望傷神坐北窗。」南北字疊用對映，杜詩每戲爲之。如「舊日重陽日，傳杯不放杯」、「桃花細逐楊花落」、「即從巴峽穿巫峽」之類，後人效之，易入惡道。

一室

一室即草堂，此當是上元二年作。若在元年，方構草堂，豈遂欲舍蜀而去荆蠻乎。舊編非是。　後漢陳蕃曰「大丈夫處世，當掃除天下，安事一室乎？」

一室他鄉遠一作老，**空林暮景懸**㊀。**正愁聞塞笛，獨立見江船**。**巴蜀來多病**㊁，**荆蠻去幾年**一作千㊂。**應**平聲**同王粲宅，留井峴山前**㊃。公在蜀而懷楚也。正愁二句，承上暮景，亦起下意。聞笛而愁，以留蜀多病故也。獨立見船，適荆將在何年乎？襄陽本公祖居，故欲留跡其地。舊注謂留井於蜀者非。峴山遺井，在荆不在蜀也。　遠注：巴蜀來、荆蠻去，各三字一讀。

㊀張載詩：鳴鶴聒空林。

㊁《秦國策》：西有巴蜀。洙注：《成都記》：其西即隴之南首，故曰隴蜀。以與巴接，復曰巴蜀。

㊂荆蠻，楚地。《詩》：蠢爾蠻荆。王粲《七哀詩》：遠身適荆蠻。

㊃《襄沔記》：王粲宅，在襄陽縣西二十里峴山坡下，宅前有井，人呼爲仲宣井。

趙汸曰：此詩三四，景在情中，客寓無聊之感也。句法與「鉤簾宿鷺起，丸藥流鶯囀」同。如「卷簾黄葉落，鎖印子規啼」，又其苗裔也。但此猶出聞見二字，爲稍異耳。

所思

鶴注：編在上元二年。　蔡夢弼曰：崔漪，蓋自吏部而謫荆州司馬也。《唐書·杜鴻漸傳》：禄山亂，肅宗至平涼，鴻漸與節度判官崔漪定議興復。　謝朓詩：開襟望所思。

苦憶荆州醉司馬原注：崔吏部漪，**謫官**一作居**樽酒**一作俎**定常開**㈠。**九江日落醒何處**㈡？**一柱觀**去聲**頭眠幾回**㈢。**可憐懷抱向人盡**㈣，**欲問平安無使**去聲**來**㈤。**故憑錦水將雙淚**㈥，**好過瞿唐灩澦堆**㈦。

上四懷崔司馬，下傷音書闊絶也。苦憶二字，直貫通章。《杜臆》：官雖謫，酒常開，便見司馬胸次。或醒或眠，顛狂落拓，真得酒中趣者，此爲醉司馬傳神，而相憶已在其中。五六，彼此互言，更見兩情遥企。在己則有懷欲罄，在彼則信使莫通，此所以苦憶淚零，而欲憑江水以達之也。此詩備寫苦衷，語語足泣鬼神。　朱瀚曰：九江、一柱，荆州謫居之地。　顧注：懷抱，懷崔之意。向人，逢人問訊也。舊以懷抱屬崔者非。

㈠《易》：樽酒簋貳。

㈡《禹貢》：九江孔殷。《蔡傳》：九江，即今之洞庭也。沅水、漸水、元水、辰水、叙水、酉水、澧水、資水、湘水，皆合於洞庭，是名九江。楊德周曰：此九江斷主《蔡傳》，若潯陽之九江，乃揚州境，與一柱觀不合矣。

㊂《渚宮故事》：宋臨川王義慶鎮江陵，於羅公洲立觀，甚大而惟一柱。《一統志》：在松滋縣東丘家湖中。劉孝綽詩：經過一柱觀，出入三休臺。

㊃古詩：臨風送懷抱。

㊄古樂府：問客平安不。

㊅《烏鳶歌》：淚泫泫兮雙懸。

㊆《荆州記》：灩澦如馬，瞿唐莫下。灩澦如象，瞿唐莫上。瞿唐峽，在夔州，峽口有灩澦石。

王嗣奭曰：此詩觀頭借對日落，五六接上失嚴，此不縛於律，所謂不繩削而自合也。不知者以爲隤然自放矣。

洪邁《容齋隨筆》云：七言律，大抵多引韻起，若以側句入，尤峻，如杜「幽棲地僻經過少」是也。然猶是對偶。若以散句起，又佳，如「苦憶荆州醉司馬」是也。葉晦叔昔贈予詩：「此地相從驚歲晚，登臨況是客歸時。却將襟抱向誰可，正爾艱難惟子知。情到中年工作惡，别於生處易爲悲。梅花盡落清江上，黯淡西風凍雨垂。」正用此體。

聞斛斯六官未歸

舊次在上元二年，成都作。斛斯複姓，名融，公所謂南鄰愛酒伴者。

故人南郡去㈠，**去索**蘇則切**作碑錢**。**本賣文爲活**㈡，**翻**令平聲**室倒懸**㈢。**荆扉深蔓草**㈣，**土銼**粗卧切**冷疏烟**㈤。**老罷休無賴**㈥，**歸來省醉眠**㈦。此爲斛斯耽酒而諷之也。賣文得金，李北海亦嘗爲之，若索錢則不雅矣。得錢即飲，飲醉即眠，少年有此，亦近無賴。況老尋醉鄉，不顧其家，故囑其早歸，以爲善後之計。朋友相規之義也。

㈠鶴曰：南郡，江陵府也。《吴志》：南郡，在荆州南。

㈡王隱君歌：前度相逢正賣文。

㈢《左傳》：室如懸罄。

㈣《詩》：野有蔓草。

㈤《御覽》：《説文》云：銼，䥈鍑也。《纂文》云：鍑，音副，釜大者曰鍑。《困學記聞》：土銼，乃黔蜀人語。黄鶴云：銼，瓦鍋也。陶潛詩：窺竈不見烟。

㈥老罷，言老則百事皆罷矣。《南史·蔡興宗傳》：太尉沈慶之曰：「加老罷私門，兵力頓闕。」無賴，無所倚賴而爲不肖也，詳見三卷。

㈦《晉書·阮籍傳》：籍方據案醉眠。

赴青城縣出成都寄陶王二少去聲尹

朱注：依草堂蔡本，編在上元二年。此蓋出郭後寄二尹者。《唐書》：青城縣，屬蜀州，因山爲名。《全蜀統志》：青城廢縣，在灌縣南四十里。《元和郡縣志》：青城縣，垂拱二年改爲蜀州。開元十八年，仍爲青城。今按：《唐書》，青城乃蜀州之屬邑。據《元和志》，青城與蜀州，是一地而兩名也。杜詩既有青城，又有《寄高蜀州》詩，當如《唐書》之説。鶴注：青城乃蜀州外邑，在成都之西。《唐書》：京兆、河南等府，有少尹二人，掌貳府州之事。時成都稱南京，故置少尹。

老被樊籠役一作老恥妻孥笑㈠，**貧嗟出入勞。客情投異縣**㈡，**詩態憶吾**一作君**曹。東郭滄江**一作浪**合**㈢，**西山白雪高。文章差**楚懈切**底病**㈣，**回首興**去聲**滔滔**㈤。首聯，往青城之故。異縣，指青城。吾曹，指二尹。五六，申投異縣。七八，申憶吾曹。烏在樊籠，不能奮飛，嘆己之羈旅跼蹐也。樊籠與出入相關。別本作妻孥笑，語稍直率。下截大意，言江出跋涉如此，則文章何救於貧乎。惟回首故人，詩興猶覺滔滔耳。　趙次公注：差，病除也。言雖有文章，差得何病乎，正與章首相應。朱注云：差是差錯之差，病如聲病之病，言文章之不利，差在何病乎。回首二子，興自滔滔，蓋以詩道自信之詞。二説不同，今從趙注。

㊀陶潛詩：久在樊籠裏。

㊁蔡邕詩：他鄉各異縣。　《晉書》：王衍曰：「吾曹雖不如古人。」

㊂《括地志》：李冰穿郫江，撿江來自西北，合於郡之東南，今有合江亭。　洙曰：蜀城之東，二水合流而南下，土人謂之合水。西山近接維松，上有積雪，經夏不銷。《寰宇志》：傍便山，在縣西與青城山連接。溪谷深邃，夏積冰雪。

㊃《世説》：殷顗曰：「我病自當差，正憂汝患耳。」　《匡謬正俗》：俗謂何物爲底。　此本言何等物，其後遂省何，但直云等物耳。　底音丁兒反。

㊄《淮南子》：日滔滔以自新。

野望因過常少去聲仙

草堂本編在上元二年青城詩内。洪容齋《隨筆》：杜詩《過常少仙》，蜀本注云：應是言縣尉也。縣尉謂之少府。昔梅福爲尉，有神仙之稱。少仙者，猶今俗呼爲仙尉。朱注：詩末幽人，指常少仙也。黄鶴云：少仙，當是常徵君。公後有《寄常徵君》詩：徵君晚節傍風塵。

野橋齊渡馬㈠，**秋望轉悠哉。竹覆青城合**㈡，**江從灌口來。入村樵徑引，嘗果栗皺**一作圓**開**㈢。**落盡高天日，幽人未遣回**㈣。上四野望之景，下四過常情事。青城、灌口，野望所見。入村，訪常也。嘗果，留公也。日盡未遣，見其款洽多情。方云：野外之橋，可連騎者少，齊渡馬三字，寫景特佳。《杜臆》：少府稱幽人，知非在任者。

㈠沈佺期詩：野橋疑望日。

㈡鶴曰：蜀州青城縣有青城山，州内又有灌口。《元和郡縣志》：灌口山，在彭州導江縣西北二十六里，蜀州東北至彭州一百二十里，漢文翁穿湔江灌溉，故以灌口名。洙曰：秦守李冰疏鑿離堆，以灌蜀土，因得名。范成大《吴船録》：將至青城，當再渡繩橋，橋長百二十丈，分爲五架，橋之廣，十二繩排連之。《元和郡縣志》：大江經青城縣北，去縣二里。

㈢宋祁《益部方物贊》：天師栗，生青城山中，他處無有，似栗，味美，以獨房爲貴，久食已風攣。《西溪叢語》：《集韻》：皺，側尤切，革文蹙也。《漢上題襟》：周繇詩：開栗弋之紫皺。貫休云：新蟬避栗皺。又云：栗不和皺落。即栗蓬也。蔡曰：皺當作皴，皮裂也。

㈣《易》：利幽人之貞。

丈人山

《御覽》：《玉匱經》云：黄帝遍歷五嶽，封青城山爲五嶽丈人，一名赤城，一名青城都，一名天國山，爲第五大洞寶仙九室之天。對郡西北，在岷山南。連峰掩映，互相連接，靈仙所宅，神異甚多。《寰宇記》：山在青城縣西北三十二里。

自爲青城客，不唾青城地㊀。爲去聲**愛丈人山㊁，丹梯近幽意㊂。**首記登山覽勝。

㊀魏文帝《雜詩》：千里不唾井，況乃昔所奉。《智度論》：若入寺時，當歌唄讚嘆，不唾僧地。

㊁《青城山記》：甯封先生，棲於北巖之上，黄帝築壇，拜爲五嶽丈人，晉代置觀。

㊂謝朓《敬亭山》詩：即此凌丹梯。注：丹梯，山也。

丈人祠西佳氣濃㊀，緣雲擬住最高峰㊁。掃除白髮黄精在㊂，君看他時冰雪容㊃。此欲託迹幽棲也。遠注：山屬仙境，故以遊仙之意作結。此章五七言各半，蓋唐人七古，長短參用，如李頎《送劉昱》詩，亦然。

㊀陶潛詩：山氣日夕佳。

㊁《魯靈光殿賦》：飛陛揭孽，緣雲上征。謝靈運詩：迢遞瞰高峰。

㊂釋寶月詩：倩人爲我除白髮。　敬元子詩：我欲將黄精，流丹在眼前。

㊃《莊子》：藐姑射之山，有神人焉，肌膚若冰雪，綽約若處子。

寄杜位

朱注：位爲李林甫壻。天寶十一載十一月，林甫卒。位之貶官，必在十二載。自十二載癸巳至上元二年辛丑，爲九年。詩舉成數，故云：十年流也。邵注：公有《送柏别駕赴江陵》詩題，知位以行軍司馬，移在江陵矣。《一統志》：玉壘在灌縣西北二十九里。灌縣，乃唐之導江、青城二縣地。蓋其山自導江而接青城界也。詩云「玉壘題書心緒亂」，又知在青城所作。草堂本與青城諸詩同編入上元二年，得之。

近聞寬法離去聲，一作别**新州**㊀，**想見懷歸尚百憂**㊁。**逐客雖皆萬里去，悲君已是十年流。干戈況復**扶又切**塵**一云行**隨眼，鬢髮還應**平聲**雪**一云白**滿頭。玉壘題書心緒亂**㊂，**何時更得曲江遊**㊃。　此爲杜位移州而作也。離新州，叙事。尚百憂，推心。逐客二句，承新州，言流竄之久。干戈二句，承百憂，言離亂堪傷。末述寄詩之意，猶恐後會難必也。　顧注：同是貶竄，於鄭虔曰嚴譴，於杜位曰寬法，以見輕重失宜，此老杜《春秋》之筆。　澤州陳冢宰曰：鄭初貶官，故用嚴譴。位離貶所，故用寬法。非欲以此翻兩人罪案也。位從新州移江陵，尚未還家，故云歸懷。時有史朝義、段子璋之亂，故曰塵隨眼。

㊀《唐書》：新州新昌郡，屬嶺南道，至京師五千五十二里。

㊁《詩》：豈不懷歸。又：離此百憂。

㊂《蜀都賦》：包玉壘而爲宇。劉注：玉壘，山名，湔水出焉，在成都西北。左峴曰：玉壘有二，一在威州，一在灌縣，此指灌縣之玉壘。孫萬壽詩：心緒亂如絲。

㊃原注：位京中宅，近西曲江。

顧宸曰：是一紙家書，率直攄寫，不待致飾。曰近聞、曰想見、曰雖皆、曰已是、曰況復、曰還應、曰何時更得，只此數虛字中，情文歷亂，俱寫出心亂之故。骨肉真情，溢於言表矣。

盧世㴶曰：字字排空，却字字蹠實，妙不可名狀。

送裴五赴東川

鶴注：此當是上元二年在成都作，時史朝義未平，故云「何日通燕塞」。東川，屬蜀潼川。

故人亦流落㊀，**高義動乾坤**。**何日通燕**平聲**塞**，**相看**平聲**老蜀門**㊁。**東行應**平聲**暫别**，**北望苦銷魂**㊂。**凜凜悲秋意**㊃，**非君誰與論**平聲。從在蜀說向東川，四句分截。顧注：裴必負匡時之志者，故以「高義動乾坤」稱之。何日得通燕塞乎，無使同老蜀門也。東行承蜀，北望承燕。張遠注：悲秋之意，非君莫可與論，今復從此而去，蓋重傷之也。

㈠宋孔欣詩：流落尚風波。

㈡《孔叢子》：羈旅之臣，慕君之高義。

㈢張衡詩：側身北望涕霑巾。《别賦》：黯然銷魂者，惟别而已。

㈣《楚辭》：竊獨悲此凜秋。

送韓十四江東省覲

鶴從舊次，編在上元二年成都詩内。江淮、吴會，皆稱江東。

兵戈不見老萊衣㈠，**嘆息人間萬事非**。**我已無家尋弟妹**，**君今何處訪庭闈**㈡。**黄牛峽静灘聲轉**一作急，**白馬江寒樹影稀**㈢。**此别應**平聲**須各努力**㈣，**故鄉猶恐未同**一作能，一作堪**歸**㈤。此送别韓君而作也。上四，江東省覲，有喪亂之感。下四，蜀江送别，有故鄉之思。張綖注：韓蓋公同鄉人，必其父母避亂江東而往省之，玩次聯及結可見。亂後不能養親，則萬事之失所可知矣。骨肉飄零，彼此同憾，正歎兵戈之害。黄牛白馬，出峽所經，兼寫冬日之景。各努力，謂俱訪天倫。

未同歸，謂猶阻兵革。朱瀚曰：灘聲、樹影二句，在韓是一片歸思，在杜是一片離情。氣韻淋漓，滿紙猶濕。《杜臆》：故鄉，指洛陽。

㊀蔡琰《胡笳》：兩國交歡兮罷兵戈。《列女傳》：老萊子老奉二親，行年七十，身着五色斑斕之衣，作嬰兒戲於親側，欲親之喜。

㊁束晳《補亡詩》：眷戀庭闈，心不遑安。注：庭闈，親之所居。

㊂《水經》：江水又東逕黄牛山。注：下有灘，名曰黄牛灘。南岸重嶺疊起，最外高崖間，有石如人，負刀牽牛，人黑牛黄，成就分明。行者謡曰：朝發黄牛，暮宿黄牛。言水路紆深，迴望如一矣。《一統志》：黄牛山，在夷陵州西九十里。白馬，在崇慶州東北十里。朱云：唐蜀州，今爲崇慶州，他注引《九域志》江陵白馬洲者，非。薛道衡詩：「征途非白馬，水勢類黄牛。」亦以白馬、黄牛作對。王勃詩：「堰絶灘聲隱，峰交樹影深。」亦連用作對。梁元帝詩：灘聲下濺石。陳後主詩：樹影帶江沉。

㊃魏文帝樂府：男女居世，各當努力。

㊄蘇武詩：「遊子戀故鄉。」

謝榛曰：凡七言八句，起承轉合，具有四聲，歌則揚之抑之，靡不盡其妙。如此詩首聯，以平聲揚之也。次聯，以上聲抑之也。三聯，以去聲揚之也。四聯以入聲抑之也。平仄以成句，抑揚以合調，揚多抑少則調匀，抑多揚少則調促。

柟一作高樹爲風雨所拔歎

朱注：考草堂本，此與《茅屋歌》俱編入上元二年成都詩内，今從之。黄鶴據史永泰元年三月，大風拔木，謂此詩作於其時，太泥。

倚江柟樹草堂前，古一作故**老相傳二百年**㊀。**誅茅卜居總爲**去聲**此**㊁，**五月髣髴聞寒蟬**㊂。

堂依柟樹，此卜居之由。五月寒蟬，是咏樹，不是咏蟬。樹高則響細，陰多則氣凉，故髣髴如聽寒蟬。申涵光曰：首二，似七律起語。

㊀鮑照詩：哀哀古老容。

㊁《哀江南賦》：誅茅宋玉之宅。《楚辭》：《卜居》者，屈原之所作也。

㊂《長門賦》：時髣髴以物類兮。江逌詩：寒蟬向夕號。

東南飄風動地至㊀，**江翻石走流雲氣**㊁。**幹**晉作榦**排雷雨猶力争，根斷泉源豈天意。**

風雲雷雨，一時並作，乃樹所由拔也。《杜臆》：天意二字宜玩，恐草堂終非吾有也，蓋以柟樹卜之。

㊀《詩》：飄風自南。吴注：古詩：回風動地起。

㊁《莊子》：雲氣不待族而雨。

滄波一作蒼茫老樹性所愛㈠，浦上童童一作亭亭一青一作車蓋。野客頻留懼雪霜，行人不過聽平聲竽籟㈡。追敘未拔之先，佳景堪玩。　樹映江波，尤爲可愛。且垂蔭足避霜雪，迎風如聽竽籟，故客行至此，頻留而不過。

㈠劉删詩：孤石滄波裏。

㈡陶潛詩：事勝感行人。《高唐賦》：纖條悲鳴，聲似竽籟。

虎倒龍顛委榛一作荆棘㈠，淚痕血點垂胸臆㈡。我有新詩何處吟㈢？草堂自此無顔色。枏樹既拔，倍增旅况淒涼矣。正與首段誅茅卜居相應。　虎倒、龍顛，言仆踣之狀，即《病柏》詩「偃蹙龍虎姿」意。　此章四段，各四句。

㈠王粲詩：城郭生榛棘。

㈡梁簡文帝詩：淚痕未燥詎終朝。　吴質書：憤積於胸臆。

㈢陶潛詩：貽爾新詩。

茅屋爲秋風所破歌

八月秋高風怒號平聲㈠，卷我屋上三重平聲茅㈡。茅飛渡江灑一作滿江郊，高者掛罥古犬切長林梢㊂。下者飄轉沉塘一作堂坳於交切㊃。此記風狂而屋破也。

㊀《楚辭》：秋高而氣清。《莊子》：萬竅怒號。

㊁《楚辭》：烏次兮屋上。

㊂李善《選注》：罥，結也。

㊃塘坳，水塘作坳垤形也。《莊子》：覆杯水於坳堂之上，則芥爲之舟。

南村群童欺我老無力，忍能對面爲盜賊㊀。公然抱茅入竹去，脣焦口燥呼不得㊁。歸來倚杖自嘆息。此歎惡少陵侮之狀。

㊀王勃詩：對面即飛花。《後漢·祭肜傳》：盜賊公行。

㊁《淮南子》：脣焦肝沸，有今無儲。古樂府：來日大難，口燥喉乾。此蓋參用之也。

俄頃風定雲墨色，秋天漠漠向昏黑。布衾多年冷似一作象鐵，嬌兒惡如字。蔡讀烏卧切卧踏裏裂。牀頭從郭知達，一作牀牀屋漏無乾音干處㊀，雨脚如麻未斷絶㊁。自經喪去聲亂少睡眠，長夜沾濕何由徹㊂。此傷夜雨侵迫之苦。在第三句换韻。

㊀庾信詩：書卷滿牀頭。《新序》：原憲蓬户甕牖，上漏下濕。

㊁《齊民要術》：方言：種麻截兩脚。

㊂秦嘉詩：長夜不能眠。徹，乃徹曉，即達旦意。

安得廣厦千萬間㈠，大庇天下寒士俱歡顔，風雨不動安如山㈡。嗚呼！何時眼前突兀見此屋㈢，吾廬獨破一作壞**受凍死**一作意**亦足。**末從安居推及人情，大有民胞物與之意。此亦兩韻轉换。此章，前後三段各五句，中段八句。

㈠《列子》：北宫子庇其蓬室，若廣厦之蔭。

㈡《嚴助傳》：天下之安，猶太山而四維之也。

㈢朱注：突兀見此屋，即廣厦千萬間也。白樂天詩：「安得布裘長萬丈，與君都蓋洛陽城。」即祖此意。

石筍行

趙注謂詩作於上元元年。今按此下三首，詞格相同，恐俱是上元二年所作。鶴注：《通鑑》：上元元年七月，李輔國矯稱上語，迎上皇於西内。此詩云「好蒙蔽」、「媚至尊」，其事隱而彰。終云：「安得壯士擲天外，使人不疑見本根。」蓋恨去輔國輩之不速也。《華陽國志》：蜀五丁力士，能移山，舉萬鈞，每王薨，輒立大石，長三丈，重千鈞，爲墓誌，今石筍是也，號曰筍里。杜田曰：石筍，在西門外，二株雙蹲，一南一北。北筍長一丈六尺，圍九尺五寸。南筍長一丈三尺，圍一丈二尺。南筍蓋公孫述時折，故長不逮北筍。

君不見益州城西門㈠，陌一作街上石筍雙高蹲㈡。古來一作老，又作遠相傳是海眼，苔蘚蝕《英華》作蝕，舊作食盡波濤痕。雨多一作來往往得一作有瑟瑟㈢，此事恍惚難明論平聲㈣。恐是昔時卿相去聲冢一作墓，立石爲表今仍存。《石筍行》，諷奸臣之壅蔽也。首段，斥世俗之傳訛。世以石筍爲海眼，遂云雨後有珠，此語恍惚，不足憑也。墓前石表，乃公之獨斷。

㈠《水經注》：《地里風俗記》：漢武帝元朔二年，改梁州曰益州，以新啟犍爲、牂牁、巂州之疆壤益廣，故稱益云。

㈡《成都記》：距石筍二三尺，每夏六月大雨，往往陷作土穴，泓水湛然。以竹測之，深不可及。以繩繫石而投其下，愈投而愈無窮。凡三五日，忽然不見。嘉祐春，牛車碾地，忽陷，亦測而不能達。父老甚異，故有海眼之説。又《風俗記》：蜀人曰：「我州之西，有石筍焉，天地之堆，以鎮海眼，動則洪濤大濫。」

㈢《博雅》：瑟瑟，碧珠也。《杜陽雜編》：有瑟瑟幕，其色輕明虚薄，無與比。《成都記》：石筍之地，雨過必有小珠，或青黄如粟，亦有細孔，可以貫絲。

㈣高彪詩：恍惚中有物，希微無端形。

惜哉俗態好去聲蒙蔽，亦如小臣媚至尊。政化錯迕失大體，坐看傾危受厚恩。嗟爾石筍擅虚名，後來未識猶駿奔㈠。安得壯士擲天外，使人不疑見本根㈡。此惡其惑人而當去。俗好神奇，造爲不經之説，以蒙蔽人聽，猶小臣蠱惑君心，以致政舛國危，此痛言附會之誤人也。擲去此石，使根底立見，則人心不疑矣。此破前恍惚蒙蔽之意。此章二段，各八句。

㈠張衡《温泉賦》：殊方跋涉，駿奔來臻。

㈡《莊子》：此之謂本根。

趙彦材曰：上元元年，李輔國離間兩宫，擅權蒙蔽，故賦石笋以譏之。

盧元昌曰：輔國本飛龍厩小兒，官判元帥，朝廷呼尚父，如石笋擅虚名，忘本根也。決事銀臺，關白承旨，可謂乖迕失政體矣。宰相率子弟禮，節度皆門下士，可謂後生皆駿奔矣。與張良娣表裏禁中，共媚至尊，直侍帷幄，專事蒙蔽也。自靈武給事銀璫，疊膺寵秩，其受厚恩，適足摇動東宫，傾危社稷耳。

石犀行

鶴注：李冰作石犀以厭水災。上元二年秋八月，灌口損户口，故作是詩，然意亦有所寓也。《華陽國志》：李冰作石犀五頭以厭水精，穿石犀溪於江南，命曰犀牛里。後轉置犀牛二頭，一在府中市橋門，一在淵中。陸游《筆記》：石犀，在李太守廟内東階下，亦粗似一犀，正如陝之鐵牛。一足不備，以他石續之，氣象甚古。《全蜀總志》：李冰五石犀，在成都府城南三十五里。

今一在府治西南聖壽寺佛殿前，寺有龍淵，以此鎮之。一在府城中衛金花橋，即古市橋也。

君不見秦時蜀太守去聲㊀，刻石立作五舊本作三。蔡云：當作五，後同犀牛。自古雖有厭乙甲切勝法㊁，天生江水向一作須東流㊂。蜀人矜誇一千載上聲，泛溢不近張儀樓㊃。今日灌口一作注損户口㊄，此事或恐爲神羞㊅。《石犀行》，諷廟堂無匡救之人也。首段，譏厭勝之謬。　江水東流，非關厭勝，目擊灌口衝決，則知神不能爲力矣。蜀人向誇此犀，盡誕妄耳。

㊀《華陽國志》：秦孝文王以李冰爲蜀郡太守。

㊁《漢·高帝紀》注：蕭何立未央宫以厭勝之術。《郭璞傳贊》：雖稽象或通，而厭勝難恃。

㊂《莫愁歌》：河中之水向東流。

㊃《華陽國志》：張儀築成都城，屢頹不立，忽有大龜周行旋走，巫言依龜行處築之，遂得堅立。城西南樓，百有餘尺，名張儀樓，臨山瞰江。《成都志》：李冰爲蜀郡守，化爲牛形，入水戮蛟，故冬春設鬬牛之戲。　祠南數千家，邊江，低圮雖甚，秋潦亦不移。

㊄李膺《益州記》：清水路西七里灌口，古所謂天彭闕。《元和郡縣志》：灌口山，在彭州導江縣西北二十六里，文翁穿湔江灌溉，故以灌口名山。《舊書》：上元二年七月，霖雨，至八月方止。灌口損户口或是此時。

㊅《書》：無作神羞。　范成大《吴船録》：崇德廟，在永康軍城西門外山上，秦太守李冰父子廟食處也。

修築吴作終藉隄防出衆力㈠，高擁木石當清秋。先王作法皆正道㈡，詭怪何得參人謀㈢。嗟爾五犀不經濟㈣，缺訛只與長川逝㈤。但見元氣常一作相調和㈥，自免洪一作波濤恣凋瘵側界切，叶音際㈦。安得壯士一云作者提天綱㈧，再平水土犀奔一作蒼茫。此欲扶正道以杜神怪。築堤乃正道，厭勝乃詭怪。朝有良相以調元氣，自然水不爲災。彼缺訛之物，非關經濟，何不提去以滅其迹乎。修築在官，而調和在朝，此推本之論也。此章亦八句分段。

㈠《月令》：季秋之月，完隄防，謹壅塞，以備水潦。

㈡《左傳》：作法於涼，其弊猶貪。《通鑑》：光武信用讖文，桓譚諫曰：「觀先王之所記述，咸以仁義正道爲本，非有奇怪虚誕之事。」

㈢丘遲詩：詭怪石異象。《易》：人謀鬼謀，百姓與能。

㈣朱注：《蜀王本紀》、《華陽國志》、《水經注》、《成都記》，皆云李冰作犀牛五頭，後來止二犀可見，其三頭已不存，所謂「缺訛只與長川逝」。缺，損其數。訛，易其處也。

㈤祖孫登詩：長川照落日。

㈥《論衡》：天稟元氣，人受元精。

㈦《海賦》：昔在帝嬀、巨唐之代，天綱浡潏，爲凋爲瘵。洪濤瀾汗，萬里無際。

㈧沈約詩：安得壯士駐奔羲。《後漢·陳蕃傳》：志清天綱。《杜臆》：壯士，謂才相。天綱，謂國柄。《舜典》：咨禹，汝平水土。

乾元元年九月，置道場於三殿，以宮人爲佛菩薩，北門武士爲金剛神王，召大臣膜拜圍繞。當時黷禮不經甚矣，故有厭勝詭怪等語。且自李峴貶斥，朝無正人，故有調和元氣之説。此詩寓言，亦確有所指矣。

杜鵑行

李輔國劫遷上皇，乃上元元年七月事。此詩借物傷感，當屬上元二年作。鶴曰：觀其詩意，乃感明皇失位而作。

君不見昔日蜀天子，化爲一云作杜鵑似老烏㈠。寄巢生子不自啄㈡，群鳥至今爲去聲。一作與哺雛。《杜鵑行》，傷舊主之孤危也，起含寓意。蜀天子，化杜鵑，憐之也。寄子代哺，蜀帝之分猶存焉。

㈠《華陽風俗録》：杜鵑大如鵲而羽烏。

㈡《博物志》：杜鵑生子，寄之他巢，群鳥爲飼之。

雖同君臣有舊禮，骨肉滿眼身羈孤㈠。業工竄伏深樹裏《英華》作頭㈡，四月五月偏號平聲呼㈢。其聲哀痛口流血㈣，所訴何事常區區㈤。爾豈郭作惟摧殘始去聲。晉作如發憤㈥，羞

帶羽翮傷形愚㊆。此憫其形聲之哀慘。君臣舊禮，承哺雛。伏樹號呼，自傷孤立也。哀聲流血，承號呼。含憤包羞，備言失所也。《杜臆》：傷形愚，哀其有情而不能自達。

㊀曹植詩：倉卒骨肉情。陶潛《祭妹文》：遺孤滿眼。謝莊《月賦》：羈孤遞進。

㊁曹植《白鶴賦》：恒竄伏以窮棲。阮瑀詩：深樹猶霑裳。

㊂《吕氏春秋》：號呼而走之。

㊃《風俗録》：杜鵑聲哀而吻有血。

㊄辛延年詩：一心抱區區。

㊅《西京賦》：樸叢爲之摧殘。

㊆毌丘儉詩：但當養羽翮。

蒼天變化誰料平聲**得，萬事反覆**芳服切，下同**何所無。萬事反覆何所無**一本無此重句，**豈憶當殿群臣趨**。末致感慨悲痛之意。當殿群趨，遥應蜀天子。此章，中間八句，首尾各四句。

朱注：鮑照《行路難》：「愁思忽而至，跨馬出國門。舉頭四顧望，但見松柏荆棘鬱蹲蹲。中有一鳥名杜鵑，言是古時蜀帝魂。聲音哀苦鳴不息，羽毛憔悴似人髠。飛走樹間逐蟲蟻，豈憶往日天子尊。念此死生變化非常理，中心惻愴不能言。」此詩意所本也。

洪邁《隨筆》云：明皇爲輔國刼遷西内，肅宗不復定省，子美作《杜鵑行》以傷之。

黄鶴曰：上元元年七月，李輔國遷上皇，高力士及舊宫人皆不得留，尋置如仙媛於歸州，出玉真公主居玉真觀。上皇不懌，成疾。詩曰：「雖同君臣有舊禮，骨肉滿眼身羈孤。」蓋謂此也。

盧元昌曰：蜀天子，雖指望帝，實言明皇幸蜀也。禪位以後，身等寄巢矣。刼遷之時，輔國執鞚，將士拜呼，雖存君臣舊禮，而如仙、玉真一時並斥，滿眼骨肉俱散矣。移居西内，父子睽離，羈孤深樹也。罷元禮，流力士，徹衛兵，此摧殘羽翮也。上皇不茹葷，致辟穀成疾，即哀痛發憤也。當殿群趨，至此不復可見矣。此詩託諷顯然。鶴注援事證詩，確乎有據。張綖疑「羞帶羽翮傷形愚」句，謂非所以喻君父，亦太泥矣。蓋託物寓言，正在隱躍離合間，所謂言之者無罪也。

或疑刼遷西内，宫禁秘密，子美遠遊西蜀，何從遽知之？曰：蜀有節鎮，國家大事，豈有不知者。故曰朝廷問府主。其以杜鵑比君，本緣望帝而寓言，非擅喻禽鳥也。

逢唐興劉主簿弟

鶴注：唐莫州、台州、道州、遂州四州，皆有唐興。此云「劍外官人冷」，是指遂州。自天寶元年八月二十四日已改爲蓬溪，而公於上元二年爲邑宰王潛作《唐興縣客館記》及此詩題，俱云唐興，乃因舊名耳，當是上元二年作。

分手開元末㊀，**連年絶尺書**㊁。**江山且相見**㊂，**戎馬未安居**㊃。**劍外官人冷**㊄，**關中驛騎**去聲**疏**㊅。**輕舟下**去聲**吴會**音桂㊆，**主簿意何如**㊇。上四，叙知交離合之情，下則自嘆羈旅飄零也。暫逢而又值戎馬，含無限悲傷。官冷則無可憑藉，騎疏則遥隔音書，所以有輕舟東下之慨。

㈠何遜詩：分手清江上。　裴子野詩：連年被甲兵。

㈡古詩：中有尺素書。

㈢《莊子》：道遠而險，又有江山。

㈣司馬遷《報任少卿書》：深踐戎馬之地。

㈤沈佺期詩：劍外懸銷骨。　《左傳》：官人肅給。《杜詩博議》：官人，乃隋唐間語。《北史·梁彦光傳》：初齊亡後，人情險詖，妄起風謡，訴訟官人，千變萬變。《舊唐書·高祖紀》：高祖即位，官人百姓，賜爵一級。《武宗紀》：中書奏，赴選官人多京債，到任填還，致其貪求。則官人者，乃州縣令佐之稱也。

㈥崔湜詩：邊書驛騎歸。　《項羽傳》：關中阻山河四塞。注：東函谷，南武關，西散關，北蕭關。

㈦阮籍詩：乘流泛輕舟。　魏文帝詩：吹我東南行，行行至吴會。指吴門、會稽也。

㈧《陳書》：高祖謂蔡凝曰：「卿意何如？」末問主簿之意，謂我何如也。

敬簡王明府

鶴注：上元二年，公嘗爲唐興縣宰王潛作《客館記》，當即其人。此殆因詩而簡之。詩云「鷹秋怕苦籠」，必是年秋作。

葉音攝**縣郎官宰**㈠，**周南太史公**㈡。**神仙才有數**㈢，**流落意無窮**㈣。**驥病思偏秣**㈤，**鷹秋一作愁怕苦籠**㈥。**看君用高義**㈦，**耻與萬人同**。此章賓主疊叙，致簡之意在末聯。葉縣仙才，稱明府。周南流落，公自謂。病驥、飢鷹，歎窮途流落。秣芻、脱籠，望高義一援也。大抵慷慨仗義者，見漢視交情之人，深以爲耻。耻，從高義推出。

㈠《後漢書》：湖陽公主爲子求郎。明帝曰：「郎官上應列宿，出宰百里。」

㈡《司馬遷傳》：天子始建漢家之封，而太史公留滯周南，不得與從事。張晏曰：自陝以東，皆周南之地。

㈢《後漢·方術傳》：王喬爲葉令，有神術。即古仙人王子喬也。《漢武内傳》：西王母曰：「形慢神穢，雖當語之以至道，殆恐非仙才也。」

㈣阮瑀詩：流落恒苦心。

㈤思偏秣，猶言偏思秣，乃倒字法。夏侯湛《獵兔賦》：息徒門圃，秣驥華田。

㈥秋鷹思擊，故怕在籠。

㈦王融詩：高義幸知遊。

重平聲簡王明府

鶴注：詩云「冬來只薄寒」，當是上元二年冬作。

甲子西南異㈠，冬來只薄寒。江雲何夜盡一作静，**蜀雨幾時乾**音干㈡。**行李須相問**㈢，**窮愁豈有**一作自**寬**㈣。**君聽**平聲**鴻雁響，恐致稻粱難。**此章重簡以望王，猶前章驥病思秣之意。冬而雲雨，蜀候異也。王今問我行李，豈有寬解窮愁之法乎。鴻雁哀鳴，各求稻粱，君聽其音，得無憐謀食之艱難耶。

㈠甲子，謂歲序。晉程曉詩：龍集甲子，四時成歲。

㈡《楚辭》：泥污后土兮何時乾。

㈢行李，注見四卷。

㈣司馬遷曰：非窮愁不能著書。

葛常之曰：子美避亂秦蜀，衣食不足，不免求給於人。如《贈高彭州》、《客夜》、《狂夫》、《簡王明府》、《簡韋十》諸篇，亦見其艱窘中有望於朋友故舊也。然當時能賙之者幾人哉。

百憂集行

鶴注：詩云「只今倏忽已五十」，當是上元二年辛丑作。公生於壬子，至是年恰五十。又云：公於乾元二年十二月至成都，是時裴冕爲尹。上元元年三月，以京兆尹李若幽尹成都，若幽後賜名國楨。二年三月，以崔光遠尹成都，與高適共討段子璋。時花驚定大掠東蜀，天子怒，以高適代光遠。是年十一月，光遠卒。十二月，除嚴武成都尹。則適代光遠在成都，才一二月耳。意止是攝尹也。公素與適善，豈强供笑語者。主人當指光遠。史云光遠無學任氣，宜與公不相合也。　王筠《行路難》：百憂俱集斷人腸。

憶年一作昔**十五心尚孩**㈠**，健如黄犢走復來**㈡**。庭前八月梨棗熟，一日上**上聲**樹能千迴**㈢**。**

首叙少年得意之狀。

㈠《左傳》：魯昭公年十九而猶有童心。

㈡甯戚《飯牛歌》：黄犢上坂且休息。

㈢《晉書》：王澄見樹上鵲巢，便脱衣上樹。

即今倏忽已五十㈠**，**一作即今年纔五六十。**坐卧只多少行立**㈡**。强**區兩切**將笑語供主人**㈢**，**

悲見生涯百憂集。此歎身老拙於逢世。笑語供主人，説窮途作客之態最苦。

㊀蔡琰《胡笳》：人生倏忽兮，如白駒之過隙。

㊁劉孝綽詩：坐卧猶懷想。

㊂《詩》：燕笑語兮。

入門依舊四壁空㊀，老妻覩我顔色同㊁。癡兒不知父子禮，叫怒索先則切飯啼門東㊂。此歎貧窶不能顧家。索飯啼門東，説飢不擇食之情最慘。此章三韻，分三段。

㊀《司馬相如傳》：家徒四壁立。

㊁顔色同，各帶憂色也。

㊂《漫叟詩話》：《記》：庖厨之門在東。故曰啼門東，非强趁韻也。

徐卿二子歌

鶴注：舊編在上元二年，時徐知道爲西川兵馬使。徐卿或即其人，猶荆南兵馬使太常趙卿之類也。

君不見徐卿二子生絶奇，感應吉夢相追隨㊀。孔子釋氏親抱送，並是天上麒麟兒㊁。首叙生子奇兆。相追隨，連有吉夢也。孔子釋氏，正述其夢。

㊀《詩》：吉夢維何，維熊維羆。

㊁《陳書》：徐陵母臧氏，常夢五色雲，化爲鳳，集左肩上，已而誕陵焉。年數歲，家人攜侯寶誌上人，寶誌摩其頂曰：「天上石麒麟也。」補注：麒麟兒，雙承孔釋，故云並是。舊引徐陵事，得一遺一。張邇可引《闕里故事》，兼舉方全。張注：《拾遺記》：孔子生之先，有麟吐玉書於闕里云：「水精之子，系衰周而素王。」母徵在以繡紱繫麟角。此證恰好相符。

大兒九齡色清徹㊀，秋水爲神玉爲骨。小兒五歲氣食牛㊁，滿堂賓客皆回頭㊂。此記生相之奇。

㊀《禰衡傳》：大兒孔文舉，小兒楊德祖。《揚子》：吾家之童，九歲而與我玄文。

㊁《尸子》：虎豹之駒，雖未成文，已有食牛之氣。

㊂謝莊《月賦》：滿堂賓客，迴遑如失。

吾知徐公百不憂，積善衮衮生公侯㊀。丈夫生兒有如此二雛者，異時一無異時**名位豈肯卑微休㊁。**末乃歸美徐卿也。此章畫然三段，第七八句，本與五六相應，却另一轉韻，直連至末。杜詩歌行，有韻換而意不換者，如中四句是也。有意換而韻不換者，如末四句是也。

㊀《易》：積善之家，必有餘慶。庾信詩：謂言君積善，還得嗣前賢。衮衮，多貌。《左傳》：公侯子孫，必復其始。

㊁曹植《釋愁文》：眩惑名位。　王充《論衡》：位雖卑微，行苟離俗，必與之友。

申涵光曰：此等題，雖老杜亦不能佳。今人刻詩集，生子祝壽，套數滿紙，豈不可厭。

戲作花卿歌

鶴注：此當是上元二年作。　盧注：公爲此歌，本稱述花卿，題曰戲作，有諷意焉。《舊唐書·肅宗紀》：上元二年四月，梓州刺史段子璋反，襲東川節度使李奐於綿州，自稱梁王，改元黄龍，以綿州爲黄龍府，置百官。五月，成都尹崔光遠率將花驚定攻拔綿州，斬子璋。《高適傳》：西川牙將花驚定，恃勇，既誅子璋，大掠東蜀。天子怒光遠不能戢軍，乃罷之。

成都猛將去聲**有花卿**㊀**，學語小兒知姓名**㊁**。用如快鶻風火生**㊂**，見賊惟多身始**去聲**輕。綿州副使**去聲**著**陟略切**柘**趙曰：當作赭**黄**㊃**，我卿掃**去聲**除即日平**㊄。此言勇猛剽悍，所以平賊有功。

㊀《抱朴子》：猛將難禦，而可以折衝拓境。

㊁《南史》：齊桓康王，隨武帝起兵，摧堅陷陣，膂力絶人。所過村邑，恣行暴害，江南人畏之，以其名怖小兒。

㊂《梁書》：曹景宗謂所親曰：「昔在鄉里，騎快馬如龍，拓弓弦作霹靂聲，箭如餓鴟叫，平澤中逐麞，數肋射之，覺耳後風生，鼻頭火出，此樂使人忘死。」

㊃朱注：子璋，《新書》作節度兵馬使，《舊書》、《通鑑》作梓州刺史，此詩又云綿州副使，蓋以梓州刺史領副使時，據綿州反，遂稱綿州副使耳。《唐書》：綿州巴西郡，屬劍南東道，本金山郡。天寶元年更名。《唐六典》：諸軍各置節度使一人，五千人以上置副使一人。又：隋文帝著柘黄袍、巾帶聽朝。

㊄漢陳蕃曰：「大丈夫處世，當掃除天下。」

子璋一作章**髑髏血模糊**㊀，**手提擲還崔大夫**㊁。**李侯重**平聲**有此節度**㊂，**人道**去聲**我卿絶世**一作代**無**㊃。**既稱絶世無，天子何不喚取守東都**㊄。此見平賊之後，不當留蜀滋亂。梓州作亂者，段子璋也。綿州奔竄者，李奂也。成都舉兵者，崔光遠也。斬段授崔而安李者，花驚定也。一事而三善備，故曰絶世無。此詩兩韻分截。前段庚陽通協，本于古韻。

㊀曹植《髑髏説》：顧見髑髏，塊然獨居。

㊁王洙曰：崔大夫，謂光遠。手提擲還，謂歸功於主將。

㊂朱注：李奂初出奔成都，後復鎮東川，故曰「重有此節度」。

㊃晉《白石郎曲》：郎艷獨，絶世無。

㊄上元二年，史思明方據東都。

據《崔光遠傳》，花驚定將士肆其剽掠，婦女有金銀釧者，多斷腕以取之，蜀人之受毒甚矣。詩云「何不喚取守東都」，此馭將之善術也。蓋以東都之命見召，則驚定既不疑懼，而蜀中可免其患。且東方諸鎮屯聚，花卿必不敢專行跋扈。朱注謂刺其一將之雄，不能掃除大寇，此語猶覺未盡。「子璋髑髏血模糊，手提擲還崔大夫。」寫得壯氣勃勃。明人沈明臣詩：「狹巷短兵相接處，殺人如草不聞聲。」可與此詩，並樹旗鼓。

《唐詩紀事》：有病瘧者，子美曰：吾詩可以療之。「夜闌更秉燭，相對如夢寐。」其人誦之，未愈。曰：更誦吾詩：「子璋髑髏血模糊，手提擲還崔大夫。」誦之，果愈。

謝皋羽《花卿冢行》云：濕雲模糊秋草空，雨青沙白丹陵東。莓苔陰陰草茸茸，云是花卿古來冢。花卿舊事人所知，花卿古冢知者誰？精靈未歸白日西，廟鴉啄肉枝上啼，綿州柘黄魂正飛。按：杜詩以柘黄爲衣色，謝詩以柘黄爲樹色，意各有所指。

黄山谷詩話：花卿冢，在丹陵縣之東館鎮，至今有英氣，血食其鄉。

贈花卿

單復編在上元二年成都詩内。舊注：公有《戲作花卿歌》，此花卿即驚定也。朱注：唐曲《水調歌》後六疊入破第二，即此詩，見郭茂倩《樂府詩集》。

錦城絲管日《樂府》作曉**紛紛**㈠，**半入江風半入雲**㈡。**此曲祇應**平聲**天上有**《樂府》作去㈢，**人間能得幾回聞**㈣？ 江風，言音之清。入雲，言聲之高。天上，形容歌舞之妙。《杜臆》：胡元瑞因李群玉有贈歌妓相同，因以花卿爲歌妓。竊謂：此詩非歌妓所能當，其爲花驚定無疑。其人恃功驕恣，故語含諷刺。能得幾回聞，言其必不能久也。

㈠漢靈帝歌：清絲流管歌玉凫。曹植詩：齊謳楚舞紛紛。

㈡梁元帝詩：江風當夏清。曹植《七啟》：長裾隨風，悲歌入雲。

㈢古詩：誰能爲此曲。《宣室志》：玄宗夢仙子十輩御雲而下，列於庭，各執樂器而奏之，其度曲清越，殆非人世也。及樂闋，有一仙子前曰：「此神仙紫雲之曲也。」樂府《隴西行》：天上何所有。

㈣《列子》：耳目所觀聽，皆非人間之有。

焦竑曰：花卿恃功驕恣，杜公譏之，而含蓄不露，有風人言之無罪，聞者足戒之旨。公之絶句百餘首，此爲之冠。

楊慎曰：花卿在蜀，頗用天子禮樂，子美作此諷之，而意在言外，最得詩人之旨。當時錦城妓女，獨以此詩入歌，亦有見哉。

此詩，風華流麗，頓挫抑揚，雖太白、少伯，無以過之。其首句點題，而下作承轉，乃絶句正法也。李白《蘇臺覽古》云：「舊苑荒臺楊柳新，菱歌清唱不勝春。只今唯有西江月，曾照吴王宫裏人。」亦首句點題也。有在次句點題者，如杜常《華清宫》云：「行盡江南數十程，曉風殘月入華清。朝元閣上西風急，都入長楊作雨聲。」是也。有在三句點題者，如儲光羲《寄孫山人》云：「新林二月孤舟還，水滿清江花滿山。借問故園隱君子，時時來往住人間。」是也。有在四句點題者，如韓愈《楚昭王廟》云：「丘墳滿目衣冠盡，城闕連雲草樹荒。猶有國人懷舊德，一間茅屋祭昭王。」是也。有一句二句點題者，如李白《秋下荆門》云：「霜落荆門江樹空，布帆無恙掛秋風。此行不爲鱸魚鱠，自愛名山入剡中。」是也。有一句三句點題者，如李白《與史欽聽黄鶴樓吹笛》云：「一爲遷客去長沙，西望長安不見家。黄鶴樓中吹玉笛，江城五月落梅花。」是也。有一句四句點題者，如皇甫冉《送魏十六還蘇州》云：「秋夜沉沉此送君，陰蟲切切不堪聞。歸舟明日毘陵道，回首姑蘇是白雲。」是也。有二句三句點題者，如常建《三日尋李九莊》云：「雨歇楊林東渡頭，永和三日盪輕舟。故人家在桃花岸，直到門前溪水流。」是也。有二句四句點題者，如孟浩然《濟江問舟子》云：「潮落江平未有風，輕舟共濟與君同。時時引領望天末，何處青山是越中。」是也。有三句四句點題者，如王維《送元二使安西》云：「渭城朝雨浥輕塵，客舍青青柳色新。勸君更盡一杯酒，西出陽關無故人。」是也。又有兩扇立格，對起分承者，如少陵《存殁口號》云：「席謙不見近彈棋，畢曜仍傳舊小詩。玉局他年無限事，白楊今日幾人悲。」是也。

少去聲年行二首

鶴注：此上元二年夏在成都作。

莫笑田家老瓦盆㊀**，自從盛**平聲**酒長**子兩切。一作養**兒孫。傾銀注玉**《英華》作玉，舊作瓦**驚人眼**㊁**，共醉終同卧竹根**㊂**。**首章，有達觀齊物意，乃曉悟少年之詞。盧注：瓦盆與金玉雖異，若論盛酒而飲，及其醉時，則彼此共卧於竹根，又何貴賤之别乎？

㊀《後漢·逢萌傳》：首戴瓦盆。《阮籍傳》：不復用杯觴斟酌，以大盆盛酒。

㊁《吴越春秋》：玉杯銀樽。

㊂公詩「只想竹林眠」，即卧竹根之意。又詩「鳥下竹根行」，亦概言竹傍也。按：杜田《補遺》：《酒譜》云：老杜「共醉終同卧竹根」，蓋以竹根爲飲器也。庾信《謝趙王賜酒》詩：野爐然樹葉，山杯捧竹根。趙次公曰：卧竹根，謂同醉卧竹根之傍，《選》詩「徘徊孤竹根」可證。若如杜田説，飲器豈可謂之卧乎。《漢·高帝紀》：時飲醉卧。

羅大經曰：瓦盆金玉，同博一醉，尚何分别之有。由是推之，蹇驢布韉，與駿馬金鞍，同一遊也。松牀莞席，與繡幃玉枕，同一寢也。知此，則貧富貴賤，皆可以一視矣。

其二

巢燕引《西溪叢語》作引。一作養**雛**《英華》作兒**渾**平聲**去盡，江花結子也**去聲。一作已無多。**黄衫年少**去聲**來宜**《叢語》作宜來**數**先角切。《杜臆》音所主切㊀**，不見堂前東逝波。**次章有及時行樂意，乃鼓舞少年之詞。春光已去，時不可返，故宜頻數來遊。

㈠《北史·麥鐵杖傳》：將度遼，呼其三子曰：「阿奴當備淺色黄衫，我得被殺，爾當富貴。」《唐書·禮樂志》：樂工少年姿秀者十數人，衣黄衫、文玉帶，立左右，每千秋節舞於勤政樓下。

贈虞十五司馬

鶴注：梁氏編在大曆三年，時公年是五十七歲矣。當如《暮歸》詩「年過半百不稱意」，不應云「百年嗟已半」。當是上元寶應間在成都作，故云：「沙岸風吹葉，雲江月上軒。」若在公安，則公未嘗舍舟，不應有此語也。

遠師虞秘監㈠，今喜識玄孫。形象丹青逼，家聲器宇存。淒涼憐筆勢㈡，浩蕩問詞源㈢。爽氣金天豁㈣，清談玉露繁㈤。佇鳴南嶽鳳㈥，欲化北溟鯤㈦。上叙虞氏淵源。盧注：師秘監，師其書法也。公九齡作大字，平日能書可知。形象逼丹青，以孫比祖。家聲存器宇，自祖及孫也。筆勢、詞源，追懷秘監。爽氣以下，稱美司馬。金天、玉露，借秋景爲喻。南鳳、北鯤，言能變化飛騰。

㈠《唐書》：虞世南，餘姚人。太宗踐阼，遷太子右庶子。固辭，改爲秘書監，封永興縣子。世南殁，太宗勑圖其像於凌烟閣。《唐書》：時稱世南五絶，四曰文詞，五曰書翰。

㈡王僧虔《論書》：崔瑗筆勢甚快，而結字小疏。

㈢浩蕩，曠遠也。　《隋·文學傳》：筆有餘力，詞無竭源。

㈣張衡《思玄賦》：顧金天而歎息兮。

㈤周祗箴：清談輟響。　江淹賦：玉露曖天。　董仲舒有《繁露篇》。

㈥劉楨詩：鳳凰集南嶽，徘徊孤竹根。

㈦《莊子》：北海有魚，名曰鯤，化爲大鵬。

交態知浮俗，儒流不異門㈠。過平聲**逢連客位㈡，日夜倒芳樽㈢。沙岸風吹葉㈣，雲江月上**上聲。一作在軒㈤。**百年嗟已半，四座敢辭喧㈥。書籍終相與，青山隔故園㈦。**下敘彼此交情。儒門不異，虞杜皆舊家。「過逢連客位」，虞爲主人也。岸風、江月，乃成都晚景。「四座敢辭喧」，同飲興豪也。贈書於故園，言兩人相期北歸。　或特過，或偶逢，皆與諸客連位而飲，正見司馬好客，與俗交有別。《杜臆》謂虞杜作客而飲他人者，非是。　此章兩段，各十句。

㈠《前漢·藝文志》：儒家者流。　顏延之詩：家崇儒門。

㈡沈約詩：客位紫苔生。

㈢《晉史論》：劉、畢芳樽之交。

㈣鮑照詩：野曠沙岸静。

㈤《别賦》：月上軒而飛光。

㊅古樂府：四座樂且康。

㊆《魏志》：蔡邕聞王粲在門，倒屣迎之。謂座客曰：「此王公孫也，有異才，吾家書籍文章，盡當與之。」

病柏

此下四章，梁權道及黄鶴俱編在上元二年之秋，今並依舊次。

有柏生崇岡㊀，童童狀車一作青蓋㊁。偃蹇一作蹙龍虎姿㊂，主邵本作正當風雲會。神明依正直㊃，故老多再拜㊄。豈知千年根，中路顔色壞㊅。病柏，傷直節之見摧者，此從盛時敘起。崇岡，勢尊嚴。車蓋，狀聳翠。龍虎，幹奇古。風雲，氣陰森。神依樹，故人致敬。根内撥，故色外枯。

㊀《琴賦》：惟椅梧之所生兮，託峻嶽之崇岡。

㊁《蜀志》：先主舍東南角籬上有桑樹，高五丈，遥望見童童如小車蓋。

㊂司馬相如《大人賦》：綢繆偃蹇。注：偃蹇，夭矯也。《後漢·耿純傳》：純説李軼曰：「大王以龍虎之姿，遭風雲之會。」

㊃《左傳》：史嚚曰：「神，聰明正直而一者也。」《莊子》：松柏其生也正。

㊄《宋書》：魯郡孔子廟柏，舊有二十四株，其二株先折倒，土人崇敬。江夏王義恭悉遣伐取，父老莫不歎息。

㊅《長楊賦》：中路而後馳。

出非不得地，蟠據亦高大。歲寒忽無憑一作用㊀，**日夜柯葉改**去聲。一作碎㊁。**丹鳳領九雛**㊂，**哀鳴翔其外。鴟鴞志意滿**㊃，**養子穿穴**一作窟**內。**此形容衰時之柏。得地盤據，承千年根。歲寒改柯，承顏色壞。鳳去鴟巢，則神人失所憑依矣。忽無憑，翻《論語》歲寒後凋。柯葉改，翻《禮記》不改柯易葉。

㊀歐陽建詩：松柏隆冬瘁，然後知歲寒。古詩：枝葉日夜零。

㊁《記》：如松柏之有心，貫四時而不改柯易葉。

㊂《樂府》：鳳凰鳴啾啾，一母將九雛。

㊃《詩》：鴟鴞鴟鴞，既取我子，無毁我室。《後漢・北海靖王傳》：志意衰惰。

客從何鄉來，佇立久吁怪㊀。**靜求元精**一云無根**理**㊁，**浩蕩難倚賴**㊂。末以感慨之意作結。觀盛衰倏異，知造化爲難憑矣。此章前二段各八句，末段四句收。

㊀《詩》：佇立以泣。孔安國《尚書傳》：吁，疑怪之詞。

㊁《後漢書》：元精所生，王之佐臣。《論衡》：天稟元氣，人受元精。

㊂浩蕩，猶言渺茫。

王嗣奭曰：此章有託而發。「神明依正直，故老多再拜。」一木之微，崇重至此。丹鳳、鴟鴞，喻正人摧折，則善類傷心，而小人快意。結語尤悲，如范滂語子云：「使汝爲惡，則惡不可爲。使汝爲善，則我不爲惡。」意正相似。師氏謂此詩爲郭英乂而作。英乂鎮成都，爲人端直，蜀人重之。永泰元年，崔旰反，英乂爲韓澄所殺。諸孤哀苦莫訴，故有鳳雛哀鳴之句。崔旰竊據成都，故有鴟鴞穿穴之句。蓋隱其詞以託諷也。今按崔郭事在去成都後，時地未合。

黄生曰：此喻宗社欹傾之時，君子廢斥在外，無從匡救，而宵小根據于内，恣爲姦私，此真天理之不可問者。

病橘

鶴注：《唐十道志》：蜀有橘柚之園。

群一作伊橘少生意㊀，雖多亦奚爲。惜哉結實小一作少，酸澀如棠梨㊁。剖一作割之盡蠹蝕一作蟲，采掇爽所一作其宜㊂。紛然不適口㊃，豈只一作止存其皮。蕭蕭半死葉㊄，未忍一作忽忽別故枝。玄冬霜雪積㊅，況乃迴風吹㊆。病橘，傷貢獻之勞民也。首叙橘病堪憐。少生意，故其實酸澀而蠹，其葉半死易凋。《杜臆》：「未忍别故枝」，偏於無知之物寫得有情。

㊀《晉書·殷仲文傳》：無復生意。

㊁《爾雅注》：棠，今之杜梨。陸曰：其子有赤白美惡，白色爲甘棠，赤色者澀而酢。

㊂《詩》：薄言采之。薄言掇之。

㊃《莊子》：柤梨橘柚，皆可於口。梁元帝書：適口充腸，無索弗獲。

㊄《七發》：其根半生半死。

㊅劉楨詩：自夏涉玄冬。

㊆庾信詩：迴風即送師。

嘗聞蓬萊殿，羅列瀟湘姿㊀。**此物歲不稔**㊁，**玉食失**一作少**光輝**㊂。**寇盜尚憑陵**㊃，**當君減膳時**㊄。**汝病是天意**㊅，**吾愁**舊作諗。趙定作愁。荆作敢**罪有司**。**憶昔南**一作聞**海使**去聲㊆，**奔騰獻荔支**一作枝。**百馬死山谷**㊇，**到今耆舊悲**㊈。此借橘以慨時事。病橘不供，適當減膳之時，疑是天意使然。但恐責有司而疲民力，故引獻荔事爲證。節節推開，意多曲折。此章兩段，各十二句。

㊀鮑照詩：橘生瀟湘側。《山海經》：洞庭之山，其木多橘。《唐書》：潭州有橘洲。《太真外傳》：開元末，江陵進乳柑橘，上以十枝種於蓬萊宫，天寶十載秋，結實，於是宣命賜及宰臣。

㊁古詩：此物何須用。朱注：橘結實，一年多必一年少，故曰歲不稔。《國語》：不稔於歲。

㊂《尚書》：惟辟玉食。《漢·陳咸傳》：泰侈玉食。注：玉食，美食如玉也。

㊃《左傳》：憑陵我城郭。

㊄《漢書》：國有大災，則減膳撤樂，示自責也。

㊅又《息夫躬傳》：民心悦而天意得矣。

㊆《後漢·和帝紀》：南海獻龍眼荔支，十里一置，五里一候，奔騰險阻，死者繼路。唐羌爲臨武長，上書言狀，和帝罷之。《唐國史補》：貴妃生於蜀，好食荔支。南海所生，尤勝蜀者。每歲飛馳以進。《唐書》：楊貴妃嗜荔支，必欲生致之，乃置騎傳送。走數千里，其味未變，已至於京師。杜修可曰：唐所貢乃涪州荔支，由子午道而往，非南海也。此特借漢事以譏之。

㊇魏明帝詩：百馬齊轡。

㊈曹植詩：但見耆舊老，不覩新少年。

枯椶

鶴曰：上元二年，蜀有段子璋之變，故詩云「傷時苦軍乏」。《廣志》：椶，一名栟櫚，狀如蒲葵，有葉無枝。陳藏器《本草》：其皮作繩，入水千年不爛。

蜀門多椶一作栟**櫚**㊀，**高者十八九。其皮割剥甚**㊁，**雖衆亦易**音異**朽。徒布**一作有**如雲**

葉㊂，青青歲寒後㊃。交橫集斧斤㊄，凋喪去聲先蒲柳㊅。枯椶，傷民困於重斂也。首敘椶枯之故。椶本耐寒，但爲斧斤所剥，故先蒲柳而凋零耳。

㊀《南都賦》：其木則栟櫚，結根竦本，垂條嬋媛。

㊁陳琳檄：割剥元元。

㊂盧諶云：葉不雲布，華不星燭。

㊃《抱朴子》：揚青於歲寒之後。

㊄韓安國《几賦》：荷斧斤，援葛藟。

㊅《北史》：韋世康與子書曰：「耄雖未及，壯年已謝，霜早楸梧，風先蒲柳。」《世説》：顧悦之髮早白，帝問其故，對曰：「松柏之姿，經霜猶茂；蒲柳之質，望秋先零。」《説文》：楊柳即蒲。

傷時苦軍乏㊀，一物官盡取此苟切。嗟爾江漢人，生成復扶又切何有。有同枯椶木，使我沉嘆久。死者即已休，生者何一作能自守。此見枯椶而念生民。軍興賦重，剥民等於剥椶，此嗟嘆本意。江漢，指巴蜀。生成，謂物。生死，比人。

㊀《齊・高帝紀》：時軍容寡闕，乃編椶皮爲馬具。

啾啾黄雀啄一作啅㊀，側見寒蓬走㊁。念爾形影乾音干。一作枯形影㊂，摧殘没藜莠㊃。一結語多感慨。雀啄椶毛，飄如蓬走，究竟形銷影滅，埋没藜莠耳。此章前二段各八句，末段四句收。

㊀《吴越春秋》：螳螂捕蟬，不知黄雀之在其後。
㊁何遜詩：嚴野散寒蓬。
㊂李密《陳情表》：形影相弔。
㊃《前漢·郊祀志》：嘉禾不生，而蓬蒿藜莠茂焉。

盧元昌曰：公《爲王閬州進論》一表，其中云：勑天下徵收赦文，減省軍用外，諸色雜賦名目，損之又損，劍南諸州，困而復振矣。《枯椶》一章，即是此意。

詩中咏物之作，有就本題作結者，如此章是也。有借客意作結者，如《病橘》、《枯柟》是也。可悟詩家擒縱之法。

枯柟

楩柟枯峥嶸㊀，鄉黨皆莫記。不知幾百歲，慘慘無生意㊁。枯柟，傷大材之見棄也。首敘老幹孤立。

㊀《蜀都賦》：楩楠幽藹於谷底。《子虚賦》：刻削峥嶸。
㊁陶潛詩：慘慘寒日。

上枝摩蒼一作皇**天㊀，下根蟠厚地。巨圍雷霆拆**一作坼**，萬孔蟲蟻萃。涷**朱注音東**雨落流**

膠㈡，衝風奪佳一作嘉氣㈢。白鵠遂不來㈣，天鷄爲去聲愁思去聲㈤。　此言其憔悴失所。枝根雖具，生意久亡，故造物日侵，而蟲鳥見傷。

㈠魏文帝詩：修幹摩蒼天。

㈡《楚辭》：使涷雨兮灑塵。《爾雅注》：江東呼夏月暴雨爲涷雨。　庾信詩：枯楓乍落膠。　朱注：流膠，樹中膠液流出也。

㈢《楚辭》：衝風起兮水揚波。注：衝風，隧風也。　宋江夏王鋒《修柏賦》：衝風不能摧其枝。

㈣吴邁遠詩：可憐雙白鵠。

㈤謝靈運詩：天鷄弄和風。《爾雅》：鶾，一名天鷄，赤羽之鳥也。注：《逸周書》：文鶾，若彩鷄，成王時蜀人獻之。　按《汲冢周書·王會篇》云：蜀人以文鶾。文鶾者，若翬雉。

猶含棟梁具㈠，無復扶又切霄漢一作雲霄志㈡。良工古昔少㈢，識者出涕淚㈣。種榆水中央㈤，成長子兩切何容易音異。截承金露盤㈥，褭褭不自畏。　末用比喻作結，慨用舍之失宜。　棟梁，傷大才莫用。　種榆，比力小任重。　此章，首段四句，下兩段各八句。

㈠《王命論》：楶棁之材，不荷棟梁之任。

㈡仲長統《樂志論》：可以凌霄漢，出宇宙之外矣。

㈢《東都賦》：眇古昔而論功。

㈣蔡琰《笳曲》：涕淚交垂。

㊄《詩》：東門之枌。毛氏注：枌，白榆也。《爾雅釋》：榆之皮色白者，名枌。《齊民要術》：榆性軟弱，久無不曲例，非佳好之木。《詩》：宛在水中央。

㊅《西都賦》：抗仙掌以承露，擢雙立之金莖。

葉石林曰：此詩「猶含棟梁具，無復霄漢志」，當是爲房次律而作。自漢魏以來，詩人用意深遠，不失古風，惟此公爲然，不特語言之工也。

黄生曰：《病橘》一章，賦也。《病柏》、《枯柟》二章，比也。三詩皆得漢魏之髓，不在皮毛上論。

不見 原注：近無李白消息。

鶴注：詩云「世人皆欲殺」，當是白流夜郎之後，蓋上元二年也。梁氏編在寶應元年梓州作，不知是年，白已卒矣。　曾鞏序：乾元元年，長流夜郎，遂泛洞庭，上峽江，至巫山，以赦得釋。憩岳陽、江夏，久之，復如潯陽，過金陵，徘徊於歷陽、宣城二郡間。其族人陽冰爲當塗令，白過之，以病卒，年六十有四。　是時寶應元年也。《詩》：愛而不見。

不見李生久，佯狂真可哀㊀。**世人皆欲殺，吾意獨憐才。敏捷詩千首**㊁，**飄零酒一杯**㊂。**匡山讀書處**㊃，**頭白好**一云始**歸來**㊄。　此懷李白而作也。敏捷千篇，見才可憐。飄零縱酒，見狂可哀。歸老匡山，蓋憫其放逐而望其生還，始終是哀憐意。

㊀箕子被髮佯狂，白之縱酒豪放，亦不得已而然。

㊁《漢書·儒林傳》：魯榮廣，高材敏捷。劉向《新序》：聰明敏捷，人之美材。

㊂《雪賦》：從風飄零。薛道衡詩：陶然寄一杯。

㊃太白，蜀人，而公亦在蜀，故云歸來。《丹鉛録》謂指彰明縣南之匡山，若以爲匡廬，太白非九江人，何得言歸來乎？

㊄《楚辭》：王孫兮歸來。

顧宸曰：公與白同遊齊魯，在天寶四載。白有《魯郡石門别杜》詩，自此以後，公屢形懷憶，竟不得再見。冬日春日之懷及夢白二首，白在夜郎，公在秦州。此云「不見李生久」，白在浪遊，公在成都。公與白最稱交好，考其相從歲月，僅在遊齊魯時。前乎此，後乎此，俱未相見也。

附考：洪容齋《三筆》曰：杜詩：「匡山讀書處，頭白好歸來。」説者以爲即廬山也。吴曾《能改齋漫録》辯誤一卷，正辯是事。引杜田《杜詩補遺》云：范傳正《李白新墓碑》云：白本宗室子，厥先避仇客蜀，居蜀之彰明，太白生焉。彰明，綿州之屬邑，有大小匡山，白讀書於大匡山，有讀書堂尚存。其宅在清廉鄉，後廢爲僧房，稱隴西院，蓋以太白得名。院有太白像，吴君以是證杜句，知匡山在蜀，非廬山也。予按當塗所刊《太白集》，其首載《新墓碑》，宣歙池等州觀察使范傳正撰，凡千五百餘字，但云：「自國朝以來，編於屬籍。神龍初，潛還廣漢，因僑爲郡人。」初無補遺所紀七十餘言，豈非好事者僞爲此書，如

《開元遺事》之類，以附會杜詩耶。歐陽忞《輿地廣記》云：彰明有李白碑，白生於此縣。蓋亦傳説之誤，當以范碑爲正。

朱注：杜田之説，本於楊天惠《彰明逸事》。《杜臆》：太白系出隴西，後遂誤傳爲隴西成紀人。所云清廉鄉，亦必青蓮之訛。

黄鶴曰：李集有《望廬山五老》詩云：「九江秀色可攬結，吾將此地巢雲松。」又《望廬山瀑布》云：「而我遊名山，對之心益閒。且諧宿所好，永願辭人間。」又《南康軍圖經》云：白性喜名山，飄然有物外志，以廬阜水石佳處，遂往遊焉。至五老峰，愛其險峭奇勝，曰：「天下之壯觀也。卜築於此，吾將老焉。」今峰下有書堂舊基，白後北歸，猶不忍去，乃指廬山曰：「與君再會，不敢寒盟，丹崖緑壑，神其鑒之。」又白《送姪耑遊廬山序》：慚未歸於名山。然則匡山斷指潯陽匡廬山。

今按：《全蜀總志》：龍安府江油縣，有大匡山，在縣治西三十里，山勢高聳，狀如匡字。唐李白讀書處。豈修志者，亦因《彰明逸事》而附會歟。又考《水經注》：遠法師《廬山志》曰：殷周之際，匡俗先生遊此山，時人謂其所止爲神仙之廬，因以名山。然則廬山亦稱匡山，蓋以姓得名耶。

草堂即事

詩云：建子月，是上元二年十一月在草堂作。

荒村建子月㈠，獨樹老夫家㈡。雪一作霧裏江船渡㈢，風前竹徑斜㈣。寒魚依密藻㈤，宿雁聚從《杜臆》作雁聚。舊作鷺起，誤圓沙㈥。蜀酒禁平聲愁得，無錢何處賒。首敘冬日草堂，中四寫景，末二述情，合之皆所謂即事也。荒村、獨樹，淒涼之況。建子、老夫，用假對法。寒魚、宿雁，兼自喻窮冬旅泊，故落句有賒酒銷愁之慨。

㈠《杜臆》：《春秋》變古則書。詩云「建子月」，蓋史法也。《肅宗紀》：上元二年九月，詔去上元號，稱元年，以十一月爲歲首，建子月壬午朔，上受朝賀，如正旦儀。馬融曰：周正建子，爲天統。
㈡陶潛詩：獨樹衆乃奇。
㈢庾信詩：俱來雪裏看。
㈣劉憲詩：風前雪裏覓芳菲。　梁元帝詩：竹逕露初圓。
㈤庾信詩：寒魚抱凍沉。　薛昉詩：細藻欲藏魚。
㈥駱賓王詩：宿雁下盧洲。　《杜臆》：宿鷺，當作宿雁。冬寒但有雁耳，鷺畏露，白露降，便飛去矣。《物類志》：人養鷺於池塘，馴若家禽。每至白露，即飛騰而去。

徐九少去聲尹見過平聲

鶴注：此當是上元二年冬作。　又曰：少尹與行軍自不同。西都、東都、北都、鳳翔、成都、河中、江陵、興元、興德，府尹各一人，少尹二人，初不言以少尹爲行軍長史，但云：永徽中，改尹爲長史。又云：天下兵馬元帥府，有行軍長史、行軍司馬。今題云「少尹」，而詩云「行軍」，徐當是成都尹兼節制兵馬，以時亂，故少尹兼稱行軍也。

晚景孤村僻，行軍數騎去聲**來。交新徒有喜，禮厚愧無才。賞静憐雲竹**㈠**，忘歸步月臺**㈡**。何當看**平聲**花蕊，欲發照江梅。**上四叙事，見自謙意。下四叙景，見喜客意。晚景，謂日暮之時。尹何時當再來乎，梅將發而照江矣，期之也。

㈠張正見詩：翠竹梢雲自結叢。

㈡謝靈運詩：游目倦忘歸。梁武帝《秋笛曲》：繞虹梁，流月臺。

范二員外邈吴十侍御郁特枉駕闕展待聊寄此作

鶴注：當是上元二年浣花時作。過江上宅時郁尚謫楚中，是年蓋放還矣。

暫往比音皮**鄰去**晉作至㈠**，空聞二妙歸**㈡**。幽棲誠簡略，衰白已光輝。野外貧家遠**㈢**，村中好客稀。論**平聲**文或不愧，重**平聲**肯款柴扉**㈣**。**簡略，承比鄰句，闕展待也。光輝，承二妙句，特枉駕也。下四，因失款而冀其重來。

㈠曹植詩：萬里猶比鄰。

㈡《晉書》：尚書令衛瓘與尚書郎索靖，俱善草書，時人號爲一臺二妙。

㈢陶潛詩：野外罕人事。

㈣范雲詩：還聞稚子説，有客款柴扉。

趙汸曰：前後詩中，每以無俗物、絶交游、門徑榛塞爲喜，獨於范吴之來，闕於展待，委曲盡情如此，則平日稱懶者果真懶乎。

王嗣奭曰：公素以文自負，如「文章千古事」，則内信於心。「斯文憂患餘」，則竊比於聖。故亦不輕與人論文。「重與細論文」，則須李白；「佳句法如何」，則詢高適。二人皆高品也。如吴侍御辯釋無辜，寧拂上官而甘遷斥者，乃公心契，論文不愧，豈泛言者哉。

羅大經《鶴林玉露》曰：范員外、吴侍御，訪少陵於草堂，杜偶出，不及接見，因謝之以詩。陳後山在京師，張文潛、晁無咎爲館職，聯騎過之，後山偶出蕭寺，二君題壁而去。後山亦謝之以詩云：「白社雙林去，高軒二妙來。排門銜鳥雀，揮壁帶塵埃。不憚升堂費，深愁載酒回。功名付公等，歸路在蓬萊。」杜陳一時之事相類。二詩蘊藉風流，未易優劣。

王十七侍御掄許攜酒至草堂奉寄此詩便請邀高三十五使去聲君同到

鶴注編在上元二年冬成都作。是時高適刺蜀，以攝尹事至成都也。考《舊書·高適傳》：崔光遠不能攝軍，天子罷之，以適代爲成都尹、西川節度。然此詩不曰高尹，而仍謂高使君。且是年十一月，光遠卒，十二月旋以嚴武爲成都尹，則適實未嘗代光遠也。及嚴武於寶應元年召歸後，却不聞成都别除尹。史云：代宗即位，吐蕃陷松、維、保諸州，節度使高適不能救，以嚴武代還。必寶應元年七月至廣德元年十二月，乃適尹成都也。但此時，公無一詩與高，蓋適爲尹時，公同在東川，及嚴武再鎮蜀，方歸草堂也。　王掄終於彭州刺史，後有《哭王彭州掄》詩。

老夫卧穩朝慵起，白屋寒多暖始開㈠。江鸛一作鶴**巧當幽徑浴㈡，鄰鷄還過短牆來。繡衣屢許攜家醖㈢，皂蓋能忘折**音節**野梅㈣。戲假霜威促山簡㈤，須成一醉**一作醉**裏習池迴㈥。**

上四，草堂閴寂之景，下欲王攜酒邀高同至也。　鸛浴、鷄飛，晴暖景象，即開門所見者。　繡衣、霜威，指王。　皂蓋、山簡，指高。　習池，借比草堂。　堂有野梅，故以折梅招之。

㈠《抱朴子》：公旦執贄於白屋。　白屋，白茅覆屋也。

㈡鸛，水鳥，形似鶴。　庾信詩：幽徑忽春臨。

㈢洙曰：漢侍御有繡衣直指，出討奸猾，治大獄。

㈣《續漢志》：二千石，皂蓋朱兩幡。　陸凱詩：折梅逢驛使，寄與隴頭人。

㈤趙曰：霜威，御史有風霜之任也。　崔篆《御史箴》：今鷹隼始擊，以成嚴霜之威。　諸葛穎詩：葉落霜威重。

㈥《晉書》：習氏，荆土豪族，有佳園池。　山簡每出嬉遊，多之池上，名之曰高陽池。

朱瀚云：作詩代書，促侍御踐約，并邀高來同飲，真率如話，而矩度謹嚴，仍有惜墨如金之意。

今按：鄰鷄過牆，語近淺易。　繡衣、皂蓋，又近拙鈍。　恐非少陵匠意之作也。　補注：詩家用短牆，不避俗字，但有工拙之不同。　杜公此句，語率而近俚，元仇仁近云：「桃柳參差出短牆，小樓突兀看湖光。」自覺風趣嫣然。

王竟攜酒高亦同過共用寒字

臥病荒郊遠㈠，通行小徑難㈡。　故人能領客，攜酒重義從平聲，讀用去聲相看平聲。　自愧無鮭音骸，一作蝦菜㈢，空煩卸馬鞍。　移樽一作時勸山簡，頭白恐風寒㈣。　亦從草堂叙起。　王果攜酒而至，喜之也。勸高醉飲禦寒，戲之也。　原注：高每云：汝年幾小，且不必小於我，故此句戲之。

㈠謝靈運詩：卧病同淮陽。

㈡《前漢書》：陳恢見沛公曰：「足下通行無所累。」

㈢《集韻》：鮭，吴人魚菜總稱。　《齊書》：庾杲之清貧自業，食唯有韭、葅、瀹韭、生韭雜菜。任昉戲之曰：「誰謂庾郎貧，食鮭嘗有二十七種。」二十七，言三九也。

㈣顔延之詩：嚴駕越風寒。

陪李七司馬皂江上觀造竹橋即日成往來之人免冬寒入水聊題短作簡李公

鶴注：此當上元二年冬在蜀州作。　《元和郡縣志》：郫江，一名皂江，經蜀州唐興縣東三里。任憢《渠堰志》：九昇口堰，其源出於皂江，至郫之棚頭，别流爲温江口。曰九昇口者，實兩江之滙也。晏公《類要》：郫江，一名皂里水，今在新津。　昇，音躬。

伐竹黄作伐木。朱瀚作代木**爲橋結構同**㈠**，褰裳不涉往來通**㈡**。天寒白鶴歸華表**㈢**，日落青**

龍見音現**水中**㈣。**顧我老非題柱客**㈤，**知君才是濟川功**㈥。**合歡**《正異》作觀**却笑千年事**㈦，**驅石何時到海東**㈧。上四觀竹橋，下四簡李公。結構同，等於木橋。往來通，駕竹而渡。鶴歸華表，柱可棲鶴。龍見水中，橋影若龍也。題柱客，公自謙。濟川功，頌司馬。趙次公曰：合歡，橋落成而聚客歡飲。笑者，笑前人之勞而無成。

㈠雷次宗《豫章記》：伐竹爲筏。《魯靈光殿賦》：觀其結構。

㈡《詩》：褰裳涉洧。褰裳涉溱。任昉詩：江湖忽往來。

㈢劉敬叔《異苑》：晉太康二年冬，大雪，南州人見二白鶴語於橋下曰：「今茲寒不減堯崩年也。」於是飛去。白鶴事當主《異苑》，舊引丁令威化鶴歸集城門華表柱者，誤。此華表，指橋柱。李義山詩「灞水橋邊倚華表」，亦可證。又梁昭明太子啟：虹入漢而藏形，鶴臨橋而送語。

㈣《朝野僉載》：趙州石橋甚工，望之如初月出雲，長虹飲澗。天后時，默啜欲南過橋，馬跪地不進，但見青龍卧橋上，奮迅而怒，賊乃遁去。今按：青龍，用費長房竹杖事，切竹橋也。《楚辭》：麾蛟龍以津梁。知橋可稱龍。

㈤顧，念也。《華陽國志》：蜀城北八十里，有昇仙橋、送客觀。司馬相如初入長安，題其柱曰：「大丈夫不乘赤車駟馬，不過汝下。」

㈥《説命》：若濟巨川，用汝作舟楫。

㈦《樂記》：酒食者，所以合歡也。《淮南·詮言》：今有美酒合歡以相饗，卑禮婉辭以接之。

㈧《齊地記》：秦始皇作石橋，欲過海觀日出處，有神人能驅石下海，石去不速，神輒鞭之，石皆流血。

觀作橋成月夜舟中有述還呈李司馬

草堂本有此題。諸本通上章，爲二首。連日觀橋，舟皆設酒，觀詩中屢字可見。

把燭橋成一作成橋**夜**㈠，**迴舟客坐**一作坐客**時。天高雲去盡，江迴月來遲。衰謝多扶病，招邀屢有期。異方成此興**去聲，**樂**音洛**罷不無悲。**上章題橋成，此章述己意。把燭橋成，言刻日完功。雲去月來，記舟前夜景。悲有三意，衰年多病，而又在異方，故悲不自勝。

㈠《梁武帝紀》：把燭看事。

李司馬橋成一作了承一無承字高使去聲君自成都回

王洙曰：時高適守蜀州而攝成都，故題云自成都回。《九域志》：蜀州東至成都一百里，故詩云：「橋東待使君。」又知是詩在蜀州作。錢箋：唐制節度使闕，以行軍司馬攝知軍事，未聞以刺史也。

向來江上手紛紛，三日功成事出群。已傳童子騎青竹一作馬㈠，總擬橋東待使去聲君。上二司馬橋成，下二使君回蜀。　手紛紛，經營者衆也。

㈠《後漢書》：郭伋爲并州牧，始至，行部到河西美稷，有童兒數百，騎竹馬迎之曰：「聞使君到，喜，故來迎。」

入奏行贈西山檢察使去聲竇侍御

黄鶴編在寶應元年。　夢弼曰：時吐蕃分三道入寇，欲取成都爲東府，竇公以御史出檢校諸州軍儲器械，得以便宜入奏，公作是詩以贈之。　鶴曰：考新舊史、《會要》諸書，無檢察使，唯有巡察、觀察、按察之名。然《歐陽詹集》有《送韋檢察》詩，又似史失書。　朱注：《會要》有西山運糧使、檢校户部員外郎。詩云：「運糧繩橋壯士喜。」疑即此官，竇蓋以侍御出耳。　又曰：詩云：「八州刺史思一戰，三城守邊却可圖。」是西山未没吐蕃時作。

竇侍御，驥之子、鳳之雛㈠。年未三十忠義俱㈡，骨鯁絶代無㈢。炯如一段清冰出萬壑，置在迎風露寒一作寒露之玉壺㈣。蔗漿歸厨金碗凍㈤，洗滌煩熱足以寧君軀。政一作整用疏

通合典則㈥**，戚聯豪貴躭文儒**㈦**。**此叙竇之履歷。首四，記其美質忠心。清冰四句，喻其廉操清望。政用二句，稱其法古崇儒。《杜臆》：起段，如雷轟電閃，風雨驟至，長短錯綜，似無條理，而所注意，在「骨鯁絶代無」、「足以寧君軀」，至襯語則極形容其清冷，蓋必清心冷面人，方能直言時事，足以制强寇而釋主憂。玉壺、清冰，金碗、蔗漿，欲滌君王之煩熱。竇行蓋在夏時，故借喻及此。竇侍御爲一句，驥子、鳳雛爲一句。

㈠《北齊書》：裴景鸞、景鴻，並有逸才。河東呼景鸞爲驥子，景鴻爲龍文。《蜀志》：龐統，德公之從子。德公謂統爲鳳雛。《晉書》：陸雲幼時，吴尚書閔鴻奇之曰：「此兒若非龍駒，當是鳳雛。」

㈡《華陽國志》：漢旌表忠義。

㈢《荀子》：君有忠臣，謂之骨鯁。

㈣鮑照詩：清如玉壺冰。《西京賦》：既新作於迎風，增露寒與儲胥。注：皆館名。《漢書》：武帝元封二年，因秦林光宫，復增通天、迎風、儲胥、露寒。趙曰：露寒，舊本作寒露，蓋傳寫之誤。公《槐葉冷淘》詩：「萬里露寒殿，開冰清玉壺。」則用字初未嘗倒。

㈤《前漢·禮樂志》：《景星歌》：秦尊柘漿析朝酲。注：取柘漿汁以爲飲，可解酲也。

㈥《禮·經解》：疏通知遠，書教也。《書》：有典有則。

㈦《後漢·輿服志》：進賢冠，文儒者之服。

兵革《英華》作甲兵**未息人未蘇**㈠**，天子亦念西南隅**㈡**。吐蕃憑陵氣頗粗，竇氏檢察應時須**

樊作才能俱。運糧繩橋壯士喜㊂，斬木火井窮《英華》作寒猿呼㊃。八州刺史思一戰㊄，三城守邊却可圖㊅。此行入奏計未小，密奉聖旨恩宜一作應殊㊆。此送侍御入覲。西山密邇吐蕃，竇公檢察其地，運糧斬木，則軍儲足而運道通，故乘此可議戰守。今回京入奏，必能上合帝心也。盧注：檢校責在輸糧，糧足始可戰守，故公上嚴武《兩川説》云：頃者三城失守，非兵之過也，糧不足也。

㊀陸機《思歸賦》：兵革未息，宿願有違。

㊁《初學記》：自劍閣西南爲益州。

㊂錢箋：《元和郡縣志》：繩橋，在茂州汶川縣西北，架大江水，篾笮四條，以葛藤緯絡，布板其上，雖從風摇動，而牢固有餘，夷人驅牛馬去來無懼。今按其橋以竹爲索，闊六尺，長十丈。《輿地紀勝》：繩橋，在維州保寧縣東十五里，辮竹爲繩，其上施木板，長三十丈，通蕃漢路。

㊃斬木於火井之地，言除道以通運，無木可依，故猿呼。鶴曰：《寰宇記》：水涸時，以火投井中，即焰出，移時方滅，今在蓬州。此詩指蓬州火井言。《蜀都賦注》：火井欲出其火，先以家火投之，須臾焰出通天，以竹筒盛之，接其光而無炭。取井火還，煑井水一斛，得四五斗鹽。家火煑之，不過二三斗鹽耳。《晉書》：李充爲記室參軍，家貧，求補外。楚裒問之。曰：「窮猿投林，何暇擇木。」

㊄《舊書·地理志》：劍南節度使，西抗吐蕃，南撫蠻獠，統團結營及松、維、恭、蓬、雅、黎、姚、悉八

州兵馬。公《東西兩川説》：八州素歸心於其世襲刺史。　朱注：《高適傳》：自邛關黎雅以抵南蠻，由茂而西，經羌中平戎等城，界吐蕃瀕邊諸城，皆仰給劍南。

㈥《唐書》：彭州有羊灌、田朋、笮繩橋、三守捉城，又有七盤、安遠、龍溪三城，皆界茂州汶山。　朱又云：公《西山》詩有「繩橋戰勝遲」之句，則此三城，乃三城捉手也。　蔡注：指姚、維、松三州，非。

㈦晉群臣《立廟奏》：聖旨弘深，遠跡上世。

繡衣春當一作飄飄**霄漢立**㈠，**綵服日向**一作粲粲**庭闈趨**㈡。樊本此下有「開濟人所仰，飛騰時正須」二句。**省郎京尹必俯拾**一作相付㈢，**江花未落還成都**㈣。　此言侍御省親。　霄漢立，得近君。　庭闈趨，得侍親。　省郎京尹，冀其增秩。　江花未落，仲夏去而初秋回也。

㈠繡衣，御史之服。　漢有繡衣直指使。

㈡老萊子綵服以娛親。　庭闈，注見本卷。

㈢《前漢書》：夏侯勝曰：「士病不明經術，經術苟明，取青紫如俯地拾芥耳。」

㈣江花，指荷。　後《到村》詩「蛟龍引子過，荷芰逐花低」可證。

江花未落還成都吴本重出此句，**肯訪浣花老翁無**？　一云：公來肯訪浣花老。　**爲**去聲**君酤**吴作酤**酒滿眼酤**㈠。　二句《英華》作：攜酒肯訪浣花老，爲君著衫捋髭鬚。　與奴白飯馬青芻㈡。　《英華》無此句。　此望侍御還蜀。　錢箋：酤酒相賀，而又下及奴馬，燕喜之至也。　《杜臆》末段承上，須有疊句，而通篇一韻到底，每用疊韻，妙協音節，極起伏頓挫之妙。　此章前二段各十句，後二段各四句。

㊀滿眼酤，謂滿前皆酒酤也，即公詩「濁醪必在眼」意。　舊注謂蜀人以竹筒沽酒，酒滿筒眼，似近於俚。　上酤字，買酒也。《小雅》：無酒酤我。下酤字，一宿酒也。《商頌》：既載清酤。《世說》：鮑照答顔延之曰：「君詩若鋪錦列繡，亦雕繢滿眼。」

㊁林時對曰：傅玄《盤中》詩：何惜馬蹄歸不數，羊肉千斤酒百斛，令君馬肥麥與菽。此詩結句所祖。　王建詩云：人客少能留我屋，客有新漿馬有粟。句法與杜相合。

朱鶴齡曰：是時吐蕃窺西山三城，西川八州刺史合兵禦之，故賔侍御以戰守機宜入奏朝廷。　錢箋引東川梓、遂、果、閬等八州者，全無交涉。

申涵光曰：《入奏行》是集中變體。　長短縱横，太白所長，正爾不必效之，失其故步。

得廣州張判官叔卿書使去聲還以詩代意

詩云蜀城，當是在成都時作。　黄鶴編在梓州，誤。　朱注：張叔卿，魯人，見公《雜述》及《舊唐書·李白傳》。

鄉關胡騎去聲滿一作遠㊀，宇宙蜀城偏。　忽得炎州信㊁，遥從月峽傳㊂。　雲深驃騎音票忌幕㊃，夜隔孝廉船㊄。　却寄雙愁眼，相思一作望淚點懸㊅。　上四得叔卿書，下四以詩代意。

《杜臆》：胡騎滿，言居蜀之故。炎州來信，從月峽遥傳，正見蜀城之偏也。雲深夜隔，總傷其遠闊。驃騎幕，判官所居。孝廉船，因張憑同姓而借用之。公所寄者詩，而云却寄雙眼，出語甚奇，蓋寫詩時，淚點沾紙，則淚眼與詩同去矣，此十字句法。

㈠隋孫萬壽詩：鄉關不再見，悵望窮此晨。

㈡《楚辭》：嘉南州之炎德。

㈢《十道志》：渝州有明月峽，三峽之始。

㈣《漢書》：元狩二年，霍去病爲驃騎將軍。

㈤《世説》：張憑嘗謁丹陽尹劉惔，惔留宿，明日乃還船。須臾，惔遣傳教覓張孝廉船，召與同載，時人榮之。

㈥《吴越春秋》：王夫人歌：淚泫泫兮雙懸。

魏十四侍御就敝廬相别

鶴注：詩云「江邊問草堂」，當是寶應元年在草堂時作。

有客騎驄馬㈠，**江邊問草堂**。**遠尋留藥價**㈡，**惜别倒**或作到**文場**㈢。**入幕旌旗動**㈣，**歸軒錦繡香**㈤。**時應**平聲**念衰疾**，**書疏**去聲一作迹**及滄浪**㈥。上四侍御就别，下四送别侍御。倒文場，意氣傾倒於文場。若作到字，與問草堂重複矣。行幕軒車，魏之行色。滄浪，即指浣溪，所謂「百花潭北即滄浪」也。

㈠驄馬，用漢桓典事。

㈡《高士傳》：韓康常遊名山，採藥賣於長安市中，口不二價。

㈢《杜預傳贊》：元凱文場，號爲武庫。

㈣《東都賦》：旌旗拂天。

㈤劉繪詩：交錯錦繡陳。

㈥王羲之帖：不得君家書疏。晉那呵灘詩：書疏數知聞，莫令信使斷。

贈別何邕

鶴注：寶應元年，公送嚴武至綿州，其別何邕，當在此時。詩云「綿谷元通漢」，何蓋爲綿谷尉也。又云「傳語故鄉春」，何蓋京兆人而赴長安也。邕即前所云何十一少府耶？

生死論平聲**交地**㈠，**何由見一人。悲君隨燕雀**㈡，**薄宦走風塵**㈢。**綿谷元通漢**㈣，**沱江不向秦**㈤。**五陵花滿眼**㈥，**傳語故鄉春**。上四送別何邕，下四別後情緒。生死交情，既難多得，何又隨燕雀而走風塵，更覺孤寂矣。綿谷通漢，邕可至京。沱江背秦，己猶滯蜀也。長安不見，而欲傳語春光，公思鄉之意切矣。悲君二字貫下，此十字爲句。

㈠《翟方進傳》：一死一生，乃見交情。

㈡《公孫弘傳贊》：以鴻漸之翼，困於燕雀。

㈢任昉表：薄宦東朝。

㈣《唐書》：綿谷縣，屬利州，利與劍爲鄰，劍州至綿，不遠三百里。《禹貢》注：漢出爲潛。《史記正義》：潛水，出利州綿谷縣東龍門山大石穴下。朱注：綿谷，即蜀漢之漢壽，今保寧府廣元縣是。「綿谷元通漢」，謂綿谷潛水，本上合於沔陽之漢水也。漢中北直長安，故云。

㈤《漢書·地理志》：沱水，在蜀郡郫縣西，東入大江。其一在汶江縣西南，東入江。郭璞《爾雅注》：沱水，自蜀郡都安縣湔山，與江別而更流。金履祥曰：江至永康軍導江縣，諸源既盛，遂分爲沱，東至眉州彭山縣，復合於江。朱注：沱江，《蜀志》謂一在灌縣，一在新繁。灌縣之沱，一名郫江，即郭注所云別江於湔山者。《溝洫志》謂李冰所穿，恐亦因禹故跡而疏之耳。

㈥五陵，見《秋興》詩注。

絶句

趙次公謂江邊踏青，乃成都事，蓋因前詩有「草見踏青心」句也。按：是年西山有吐蕃之警，故云旌旗、鼓角。依趙氏編在寶應元年春成都詩内。

江邊踏青罷㊀，回首見旌旗。風起春城暮，高樓鼓角悲。此春日傷亂之作。旌旗，日所見。鼓角，夕所聞。

㊀杜氏《壺中贅録》：蜀中風俗，舊以二月二日爲踏青節。盧公範《饋餉儀》：三月三日上踏青鞋。隋煬帝詩：踏青鬬草事青春。李綽《歲時記》：上巳賜宴曲江，都人於江頭禊飲，踐踏青草，曰踏青。劉禹錫《竹枝詞》：昭君坊中多女伴，永安宫外踏青來。

高棅曰：五言絶句，作自古也。漢魏樂府古詞，則有《白頭吟》、《出塞曲》、《桃葉歌》、《歡問歌》、《長干曲》、《團扇郎》等篇。下及六代，述作漸繁。唐初工之者衆，四傑尤多，宋之問、韋承慶之流，相與繼出，可謂盛矣。開元後，獨李白、王維，尤勝諸人。次則崔國輔、孟浩然，可以並駕。若儲光羲、王昌齡、裴迪、崔顥、高適等數篇，辭簡而意長，與前數公，實相羽翼。中唐雖聲律稍變，而作者接迹之盛，過於天寶。元和以後，不可得矣。

嚴羽曰：絶句難於律詩，五言絶句難於七言。

周敬曰：五言絶難於七言絶者，以語短而氣苦於促，字少而意忌於露，格似拙而辭易流於俗也。衆唐人一樣，宋人又是一樣，當以摩詰、青蓮爲法。

茅一相曰：絶句固難，五言尤難，離首即尾，離尾即首，而腹亦不可少，妙在愈小而愈大，愈促而愈緩。

顧璘曰：五言絶句，以調古爲上，以情真爲得體。

贈別鄭錬赴襄陽

鶴注：此寶應元年在浣花溪作，故云「柴門老病身」。其年，史朝義陷營州，羌、渾、奴剌陷梁州，且河東、河中軍皆亂，故首言「戎馬交馳際」。

戎馬交馳際㈠，**柴門老病身**。**把君詩過日**俗本作目㈡，**念此別驚神**㈢。一云念別意驚神。**地闊峨眉晚**一作曉，或作遠㈣，**天高峴首春**㈤。**爲**去聲**於耆舊内**㈥，**試覓姓龐人**㈦。上四惜鄭之別，下四贈赴襄陽。　《杜臆》：當戎馬交馳之際，有此柴門老病之身，無可銷愁，惟把君詩以過日耳。今又遠去，能不念此別而驚神乎？　自兹一別，我在峨眉，君在峴首，地闊天高，何由會面，所以驚神也。倘耆舊中有如龐德公，覓以相報，吾亦將與之偕隱襄陽矣。　把君詩、念此別，各三字另讀。　臨別躊躕，故日色將晚。　歸覽景物，適春意已生。　晚春二字，俱不空下。　生注：地闊天高，即水遠山長意，變詞以避熟。　闊貼眉、高貼首，各見匠心。　公詩：「狼籍畫眉闊。」

㈠吴質書：羽檄交馳。

㈡《陳書》：隋文帝使後主節飲，既而曰：「任其性，不爾，何以過日。」

㊂庾信詩：眷然惟此別。

㊃蔡琰《笳曲》：山高地闊兮，見汝無期。

㊄《記》：天高地下。　陳後主《歸魂賦》：映峴首之沉碑。《元和郡縣志》：峴山，在襄陽縣東南九里，東臨漢水，古今大路。

㊅《襄陽耆舊傳》，晉習鑿齒作。

㊆龐德公隱鹿門山，在襄陽。

重平聲贈鄭鍊絶句

與上章先後同時作。

鄭子將行罷使去聲臣㊀，囊無一物獻尊親㊁。江山路遠羈離日，裘馬誰爲感激人。上章叙惜別之情，此章憐其清況也。　師氏曰：鄭鍊出爲使臣，其罷歸也，囊無一物，廉潔如此。彼乘肥衣輕之人，誰感動激發而周旋之耶。

㊀《楚辭》：歷吉日兮吾將行。　《詩小序》：《皇皇者華》，君遣使臣也。

㊁《後漢·范式傳》：式謂元伯曰：「後二年，當拜尊親，見孺子焉。」

江頭五詠

鶴注：江頭，即前江畔獨步尋花處。五詩據所見入詠，皆有寓意。舊次編在寶應元年。

丁香

丁香體柔弱，亂結枝猶墊都念切㊀。**細葉帶浮毛，疏花披素豔。深栽小齋後，庶使**一作近**幽人占**去聲。**晚墮蘭麝中**㊁，**休懷粉身念。**

《圖經本草》：丁香，木類桂，高丈餘。葉似櫟，凌冬不凋。花圓細，黄色。《齊民要術》：鷄舌香，世以其似丁子，故一名丁子香，即今丁香是也。《日華子》云：丁香，治口氣，所以郎官含之。《碎録》：丁香，一名百結。子出枝葉上，如釘，長三四分。有粗大如山茱萸者，名母丁香。盧注：此喻柔弱者當知自守。丁香體弱而枝墜，其花葉植於小齋，止堪與幽人作緣。若使墮入蘭麝，將粉身而不保矣。身名隳於晚節，大概如此。

㊀朱注：陳藏器云：丁香，擊之則順理而解爲兩。李義山詩：本是丁香樹，春條結始生。其合則爲結也。《説文》：墊，下也。凡物之下墮，皆可云墊。

㊁《石崇傳》：婢妾數十人，皆藴蘭麝，被羅縠。《抱朴子》：耳疲乎鄭衛，鼻饜乎蘭麝。

麗春

《圖經本草》：麗春草，一名仙女蒿。《格物論》：麗春，一云長春花。

百草競春華，麗春應平聲**最勝。少須**一作頃**顏色好**一作好顏色㊀**，多漫枝條賸**俗作剩㊁**。紛紛桃李姿**舊作枝，疑誤**，處處總能移。如何此貴重，**《正異》作：如何貴此種。晉作：稀如此貴重。**却怕有人知。**

盧注：此比人以知希者爲貴。花少則顏色鮮好，花多則枝頭餘剩，此麗春之勝也。彼桃李凡姿，隨移隨活，獨麗春性異，移之即槁，却似怕人知者，所以可貴也。少字、多字略讀，句意自明。須，應須也。漫，徒然也。

㊀顧云：《群芳譜》：麗春，罌粟别種也。根苗一類而數色咸具，此其顏色之好也。

㊁陶潛詩：枝條始欲茂。《北史·賈思伯傳》：客曰：「公合貴重，寧能不驕。」

梔子

《圖經本草》：梔子，南方及西蜀州郡皆有之。木高七、八尺，二、三月生白花，花皆六出，甚芬香。夏秋結實，如訶子狀，生青熟黄，中仁深紅。

梔子比衆木，人間誠未多㊀。**於身色有用，與道氣相**一作傷**和**㊁。**紅取風霜實，青看**平聲**雨露柯。無情移得汝，貴在映江波**㊂。遠注：此有孤芳自賞之意。此章全屬自寓。人間未多，種特異矣。色有用比才堪濟時。氣相和，比性不戾俗。青紅點景，自嘆歷經霜露。色映江波，故鍾情在此。舍汝之外，别無可移情矣。

㊀顧注：《酉陽雜俎》：諸花少六出者，惟梔子花六出，此正衆木中未有也。陶貞白云：梔子，剪花六出，剖房七道，其花甚香，即西域薝蔔花也。《名山志》：樓石山，多梔子，色可染帛，即所云「色有用」也。其性極冷，即所云「氣傷和」也。其實經霜則紅，即所云「紅取風霜實」也。葉似兔耳，厚而深緑，春榮秋瘁，即所云「青看雨露柯」也。

㊁趙注：《本草》稱：梔子治五内邪氣、胃中熱氣，其能理氣明矣。此頌梔子之功也。作「氣相和」亦是。

㊂謝朓《牆北梔子樹》詩：有美當階樹，霜露未能移。還思照緑水，君家無曲池。末二句本此。黄鶴云：公自喻飽經風霜，而獨見遺於物外也。

鸂鶒

陳藏器《本草》：鸂鶒，水鳥。形小如鴨，毛有五采。

故使籠寬織㈠，須知動損毛。看平聲雲猶一作莫悵望，失水任呼號平聲㈡。六翮曾音層經剪㈢，孤飛卒一作只未高㈣。且無鷹隼慮，留滯莫辭勞。盧注：此章意在安於義命。鳥在籠中，不免悵望呼號。上四，憐之也。剪翮難飛，留此可免搏擊。下四，慰之也。竹籠寬織者，恐其損羽毛也，下句申明上句。遠注：鸂鶒本水鳥而受樊籠，故有看雲失水之狀。

㈠謝惠連《鸂鶒賦》：宛羈畜於樊籠。

㈡《前漢·游俠傳》：晝夜呼號。

㈢顧注：凡鳥之勁羽，止於六片。《韓詩外傳》：鴻飛千里，特六翮耳。

㈣陶潛詩：望雲慚高鳥。

花鴨

花鴨無泥滓㈠，階前一作中庭每緩行。羽毛知獨立㈡，黑白太分明㈢。不覺群心妬，休牽衆眼驚。稻粱霑一作知汝在，作意莫先鳴㈣。盧注：此章即漁父獨醒之意。獨立、分明，是花鴨之皭然自異處。然惟獨立，故群心妬。惟分明，故衆眼驚。且既霑足稻粱，又何須先鳴以取忌乎。上四，作稱羨之詞。下四，作警戒之詞。「羽毛知獨立」，謂群羽之中，知其獨立。群心、衆眼，指諸鴨言。花鴨當食必鳴，但戒其毋先耳。鶴云：公自喻以直言受妬，出居於外，雖有一飽之適，猶以先鳴爲戒。

㈠《抱朴子》：虚談則口吐冰霜，行己則守污泥滓。

㈡《鸚鵡賦》：雖同族於羽毛，固殊智而異心。　朱超詩：獨立不成群。

㈢《漢書·薛宣傳》：黑白分明。《會稽典録》：張温死，諸葛武侯曰：「其人於清濁太明，善惡太分。」

㈣《尸子》：戰如鬭鷄，勝者先鳴。

顧宸曰：丁香，立晚節也。麗春，守堅操也。梔子，適幽性也。鸂鶒，遺留滯也。花鴨，戒多言也。此雖詠物，實自詠耳。

野望

鶴注：此當是寶應元年成都作。

西山白雪三城一作奇。一作年**戍**㈠，**南浦清江萬里橋**㈡。**海内風塵諸弟隔**㈢，**天涯涕淚一身遥**㈣。**惟將遲暮供多病**㈤，**未有涓埃**一作涘，誤**答聖朝**音潮㈥。**跨馬出郊時極目**㈦，**不堪人事日**一作自**蕭條**㈧。

此因野望而寄慨也。上四，野望感懷，思家之念。下四，野望撫時，憂國之情。

臨橋而望三城，近慮吐蕃。天涯而望海内，遠愁河北也。五六屬自慨。末句，乃慨世。出郊極目，點醒本題。　朱瀚曰：國步多艱，皆由人事所致，結句感慨深長。

㊀唐氏注：西山，在成都府西，一名雪嶺。　三城戍，即松、維、堡三城。《唐志》注：唐興有羊灌、田朋、笮繩橋三城。《困學紀聞》：《唐·地理志》：彭州導江縣，有三奇戍。《韋臯傳》：大將陳珀等，出三奇西南。《備邊録》：所謂三奇營也。　錢箋：西山三城，界於吐蕃，爲蜀邊要害，屢見杜詩，正不必作三奇也。

㊁謝脁詩：悵望南浦時。　《楚辭》：隱玫山以清江。　《一統志》：萬里橋，在成都府中和門外。

㊂《漢·終軍傳》：邊境時有風塵之警。　《漢·宗室傳》：王睦悉推財物與諸弟。

㊃古詩：各在天一涯。　蔡琰《胡笳》：涕淚交垂。　孔融詩：安能苦一身。

㊄《楚辭》：恐美人之遲暮。　《史記》：留侯性多病。

㊅《漢書》：使者謂龔勝曰：「聖朝未嘗忘君。」

㊆鮑照詩：跨馬出北門。　《世説》：王東亭嘗春月乘馬出郊，時彦同遊者，連鑣俱進。　王景興書：想亦極目而迴望。

㊇嵇康詩：何爲人事間，自令心不夷。　《楚辭》：山蕭條而無獸。

朱鶴齡曰：按史：是時分劍南爲兩節度，而西山三城列戍，百姓疲於調役，高適嘗上疏論之，不納。公詩當爲此作，故有人事蕭條之嘆。

畏人

詩成後，拈畏人二字爲題，非專詠畏人也。蔡氏編在寶應元年。曹植詩：客子常畏人。

早花隨處發一作發處，**春鳥異方啼。萬里清江上**㈠，**三年**一作峰**落日低**㈡。**畏人成小築，褊性合幽棲。門逕**一作逕没**從榛草**趙汸作塞，**無心待**一作走**馬蹄。**此詩歎羈旅寂寥也。上四言景，有故鄉故國之思。下四叙情，有避世避人之意。《杜臆》：離家萬里，寄迹三年，身世孤危，所以畏人而幽棲也。胡夏客曰：萬里二語，十字只如一句。

㈠孔稚圭詩：孤征越清江。

㈡三年，舊作三峰，謂登萬里橋而望三峰，此説非也。成都無山，安有三峰？趙注：公自乾元二年入成都，至寶應元年春，爲三年矣。

屏跡三首

依蔡氏、梁氏，編在寶應元年。按：詩中景物，乃是春夏之候。黄鶴因詩有「年荒酒價乏」句，遂引永泰元年京師斗米千錢爲證。又引廣德二年，定京城上下酤户，以收月税爲證。顧氏謂史書所記，乃長安事，不涉成都。黄氏次在永泰元年者，非是。鮑照詩：屏跡勤躬稼。

衰年一作顔**甘屏**音丙**跡，幽事供高卧。鳥下**去聲**竹根行**㈠**，龜開萍葉過**㈡**。年荒酒價乏，日併園蔬課**㈢**。獨**一作猶**酌甘泉歌，**一云：獨酌酣且歌。一云：獨酌飲甘泉。**歌長擊樽破**㈣**。**首章，言屏跡景事，在四句分截。鳥下竹根，龜開萍葉，偶然所見，皆屬幽事。日併賣蔬課錢，以充沽酒之價，然猶苦不繼，故止酌飲甘泉耳。顧云：酌而歌，歌而長，長而至於擊樽，擊樽而至於破，公之狂態俱見，無聊之態亦見矣。

㈠《選》詩：徘徊孤竹根。

㈡薛道衡詩：勝龜蓮葉開。

㈢《記》：儒有併日而食。庾信詩：拂雪就園蔬。

㈣趙曰：擊空樽，暗使王大將軍酒後擊缺唾壺事。秦始皇作驪山陵，諸民怨之，作《甘泉》之歌。此詩則言酌甘泉而歌也。

此以屏跡領起，自屬首章，他本編在末者，非。顧云：此首雖屬古體，而無一句失拈，無一字失對，自是仄韻之律。

其二

用拙存一作誠**吾道，幽居近物情**㈠**。桑麻深雨露，燕雀半生成。村鼓時時急，漁舟個個輕。**

杖藜從白首㈡**，心跡喜雙清**㈢**。**次章，申言屏跡之志。下六分應一二。　拙者心静，故能存道。幽居身暇，故近物情。桑麻、燕雀，動植對言。村鼓、漁舟，耕漁對言。皆物情之相近者。對此而心跡兩清，吾道得以常存矣。　趙汸注：雨露、生成，句中自對，語意深厚老成，識得生物氣象。《杜臆》：半生成，謂生者已成，成者又生，半字最佳。　心跡二字，乃三首之眼。公在草堂，地僻可以屏跡，而性懶亦宜於屏跡也。

㈠江淹詩：物情棄疵賤。

㈡《莊子》：原憲杖藜而應門。

㈢謝靈運詩：心跡雙寂寞。　楊守阯曰：心跡雙清，言無塵俗氣也。

羅大經曰：杜詩：「桑麻深雨露，燕雀半生成。」陳後山詩：「輟耕扶日月，起廢極吹噓。」或疑虚實不類，不知生爲造，成爲化，吹爲陰，噓爲陽，氣勢力量，與雨露日月，正相配也。

其三

晚起家何事，無營地轉幽。竹光團一作圍**野色**㈠**，舍**一作山**影漾江流。失學從兒懶，長貧任婦愁。百年渾**平聲**得醉，一月不梳頭**㈡**。**　三章，又申用拙、幽居意。下六分應次句。　洪仲注：首聯乃一問一答。《杜臆》：無營，根用拙；地幽，根幽居。竹光二句，申地幽，以補幽居佳景。失學四句，申無營，以發用拙餘意。　洪注謂末聯以放達寓悲涼，是也。不然，百年常醉，懶不梳頭，成何人品乎？　上有「年荒乏酒價」句，則知「百年渾得醉」，尚屬期望之詞。

㈠謝脁詩：月陰洞野色。

㈡《絶交書》：頭面常一月十五日不洗。

少去聲年行

鶴依舊編在寶應元年。

馬上龔芥隱作騎馬**誰家白面**一作薄媚，非**郎**㈠，**臨階**《英華》作軒**下**去聲**馬坐**一作踏**人牀**㈡。**不通姓氏粗豪**龔作疏**甚**㈢，**指點銀瓶索**先側切**酒嘗**一云酒味嘗㈣。　此摹少年意氣，色色逼真。下馬坐牀，指瓶索酒，有旁若無人之狀，其寫生之妙，尤在「不通姓氏」一句。

㈠《南史》：童謡云：不見馬上郎，但見黄塵起。　《楚辭》：厭白玉之面兮，懷琬琰以爲心。

㈡牀，胡牀也。

㈢《南史》：袁粲率爾步往，亦不通主人。　《吴志·孫皎傳》：孫權曰：「卿與甘興霸飲，因酒發作侵陵。此人雖粗豪，有不如人意時，然其較略，大丈夫也。」

㈣《南史》：顔延之好騎馬，遨遊里巷，遇知舊，輒據鞍索酒。

胡夏客曰：此蓋貴介子弟，恃其家世，而恣情放蕩者。既非才流，又非俠士，徒供少陵詩料，留千古一噱耳。

此說少年意態神情，躍躍欲動。王維詩云：「新豐美酒斗十千，咸陽遊俠多少年。相逢意氣爲君飲，繫馬高樓垂柳邊。」吴象之云：「承恩借獵小平津，使氣常遊中貴人。一擲千金渾是膽，家無四壁不知貧。」皆善於寫生者。

即事

黄鶴依舊次，編在寶應元年。　盧注：此爲舞妓作。

百寶裝腰帶，真珠絡臂韝同鞲㈠。**笑時花近眼，舞罷錦纏頭**㈡。百寶真珠，舞者之飾。花近眼，比笑容可掬。錦纏頭，舞畢而贈綵也。

㈠《淳于髡傳》：帣鞲鞠膯。《通鑑注》：鞲，臂捍也。《漢書·馬后傳》：蒼頭衣緑鞲。注：臂衣以縛左右手，於事便也。

㈡《通鑑注》：舊俗賞歌舞人以錦綵，置之頭上，謂之錦纏頭。

寄題杜二錦江野亭 附嚴武詩

漫向江頭把釣竿㊀，**懶眠沙草愛風湍**㊁。**莫倚善**去聲**題《鸚鵡賦》**㊂，**何須不著**陟略切**鵕**音峻**鸃**音儀**冠**㊃。**腹中書籍幽時曬**㊄，**肘後醫方静處看**平聲㊅。**興**去聲**發會能馳駿**一云五**馬**㊆，**終當**一作須**直**一作重**到使**去聲**君灘**㊇。上二，題杜公草堂。三四，諷其躭詩而不仕。五六，憐其好學而多病。末致欲過草堂之意。《杜臆》：以結語爲招公往見，蓋泥在使君二字耳。此詩爲寄題草堂而作，自應關合草堂。堂在江干，故借用使君灘耳。此詩第三句失嚴。

㊀漫，徒也。

㊁《説文》：湍，急瀨也。謝景運詩：枕底失風湍。

㊂《鸚鵡賦》，以禰衡之才比少陵，非刺其恃才傲物。舊注誤解。曹操送禰衡於江夏太守黄祖，祖長子射爲章陵太守，大會賓客。人有獻鸚鵡者，衡攬筆而作，詞采甚麗。

㊃《漢書》：孝惠時，郎侍中皆冠鵕鸃。《音義》：鵕鸃，鳥名，以其羽飾冠。《南越志》：鵕鸃，山鷄也，其色鮮明，五采炫燿。

㊄《世説》：郝隆七月七日，日中仰卧，人問其故，曰：「我曬腹中書也。」

㊅《葛洪傳》：洪抄《金匱藥方》一百卷，《肘後急要方》四卷。

㊆《世説》：山簡爲荆州刺史，時人爲之歌曰：「復能乘駿馬。」

㊇盛弘之《荆州記》：魚復縣界，有羊腸虎臂灘，楊亮爲益州，至此舟覆，至今名爲使君灘。《九域志》：使君灘，在萬州。沈佺期《過巫峽》詩：「使君灘上草，神女廟前雲。」亦指此。

洪容齋《續筆》：《新唐書·嚴武傳》云：房琯以故宰相爲巡内刺史，武慢倨不爲禮。最厚杜甫，然欲殺甫數矣。李白《蜀道難》，爲房杜危之也。甫傳云：甫嘗醉登武牀，瞪視曰：「嚴挺之乃有此兒。」武銜之。一日，欲殺甫，冠鈎於簾者三。左右白其母，奔救得止。《舊史》但云：甫性褊躁，嘗憑醉登武牀，斥其父名，武不以爲忤。初無欲殺之説，蓋唐小説所載，而《新書》信以爲然。按太白《蜀道難》，本譏章仇兼瓊，前人嘗論之矣。子美集中詩，凡爲武者幾三十篇。《送還朝》曰：「江村獨歸處，寂寞養殘生。」《喜再鎮》曰：「得歸茅屋赴成都，真爲文翁再剖符。」此猶武在時語。至《哭歸櫬》云：「一哀三峽暮，遺後見君情。」《八哀》詩云：「空餘老賓客，身上愧簪纓。」若果有欲殺之怨，不應眷眷如此。好事者但以武詩有「莫倚善題《鸚鵡賦》」之句，故用證前説，引黄祖殺禰衡爲喻，是殆痴人面前，不得説夢也。武肯以黄祖自比乎？

奉酬嚴公寄題野亭之作

鶴注：此當是寶應元年作。

拾遺曾音層**奏數行**音杭**書**㈠**，懶性從來水竹居。奉引濫騎沙苑馬**㈡**，幽棲真釣錦江魚。謝安不倦登臨費**一作賞㈢**，阮籍焉**於虔切**知禮法疏**㈣**。枉沐**一作何日**旌麾出城府，草茅無**一作蕪，一作荒**徑欲教**平聲**鋤**㈤**。**上四，答嚴詩前四句。下四，答嚴詩後四句。嚴曰「何須不着鵕鸃冠」，蓋勸之仕也。公答曰「拾遺奏書，奉引騎馬」，見斥官之後，無復此興矣。嚴曰「漫把釣竿，懶眠沙草」，謂不當隱也。公答曰「懶性從來，幽棲真釣」，見托跡此堂，習而安之矣。嚴曰「興發」，公答曰「登臨不倦」。嚴曰「馳馬」，公答曰「枉沐旌麾」，皆喜之也。禮法疏，先致謙詞。徑欲鋤，急待其至矣。在嚴詩固款曲而殷勤，在公詩亦和平而委婉。解者指嚴爲語多刺譏，指公爲始終傲岸，兩失作者之意。孔毅父《續世説》：武過草堂，公有時不冠，故嚴詩云：「何須不着鵕鸃冠。」而公答曰：「阮籍焉知禮法疏。」以解嘲也。《杜臆》：此因後人誤讀杜句，遂有不冠之誣，而欲殺之誣，亦從此起矣。

㈠遠注：拾遺貶官，從此水竹居矣。

㈡趙注：拾遺掌供奉，則騎馬以奉引。《後漢·劉聖公傳》：李松奉引馬驚。　唐於沙苑置坊監，養馬。

㈢《謝安傳》：安於東山營墅，樓館林竹甚盛，子姪往來遊集，肴膳亦屢費百金。

㈣《阮籍傳》：籍性疏懶，禮法之士，疾之如讎。

㈤《卜居》：寧誅鋤草茅，以力耕乎？